역주 간식유편簡式類編

이 저서는 2019년 대한민국 교육부와 한국연구재단의 지원을 받아 수행된 연구임 (NRF-2019S1A5C2A02081082)

조선시대 편지쓰기 지침서

역주

간식유편

簡式類編

안나미 · 윤세순 · 김새미오

역락

책머리에

인간은 사회적 동물이기에 상호간에 소통이 필요하다. 현대에는 이메일과 다양한 SNS를 이용하여 실시간으로 소통할 수 있지만, 전파의 도움이 없던 시절에는 멀리 떨어진 곳에 있는 사람과 소통할 수 있는 방법은 편지뿐이었다. 일상의 안부를 주고받는 것은 물론이고, 기쁜 일에 축하하고 슬픈 일에 위로를 전하며 중요한 정보를 전달하는 데 편지만큼 유용한 것이 없다.

송나라 학자 정이(程頤)는 '마음을 쏟아붓고 뜻을 전하는 방법은 오직 편지뿐이니, 이는 선비가 가장 가까이해야 할 일이다.'라고 했다. 편지를 쓰는 일이 선비에게 꼭 필요한 일이라 선비는 편지 쓰는 방법을 잘 알아야 했다. 그러나 선비뿐만 아니라 하인이나 아녀자들도 편지를 주고받을 필요가 있었으니 편지 쓰는 방법은 누구나 익혀야 하는 일이었다.

그렇지만 편지 한 통을 쓰려면 편지의 내용을 잘 담는 것은 물론이고, 그 형식을 갖추는 것이 중요했다. 직접 만나서 의사를 전할 때 예의를 갖추면 되겠지만 그럴 수 없어 편지로 뜻과 마음을 대신하는 것이기 때문에 편지에 격식을 갖추어 예의를 표현해야만 했다. 그러다 보니 편지 쓰는 일이 조심스럽고 어려울 수밖에 없다.

아무리 간단한 내용의 짧은 편지를 쓰려고 해도 기본적인 편지의 형식을 잘 갖춰야 한다. 현재보다 예의범절을 더 중시했던 조선 시대나 근대에는 편지의 격식이 더더욱 중요했다. 편지 한 통을 잘 쓰기 위해서는 수신자와 발신자의 관계에 맞는 어휘를 적절하게 사용해야 하고, 고아하고 품격있는 문장을 구사하기 위해 문학적 소양이 있어야 하며 격식과 상황에 맞는 편지 형식을 갖추어야 한다. 그래야만 예의에 어긋나지 않게 의사를 잘 전달할 수 있다.

그러니 전통시대에 편지 한 통을 쓰기 위해 얼마나 많은 고심을 했을지 짐작할 수 있다. 급하게 전할 소식이 있어도 편지의 형식과 어휘, 문장을 꼼꼼하게 살펴야 하니, 여러 종류의 편지 쓰는 방법을 자세히 알려주는 지침서가 필요하게 되었다.

『간식유편』은 조선 시대에 출간된 편지 쓰는 방법을 알려주는 간찰서식집으로, 현재 남아있는 것 중에 가장 오래되었다. 이 책은 중국 명(明) 나라 문인 전겸익(錢謙益)이 편찬한 『황명제대가척독(皇明諸大家尺牘)』과 주자(朱子)가 편찬한 『가례(家禮)』 중의 조장식(弔狀式)에 있는 어휘와 백가(百家)를 참작하여 편차하였다. 그리고 여기에 충암(冲菴) 김정(金淨)의 『동인예식(東人例式)』을 보충한 것이다. 즉 당시 조선 사회의 실정에 맞게 다시 편찬한 간찰서식집이다.

1739년 병조참의 유수(柳綏)가 쓴 『간식유편』의 서문을 통해 이 책의 편찬자가 이인석(李寅錫)이라는 것을 확인했는데, 그의 자(字)가 천뢰(天賚)라는 것만 밝히고 있어, 편찬자의 정확한 인적 사항을 알 수 없다. 또 우리나라의 간찰서식집인 『동인예식』도 현재 전하지 않아 아쉽게도 원본의 내용을 확인할 길이 없다. 어쨌거나 실생활에서 요긴하게 사용하는 편지 쓰는 방법을 조선 시대의 상황에 맞게 정리하여 출간한 것을 보면, 우리나라 실정에 맞는 간찰서식집의 필요성이 대두되었다는 것을 알 수 있다.

『간식유편』의 체재를 살펴보면, 크게 세 분야로 나눌 수 있다.

첫째, 편지를 격식과 상황 등에 맞추어 쓸 때 사용하는 용어들을 제시해 놓았다. 칭호류(稱號類), 문자류(文字類) 등이 여기에 속하는데, 수신자와 발신자의 관계에 따라 적절한 용어를 사용할 수 있도록 하였다. 또한 하나의 용어에 대한 다양한 동의어를 제시해 놓아 용어 선택의 폭을 넓혀놓았다.

둘째, 편지 한 통의 양식을 완성하기 위해 필요한 구성 요소들을 제시해 놓았다. 첨앙류(瞻仰類), 복유류(伏惟類), 기거류(起居類), 시령류(時令類), 자서류(自叙類), 보중류(保重類), 결미류(結尾類) 등이 여기에 속하는데, 편지의 서두를 시작하는 법, 상대방의 지위나 연령, 그리고 계절에 따른 인사법, 편지를 마무리하는 법 등 편지 한 통을 구성하는 요소들을 일목요연하게 정리해 놓았다.

셋째, 다양한 예문 간찰을 제시해 놓았다. 계절에 맞게 연회에 초청하는 편지[宴請類], 꽃을 감상하자고 청하는 편지[賞花類], 부탁하는 편지[託凂類], 감사의 편지[酬謝類], 물건을 보내거나 받을 때 쓰는 편지, 그리고 각종 축하 편지 등이 여기에 속하는데, 당대의 인간 만사(萬事) 온갖 상황에 맞추어 보낼 수 있는 각종 편지 형식이 망라되어 있다고 말할 수 있을 정도이다. 따라서 이 책 한 권만 있으면 당대 한자를 아는 식자층 누구라도 어렵지 않게 편지를 쓸 수 있도록 하였다.

『간식유편』의 서문에서도 밝혔듯이 이 책이 널리 통용되어 많은 사람이 이용할 수 있다면, 쌀을 구하거나 벼슬을 구하는 구차스러운 편지라도 격식에 맞게 고상하면서도 적절하게 표현할 수 있고, 겉치레를 없애고 실질(實質)을 따를 수 있다고 했다. 그래서 이 책을 잘 익힌다면 '열 개 부서의 종사자들이 나서서 일하는 것보다 낫다'고까지 했으니, 일상의 실용적인 목적에 잘 부합하는 책이라 할 수 있다.

조선 시대 한문 간찰서식집은 한문학 연구자들이 번역의 대상으로 큰 관심을 두지 않았다. 그런데 『간식유편』을 비롯하여 조선 후기 『한훤차록(寒喧

箚錄)』, 『간독정요(簡牘精要)』, 『후사류집(候謝類輯)』과 같은 간찰서식집들은 방각본(坊刻本)으로 간행되었을 정도로 식자층에게 인기 있는 서책이었다.

한편 근대 시기 우편국의 탄생과 더불어 편지쓰기가 활발해지고, 문맹타파의 일환으로 편지쓰기가 장려되자 편지쓰기 교본인 간찰서식집의 필요성이 다시 대두되었다. 이에 조선 후기에 유행했던 방각본 간찰서식집들을 바탕으로 근대의 상황에 맞게 수정 보완된 다양한 종류의 간찰서식집들이 무수히 출간되었다. 이 시기 간찰서식집들은 베스트셀러의 반열에 오를 정도로 대중의 사랑을 아낌없이 받았다.

제주대 인문과학연구소에서는 조선 후기부터 근대 시기까지 간행된 간찰서식집의 중요성을 인식하여 한국연구재단의 지원을 받아 '간찰서식집의 종합화 및 DB구축' 사업을 진행하고 있다. 『간식유편』은 현존하는 우리나라 최초의 간찰서식집이고, 체재 또한 일목요연하게 잘 정돈되어 있어 번역 대상으로 선정하여 결과물을 이미 제출했지만, 아직 많은 사람이 열람할 수 있도록 공개되지 않았다. 이번에 번역서가 출간되면 여러 분야의 인문 고전 연구자들뿐만 아니라 고전에 관심 있는 일반 대중들도 수월하게 『간식유편』을 접할 수 있을 것이다. 현대어로 번역된 『간식유편』을 통해 조선 시대 한문 간찰서식집의 일면을 엿볼 수 있고, 간찰서식집 연구를 비롯해 당대의 생활사와 문화사 연구에 조금이나마 보탬이 된다면 다행이겠다.

복잡다단한 구성의 책을 보기 좋게 편집하고 출판해준 도서출판 역락에 깊은 감사를 전한다.

2022년 입춘 문턱에서

안나미

간식유편 서문

사람은 항상 만날 수 없고 반드시 헤어질 때가 있다. 늘 만나서 말을 할 수도 없고 반드시 소식을 묻고 들을 때가 있다. 몇 마디 말이면 서로 마음이 통하고 산하山河도 막지 못할 것이니, 종이 한 장으로도 마음을 다 전할 수 있다. 그러므로 편지가 세교世敎에 보탬이 되는 것이다. 편지는 천한 하인이나 아녀자조차 하루라도 없어서는 안 되는 것이다.

우리나라는 상고詳考할 문헌이 없어 실속 없는 화려한 글쓰기가 점차 극성해져 청탁하는 도구나 아첨하는 뇌물[1]이 되고 말았다. 호강후胡康侯는 가난[貧]이라는 글자를 쓰지 않았고[2] 포염라包閻羅[3]에게는 뇌물이 통하지 않았다. 이군李君이 탄식하는 것도 당연하다. 이에 『간식유편簡式類編』을 판

---

1 뇌물: 원문은 '포저(苞苴)'이다. 포(苞)는 생선이나 고기를 싸는 꾸러미[蒲包]이고, 저(苴)는 물건을 담는 고리[草藉]이다. 뇌물로 줄 때 선물을 포장해야 하기 때문에 뇌물이라는 뜻이 되었다.

2 호강후(胡康侯)는……않았고: 호강후는 송나라 학자 호안국(胡安國)인데, 가난했지만 '가난하다[貧]'라는 글자를 쓰지 않았다. 《胡氏傳家錄》

3 포염라(包閻羅): 송나라 때의 강직한 관리 포증(包拯)이다. 뇌물과 청탁을 받지 않기로 유명했다. 당시 사람들이 '관절(關節, 뇌물을 주고 청탁하는 것)'이 통하지 않는 염라포로(閻羅包老)'라 불렀는데, '포염라' 또는 '포청천(包靑天)'이라고도 하였다. 《宋史 包拯列傳》

목에 새겨 널리 전파하고자 하였다.

이군李君은 이름이 인석寅錫이고 자字는 천뢰天賚이다. 성시城市에 살면서도 뜻은 시문詩文에 있었다. 적막한 물가에서 지내는 나를 방문하여 작은 책 하나를 소매에서 꺼내면서 이렇게 말하였다. "이 책은 우산虞山 전겸익錢謙益[4]이 편차編次한 것입니다. 명나라 여러 대가의 척독 중에서 중요한 말을 수집하고, 주문공朱文公「조장식弔狀式」의 예를 기록하였습니다. 『가례家禮』[5]의 어휘를 기록하여 분류하고 모았으며, 백가百家를 참작하여 자세한 것까지 두루 아울렀습니다. 그러나 우리나라 풍속과는 서로 차이가 있어, 충암沖菴 김정金淨의 『동인예식東人例式』[6]으로 보충하였습니다. 오래도록 전하기 위해 판각하였지만, 대방가大方家의 비웃음을 면할 수 있겠습니까?"

이에 내가 이렇게 대답하였다. "뜻은 부지런하고, 공도 넓다고 할 만 합니다. 소식이 뜸하다 해도 한 폭 작은 종이쪽지[7]가 천 리 먼 곳에 있는 사람과의 만남을 대신할 것이고, 모여서 이야기하지는 못해도 작은 편지가 두 사람의 마음을 통하게 해줄 것입니다. 일상의 안부를 묻고 흉사에 부의賻儀하고 경사를 축하함에 모두 선정신先正臣과 선현들의 편지가 모범이 됩니다.

이 책을 읽어보면 선현들의 마음을 느낄 수 있고, 이 책을 펼치면 일목요

---

4 전겸익(錢謙益): 명말청초의 문인이다. 자는 수지(受之)이고 호는 목재(牧齋)·몽수(蒙叟)·동간유로(東澗遺老)이다. 당시 문단의 영수로『명사(明史)』의 편집을 맡았으며 장서가로도 유명하며 조선 후기 문인들에게 많은 영향을 미쳤다.

5 『가례(家禮)』: 송나라의 주희(朱熹)가 관혼상제(冠婚喪祭)에 대한 절차와 예법을 정리한 책이다.

6 『동인예식(東人例式)』: 조선시대 충암(沖菴) 김정(金淨)이 지은 간찰서식집으로 현재 전하지는 않는다.

7 작은 종이 쪽지: 원문에는 '혁제(赫蹄)'로 되어 있다. 글씨를 쓰는 폭이 좁은 비단을 혁제라고 하는데, 종이를 칭하는 말이다. "적무(籍武)가 상자를 여니 그 안에 약을 싼 두 장의 혁제에 쓴 글이 있었다.[武 發篋 中有裹藥二枚 赫蹄書]"라고 하였다.《漢書 外戚傳 孝成趙皇后》

연하게 정리되어 있으니, 편지를 주고받는 데에 참고할 내용이 풍부하고 형식에도 딱 들어맞습니다. 문인들이 풍월風月을 즐기고 뛰어난 경치에 흥얼거리면서 스스로 문단의 고수라고 자랑하지만, 끝내 세교世敎에 조금도 도움이 되지 않으니, 이와 비교하면 과연 어떻겠습니까?

이 책이 당대에 널리 통용된다면, 쌀을 구하거나[8] 벼슬을 구하는[9] 편지라도 모두 고상하면서도 적절하게 표현하여 겉치레를 없애고 실질實質을 따를 수 있습니다. 그리하여 비루하고 거친 습속을 한 번에 씻어 버릴 수 있을 것입니다. 이 책이 널리 퍼져 사람들에게 읽혀진다면 '열 개 부서의 종사자보다 낫다'[10]고 해도 괜찮을 것입니다.

정부자程夫子[11]가 '일에 응하고 사물을 접하며 마음을 쏟아붓고 뜻을 전하는 방법은 오직 편지뿐이니, 이는 선비가 가장 가까이해야 할 일이다.'[12]라고 했습니다. 글을 쓸 때는 반드시 공경해야 하니, 『단서丹書』에서 '공경함이 태만함을 이긴다.'[13]고 한 것이 어찌 『간식유편』의 핵심이 아니겠습니

8　쌀을 구하거나: 당나라 안진경(顏眞卿)이 쌀을 구걸한 편지를 보냈다는 고사가 있다. "생계를 꾸리는 데에 서툴러 온 가족이 죽을 먹은 지 이미 몇 달이 되었는데 지금은 이 또한 바닥이 났으니 참으로 걱정되고 애가 탑니다.[拙於生事 擧家食粥而已數月 今又罄乏 實用憂煎]"라고 하였다. 《古今事文類聚後集 乞米帖》

9　벼슬을 구하는: 한유(韓愈)가 과거 급제 후 등용해 주기를 바라며 당시의 재상에게 편지를 썼다. "1월 27일에 전 향공진사 한유는 삼가 광범(光範)의 문하에 엎드려 두 번 절하고 상공 합하께 글을 올립니다.[正月二十七日 前鄕貢進士韓愈 謹伏光範門下 再拜獻書相公閤下]"라고 하였다. 《唐宋八家文 上宰相書》

10　열 개 부서의……낫다: 진(晉)나라 유홍(劉弘)의 편지가 사람들을 감동시켰으므로 그의 편지 한 장으로 다 잘 통하였다는 고사가 있다. "유공의 편지 한 장을 얻는 것이 열 개 부서의 종사자보다도 낫다.[得劉公一紙書賢於十部從事]"라고 하였다. 《晉書 劉弘列傳》

11　정부자(程夫子): 송(宋)나라 도학의 대표적인 학자 정이(程頤)다. 형 정호(程顥)와 더불어 성리학자로 평가받는다.

12　선비가……일이다: "간찰은 유자의 일에 가장 가까운 것이다.[至於書札 於儒者事最近]"라는 말이 있다. 《小學 嘉言》

까? 그대가 동료들과 함께 이 뜻을 이어 다시 저술하는 것이 괜찮을 듯합니다."

이군이 일어나 절하며 말하였다. "제가 민첩하지는 못하지만, 어찌 감히 밤낮으로 축원하시는 훈계를 따르지 않을 수 있겠습니까?"

그리하여 문답한 내용을 모아 글로 써서 돌려보냈다.

기미년(1739) 초여름 하순에 통정대부通政大夫 병조참의兵曹參議 진산후인晉山後人 유수柳綏[14]가 쓰다.

간식유편은 우산虞山의 목재牧齋 전겸익錢謙益이 편차編次하였다.

---

13 공경함이 태만함을 이긴다: 단서(丹書)는 주(周) 나라 무왕(武王)이 즉위할 때에 강태공(姜太公)이 올린 경계의 말이 있다. "공경이 태만함을 이기는 자는 길하고 태만함이 공경을 이기는 자는 멸망하며, 의리가 욕심을 이기는 자는 사람들이 순종하고 욕심이 의리를 이기는 자는 흉하다.[敬勝怠者吉 怠勝敬者滅 義勝欲者從 欲勝義者凶]"라고 하였다. 《大戴禮 武王踐阼》

14 유수(柳綏): 조선 후기 문신으로, 자는 여회(汝懷)이고 호는 성곡(聖谷)이다. 통정대부에 올랐다.

차례

칭호류稱呼類

군신君臣

풍진楓震

풍폐楓陛[1] · 천자지계天子之階라고도 한다. ○제후諸侯는 전하殿下라고 한다.

초방椒房

후后의 호칭

청궁靑宮

태자太子가 거처하는 동궁東宮이다. ○제후의 세자도 동일하다. 저하邸下라고도 한다.

후궁後宮

후원後苑이라고도 하며 비빈妃嬪이다.

천황지파天潢之派

종실宗室

성지聖旨

황제의 말씀

---

1 풍폐(楓陛): 궁전(宮殿)을 뜻한다. 한대(漢代)에 궁중에 단풍나무를 심었기 때문이다.

의지懿旨

황후의 말씀

구복甌卜[2]

정승을 임명함.

진신縉紳

조정의 신하

주번조개朱幡皁蓋[3]

태수太守 앞의 붉은 깃발을 펼치고 뒤에는 검은 덮개를 펼치며 다섯 마리
말[4]이 수레를 끈다.

번원병한藩垣屛翰[5]

방백方伯을 말한다. 번원은 담장과 같고 병한은 보호하는 것과 같다.

노야老爺

합하閤下라고도 하는데, 재상을 말한다.

부자父子

엄군嚴君

2　구복(甌卜): 금구매복(金甌枚卜)의 준말로 새로 재상을 임명하는 것이다. 당나라 현종(玄
宗)이 새로 임명할 재상의 이름을 먼저 써서 금사발로 덮어두고 태자에게 이름을 맞혀보
라고 한 고사가 있다. 《新唐書 崔琳列傳》

3　주번조개(朱幡皁蓋): 주번(朱幡)은 붉은 깃발을 뜻하며, 수령의 행차를 말한다. 조개(皁
蓋)는 검은색의 수레 덮개라는 뜻으로 지방 장관을 가리킨다.

4　다섯 마리 말: 원문은 '오마(五馬)'이다. 한나라 때 다섯 필의 말이 태수의 수레를 끌었기
때문에 태수(太守)의 별칭으로 쓰인다.

5　번원병한(藩垣屛翰): 나라의 중신을 말한다. "개인(价人)은 번(藩)이요, 태사(太師)는 원
(垣)이며, 큰 나라는 병풍이고, 대종은 나라의 기둥이다.[价人維藩 大師維垣 大邦維屛 大
宗維翰]"라고 하였다. 《詩經 板》

가엄家嚴 · 가부家父 · 가군家君 · 가친家親 · 자친慈親 · 노모老母라고도 하며,

자신의 부모이다.

춘부椿府

영춘靈椿 · 존노야尊老爺 · 훤당萱堂 · 대부인大夫人이라고도 하며, 다른 사람

의 부모이다.

춘훤정수椿萱挺秀

부모의 장수를 송축하는 것이다.

춘정주영椿庭晝永

아버지의 장수를 말한다.

구경具慶

부모가 모두 살아계신 것을 말한다.

엄시하嚴侍下

어머니가 돌아가시고 아버지가 생존해 있으면 엄시하라고 한다.

자시하慈侍下

아버지가 돌아가시고 어머니가 생존해 있으면 자시하라고 한다.

숙수승환菽水承歡

가난한 선비가 부모를 봉양하는 것이다.

자고봉紫誥封[6]

부모가 영예로운 추증을 받은 것이다.

배가경拜家慶

자식이 멀리서 돌아온 것이다.

실호失怙

---

6 자고봉(紫誥封): 편지를 비단 주머니에 담아 붉은 진흙[紫泥]으로 입구를 봉하여 인장(印
章)을 찍어서 반포하는 임금의 조서(詔書)이다.

아버지가 돌아가신 것이다.

비기悲屺

어머니가 돌아가신 것이다.

훈리訓鯉

아버지의 가르침.

화웅和熊

어머니의 가르침.

미돈迷豚

돈아豚兒·미아迷兒·여식女息이라고도 하며 자신의 자녀를 말한다. ○아들
을 낳으면 첨정添丁이라 한다.

국기國器

현윤賢胤·영윤令胤·영해令愛라고도 하며 다른 사람의 자녀를 말한다. ○
장자長子는 주기主器라고 한다.

농장지경弄璋之慶

몽웅지경夢熊之慶·경복지잉慶福之仍이라고도 하며, 다른 사람이 자식을 낳
았을 때 사용한다. 딸을 낳으면 농와지희弄瓦之喜라고 한다.

계악추향桂萼秋香

아들이 빼어난 것이다.

과조跨竈[7]

아들이 아버지보다 뛰어난 것이다.

당파연루撞破煙樓

아들이 아버지보다 매우 뛰어난 것을 과장해서 말한 것이다.

---

[7] 과조(跨竈): 아버지보다 나은 아들을 비유하는 말이다. 연루(煙樓)는 아궁이 위의 연통이
다. "아궁이를 뛰어넘어 연통을 부수고 나간다.[跨竈撞破煙樓]"라고 하였다.《書言故事
子孫》

소기구紹箕裘

　　아버지의 일을 잇다.

명령螟蛉[8]

　　양자養子

조손祖孫

대부大父

　　대모大母라 하며 자신의 조부모이다.

존왕대야尊王大爺

　　왕대부인王大夫人이라고도 하며 다른 사람의 조부모이다.

영외왕부令外王父

　　외왕모外王母라고도 하며 다른 사람의 외조부모이다. ○자신의 경우 '영令'

　　자를 뺀다.

세아世兒

　　비손鄙孫 · 미손迷孫 · 미손녀迷孫女라고도 하며. 자신의 손자이다. ○외손은

　　비외손鄙外孫이라고 한다.

현잉賢仍

　　영잉令仍이라고도 하며 다른 사람의 손자이다. ○외손자는 택상宅相[9]이라

8　명령(螟蛉): 뽕나무 벌레로, 생도나 양자를 가리키는 말이다. 옛날 사람들은 나나니벌이
　뽕나무 벌레를 데려와 키우면 나나니벌이 된다고 믿었다. "언덕의 콩을 백성이 거두어
　가네. 뽕나무 벌레를 나나니벌이 업어가니 그대 아들을 잘 가르쳐 닮게 하라.[中原有菽
　庶民采之 螟蛉有子 蜾蠃負之 教誨爾子 式穀似之]"라고 하였다. 《詩經 小雅 小宛》

9　택상(宅相): 훌륭한 외손이라는 뜻이다. 상택(相宅)이라고도 한다. 진(晉)나라 때의 위서
　(魏舒)가 고아가 되어 외가 영씨(寧氏) 집에서 자랐는데 집터는 보는 사람이 귀한 외손이
　나올 것이라 말하였다. 위서는 "외가를 위하여 내가 이 집터의 상(相)을 성취하겠다.[當

고 하고 외손녀는 영외손녀슈外孫女라 한다.

중경重慶

부모와 조부모가 모두 생존해 있으면 중경重慶이라 한다.

상현지손象賢之孫[10]

현명한 조부를 닮았다는 말이다.

형제兄弟

사백舍伯

가형家兄 · 사제舍弟라고도 하며 자신의 형제이다.

백씨伯氏

영백令伯 · 중씨仲氏 · 계씨季氏라고도 한다. ○합칭合稱할 때는 양난兩難 · 연벽聯璧[11] · 이방二方[12] · 이학二鶴이라고 한다. 종형제從兄弟는 종씨從氏라 한다.

옥곤금우玉昆金友[13]

為外氏 成此宅相]"라고 했는데, 후에 현달하게 되었다. 《晉書 魏舒傳》

10 상현지손(象賢之孫): 선조들의 어진 덕을 본받는 것이다. "은왕의 원자여, 옛날을 상고하여 덕 있는 이를 숭강하고 어진 이를 닮아 선왕을 계승하라.[殷王元子 惟稽古 崇德象賢 統承先王]"라고 하였다. 《書經 微子之命》

11 연벽(聯璧): 두 구슬이 나란히 있다는 말로, 둘이 모두 아름답다는 뜻이다. 진(晉)나라 반악(潘岳)과 하후담(夏侯湛)은 용모와 문장이 뛰어났다. 둘이 수레를 함께 타고, 나란히 앉으니 두 사람이 함께 다니면 좋은 구슬을 나란히 이었다고 말했다. 《晉書 夏侯湛列傳》

12 이방(二方): 후한(後漢) 진식(陳寔)의 첫째 아들 원방(元方)과 넷째 아들 계방(季方)의 합칭이다. 두 사람의 이름이 모두 높았다. 《後漢書 陳寔列傳》

13 옥곤금우(玉昆金友): 남조(南朝) 양(梁)나라 왕전(王銓)과 왕석(王錫) 형제가 모두 글을 잘하고 효도하였다. "왕전 · 왕석 형제는 옥곤 · 금우라고 할 만하다.[銓錫二王 可謂玉昆金友]"라고 하였다. 《南史 王彧傳》

곤륜昆崙은 첫째이고 우友는 둘째이다. 형제가 어질고 덕이 있어 금옥金玉처럼 귀중하다는 말이다.

부부夫婦

고침藁砧[14]

아내가 남편을 칭할 때 고침藁砧이라 한다.

형포荊布[15]

형처荊妻 · 실인室人 · 세군細君[16]이라고도 하며 자신의 아내이다.

현합賢閤

내상內相 · 내조內助라고도 하며, 다른 사람의 아내이다.

속현續絃

후취後娶

동심同心

아내와 잘 화합하는 것이다.

반목反目

부부가 불화하는 것이다.

천솔賤率

천축賤畜이라고도 하며 자신의 첩이다.

---

14 고침(藁砧): 짚자리와 작두 받침대이다. 고대 중국에서 죄수를 침판(砧板)에 엎드리게 하고 작두[鈇]로 참형을 시행했다. 부(鈇)는 부(夫)와 발음이 같아 나중에 남편을 가리키는 말로 쓰였다.

15 형포(荊布): 형차포군(荊叉布裙)의 준말로, 가시나무로 비녀 꽂고 베로 만든 치마를 입는 것이다. 아내를 가리키거나 부인의 검소한 차림을 뜻한다.

16 세군(細君): 원래 제후(諸侯)의 부인을 뜻하다가 동방삭(東方朔)이 자신의 아내를 '세군'이라고 부른 후부터 아내를 가리키는 말이 되었다. 《漢書 東方朔傳》

편실偏室

　　부실副室 · 별실別室 · 측실側室이라고도 하며 다른 사람의 첩이다.

난향협몽蘭香叶夢

　　편실偏室이 낳은 아이를 부러워하는 것이다.

납성총納盛寵

　　첩을 얻는다는 뜻이다.

숙질叔姪

백부伯父

　　중부仲父 · 계부季父 · 아부亞父 · 백모伯母 · 숙모叔母로 바꾸어 쓸 수 있다.
　　자신의 백부 · 백모 · 숙부 · 숙모이다.

대완大阮

　　백모 · 숙모의 높임말이니 다른 사람의 백부 · 백모 · 숙부 · 숙모이다.

당숙堂叔

　　아버지의 종형제從兄弟이다.

고모姑母

　　아버지의 자매姉妹이다.

내구內舅

　　모구母舅 · 위양渭陽[17]이라고도 하며 어머니의 형제이다.

이모姨母

　　어머니의 자매이다.

17　위양(渭陽): 외삼촌을 말한다. 춘추시대 진(秦)나라 강공(康公)이 외삼촌 진(晉)나라 문
　　공(文公)을 전송할 때에 돌아가신 자신의 모친을 그리워하며 "내가 외숙을 전송하려고 위
　　수 북쪽에 이르렀다네.[我送舅氏 日至渭陽]"라고 읊었다. 《詩經 秦風 渭陽》

유자猶子

　　조카를 말한다.

질자姪子

　　형자兄子 · 질아姪兒 · 모질某姪이라고도 하며 자신의 조카이다.

아함阿咸

　　현함賢咸 · 소완小阮이라고도 하며 다른 사람의 조카이다.

옹서翁婿

빙군聘君

　　외구外舅 · 악부岳父 · 장인丈人 · 외고外姑 · 악모岳母라고도 하며 자신의 처부
　　모이다.

빙정冰淸

　　태산泰山 · 영악令岳 · 영악모令岳母라고도 하며 다른 사람의 처부모이다.

동상東床

　　관생舘甥이라고도 하며 자신의 사위이다.

옥윤玉潤

　　영서令婿라고도 하며 다른 사람의 사위이다.

교객嬌客

　　새로 맞은 사위이다.

사생師生

강장絳帳

　　설장設帳 · 진탁振鐸 · 서석西席 · 함장函丈이라고도 하며 스승을 말한다.

부급負笈

입설立雪[18] · 문인門人이라고도 하며 스승을 따른다는 말이다.

붕우朋友

부집父執

아버지의 친구이다.

망년우忘年友

공융孔融[19]이 50세이고 예형禰衡[20]이 20세였지만, 나이를 따지지 않고 사귀었다.

평생환平生懽

오랫동안 사귄 것이다.

반면식半面識[21]

많은 사람들 중에 얼굴 반쪽만 대략 알았다는 뜻으로 잠깐 사귄 것을 말한다.

춘수모운지사春樹暮雲之思[22]

---

18 입설(立雪): 정문입설(程門立雪)의 준말로, 스승을 찾아가 가르침을 받는다는 뜻이다. 송나라 양시(楊時)가 정이(程頤)를 방문했을 때 명상에 잠겨 있는 정이가 깰 때까지 기다렸는데 정이가 눈을 떴을 때 문밖에 눈이 한 자나 쌓였다는 고사가 전한다. 《宋史 楊時列傳》

19 공융(孔融): 한(漢)나라 공융(孔融)은 절친했던 채옹(蔡邕)이 죽자 채옹과 닮은 호분(虎賁)의 무사와 술을 마시며 "노성인은 갔지만 전형은 남아 있네.[雖無老成人 尙有典刑]"라고 하면서 채옹을 그리워하였다. 《後漢書 孔融傳》

20 예형(禰衡): 예형은 스무 살이 되기도 전에 50대의 대가인 공융과 망년지교를 맺었다.

21 반면식(半面識): 후한(後漢)의 응봉(應奉)이 원하(袁賀)를 찾아가자 수레 만드는 장인(匠人)이 문을 열고 얼굴 반쪽만 보이면서 원하가 외출 중이라고 말한 후 수십 년이 지나 응봉이 길에서 그 장인을 알아보았다고 한다. 《後漢書 應奉列傳》

22 춘수모운(春樹暮雲): 벗을 그리워하는 마음을 말한다. 두보(杜甫)의 〈춘일억이백(春日憶李白)〉 시에 "위북(渭北)엔 봄날의 나무가 있고 강동(江東)엔 석양의 구름이 있네.[渭北春天樹 江東日暮雲]"라고 하였다.

친구를 그리워할 때 사용한다.

노유老幼

상유모경桑楡暮景

자신이 늙은 것을 말한다.

낙사기영洛社耆英[23]

다른 사람의 늙은 것을 말한다.

확삭矍鑠[24]

늙어서도 건강한 것이다.

초츤髫齔[25]

어린 아이를 말한다.

영형寧馨[26]

젊고 뛰어난 것을 말한다.

---

23 낙서기영(洛社耆英): 송나라 문언박(文彦博)이 서도(西都) 유수(留守)로 있을 때 연로하고 어진 사대부들을 모아 술자리를 마련한 모임이다. '낙양기영회(洛陽耆英會)' 또는 '낙사기영회(洛社耆英會)'라고 하였다. 《宋史 文彦博列傳》

24 확삭(矍鑠): 나이 든 사람이 젊은이처럼 씩씩하게 행동하는 것을 말한다. 동한(東漢)의 복파장군(伏波將軍) 마원(馬援)이 62세의 나이에도 말에 뛰어올라 용맹을 보이자 광무제(光武帝)가 "이 노인네가 참으로 씩씩하기도 하다.[矍鑠哉是翁也]"라고 하였다. 《後漢書 馬援列傳》

25 초츤(髫齔): 머리를 뒤로 늘어뜨리고 이를 갈 무렵의 어린아이를 말한다.

26 영형(寧馨): '영형(寧馨)'은 진(晉)나라 때의 속어로 '이런[如此]'이라는 뜻으로 매우 기특한 것을 말한다. 진나라 왕연(王衍)이 젊은 시절에 산도(山濤)를 방문하자, 산도가 "어떤 아낙이 이런 아이를 낳았단 말인가.[何物老嫗 生寧馨兒]"라고 하였다. 《晉書 王衍列傳》

노비奴婢

미노迷奴

일력一力이라고도 하며 자신의 남자종이다. ○여자종은 적각赤脚이라 칭한
다.

귀성貴星[27]

귀개貴价라고도 하며 다른 사람의 남자종이다. ○여자종은 여사女使라 칭한
다.

---

27 귀성(貴星): 상대방이 보낸 심부름꾼을 높이는 말이다. 한유(韓愈)의 종 이름이 성(星)이
었던 데서 유래했다.

편지 봉투에 쓰는 용어 봉함류封緘類

증보增補 ○우리나라 충암冲庵 김정金淨의 『척독예식尺牘例式』

예식例式

○○○ 앞[謀前]

　　대감·태감·영감의 류는 각 그 품계에 따라 쓴다. 일찍이 막하幕下를 지냈으면 사도使道라고 한다. 일가의 재종형再從兄 이상은 모두 '주主' 자를 사용한다.

삼가 두 번 절하고 올립니다.[謹再拜 上白是]

　　또는 '근재배謹再拜' 세 자는 뺀다. 비록 답장을 쓰더라도 '답答' 자는 사용하지 않는다.

올립니다.[上書]

　　이상 모두 극존칭에 사용한다.

안부 편지 올립니다.[上候書]

　　답장은 '감사편지를 올립니다.[上謝書]'라 쓴다. 존경하는 사람에게 쓴다.

삼가 절하며 편지 올립니다.[謹拜上狀]

　　답장은 '감사편지를 올립니다.[上謝狀]'라고 한다.

간절히 편지 올립니다.[上懇狀]

　　간懇은 청하여 요구하는 것으로, '간懇' 자 대신 하賀·후候·요邀·위慰·사謝를 사용한다. 모두 일에 따라 쓴다.

모성관某姓官[1] **기실**記室[2] **시사**侍史[3]

시우侍右 · 시하사侍下史라고도 한다.

여탑旅榻

여헌旅軒 · 여하旅下 · 사객史客 · 헌우軒寓 · 하사下史 · 우헌寓軒 · 우소寓所 ·

하처下處 · 사소舍所 · 여사旅史라고도 한다.

복차服次

복안服案 · 복전服前 · 좌전座前이라고도 한다. 상복을 입은 사람에게 쓴다.

행헌行軒

행차行次라고도 하며 출타한 사람에게 쓴다.

애차哀次

여하廬下 · 여차廬次 · 애전哀前이라고도 한다. 초상初喪 때는 점전苫前이라

고 한다. 상을 당한 사람에게 쓴다.

장상狀上

상복喪服을 입은 사람에게 쓴다.

소상疏上

상을 당한 사람에게 쓴다.

봉장奉狀

신분이 낮거나 나이가 어린 사람에게 쓴다.

기모서寄某書

아들과 조카에게 쓴다.

존시尊侍

---

1   모성관(某姓官): 성에 관직을 붙여서 사용하는 것이다.
2   기실(記室): 한(漢)나라 때의 관직명이다. 격문(檄文)의 작성과 문서의 기록 등을 담당하
    였다.
3   시사(侍史): 옆에서 모시면서 문서(文書)를 정리하는 사람을 말한다.

어른을 모시고 있을 때 쓰는 말.

동장洞丈 동시洞侍

동형洞兄이라고도 쓴다.

정시情侍

정계情契라고도 쓴다.

척시戚侍 아계雅契

소우少友[4]라고도 쓴다.

○○○댁 서제소書題所[5]에서 열어볼 것.[書題所]

녹사청錄事廳이라고도 한다. 대신大臣과 일품종반一品宗班에 쓴다.

중방소中房所

각하閣下라고도 한다. 중신重臣에게 사용한다.

집사執事

시인侍人 · 하인소下人所라고도 한다. 재신의 반열에게 사용한다.

선정절하宣政節下

당헌棠軒 · 연막蓮幕 · 아헌牙軒이라고도 한다. 감사監司에게 사용한다.

대영大營

곤위閫威 · 절하節下 · 아문牙門 · 행각行閣 · 주헌籌軒 · 세류細柳라고도 한다.

병사兵使에게 사용한다.

수채水寨

장아檣牙라고도 한다. 수사水使에게 사용한다.

통영절하統營節下

통제사統制使에게 사용한다.

---

4 소우(少友): 젊은 친구라는 뜻으로 나이 많은 사람이 젊은 벗을 부를 때 쓰는 말이다.
5 서제소(書題所): 궁(宮)이나 관청의 상급 이서(吏胥)인 서제(書題)가 머무는 곳으로, 주로 정1품 관리의 사신(私信)을 담당하였다.

연막蓮幕

　　아영亞營이라고도 한다. 각 도의 도사都事에게 사용한다.

정각政閣

　　금헌琴軒·영각鈴閣·인각仁閣·영헌鈴軒·황당黃堂·동각東閣·군재郡齋·
　　정헌政軒이라고도 한다. 수령守令에게 사용한다.

진하鎭下

　　융헌戎軒·진헌鎭軒·진아鎭衙라고도 한다. 변장邊將에게 사용한다.

부아副衙

　　우후虞候에게 사용한다.

우헌郵軒

　　우하사郵下史라고도 한다. 찰방察訪에게 사용한다.

목헌牧軒

　　목아牧衙라고도 한다. 감목관監牧官에게 사용한다.

좌막佐幕

　　좌사佐史라고도 한다. 군관軍官에게 사용한다.

문우文右

　　기하丌下·서유書帷라고도 한다. 선비에게 사용한다.

어디에 사는 ○○○ 올립니다.[上白是]

　　상서上書·상후서上候書·상장上狀이라고도 한다. 존비尊卑에 따라 쓴다.

정중히[肅]

　　'경敬' 자나 '식式' 자를 쓰기도 한다. 윗사람에게 올릴 때 쓴다.

삼가 봉합니다.[謹封]

　　지위가 낮고 나이가 어린 사람에게는 '완봉完封'이라고 쓴다. 봉함을 붙일
　　때 쓴다.

편지 결미에 발신자를 표기하는 용어 구명류具名類

중간에 『척독예식尺牘例式』을 보충하였다.

존장용尊長用

시교생侍教生

시생侍生 · 소생小生 · 만생晩生 · 척하戚下 · 문생門生 · 문하門下 · 흉하恤下 · 소인小人이라고도 쓴다.

자子

유자猶子 · 질질姪 · 사제舍弟 · 서壻 · 손孫으로도 쓴다.

[이름] 절합니다. [拜手]

백시白是라고도 쓴다.

존경용尊敬用

소제小弟

기하記下 · 척하戚下 · 요하僚末 · 동말洞末이라고도 한다.

[이름] 머리를 조아립니다.

평교용平交用

제弟

연제年弟 · 척제戚弟 · 종제宗弟 · 요기僚記 · 척기戚記 · 세제世弟 · 요제僚弟 · 동기생洞記生이라고도 한다.

[이름] 조아립니다.[頓]

배拜로도 쓴다.

비유용卑幼用 신분이 낮거나 어린 사람에게 사용하는 경우

대부大父

부父 · 백부伯父 · 중부仲父 · 계부季父 · 당숙堂叔 · 내구內舅 · 외구外舅 · 사형舍兄으로도 쓴다.

엄俺

오픔라고도 쓴다. ○자질子姪 외에는 자字나 호號를 쓴다.

편지 서두에 격조함을 표현하는 구절 간활류間濶類

존장용尊長用

부모님께 절하고 이별한 지 어느새 열흘이나 되었습니다.[拜別親顔]
    '슬하를 벗어난 지 오래 되었습니다.[久違膝下]' 또는 '부모님 곁을 떠난 지
오래 되었습니다.[久離親側]'라고도 한다.

만나 뵙지 못한 것이 이미 여러 날 지났습니다.[不獲侍敎 已至多日]
    스승이면 '함장函丈[1]에 절하지 못하고 이별한 지 한참 지났습니다.[師長則阻
拜函丈 倏爾逾時]'라 하고 관장官長이면 '정계旌棨[2]와 한참 떨어져 있었고, 달
력[3]이 몇 번이나 바뀌었습니까.[官長則睽違旌棨 蓂莢幾更]'라고 한다.

---

1 함장(函丈): 스승의 자리를 뜻하며 스승의 경칭(敬稱)이다. "만일 음식 대접을 위한 객이
    아니고 강문(講問)하러 온 객이면 자리와 자리 사이를 한 장 정도가 되게 한다.[若非飮食
    之客 則布席 席間函丈]"라고 하였다. 《禮記 曲禮上》
2 정계(旌棨): 정기(旌旗)와 계극(棨戟)을 말한다. 관원의 의장(儀仗)으로 사용하는 기(旗)
    와 창이다.
3 달력: 원문은 '명협(蓂莢)'으로, 요(堯) 임금 때에 뜰에 자라났다는 상서로운 풀이다. 매
    월 1일부터 15일까지 매일 한 잎씩 나오고, 16일부터 그믐날까지 매일 한 잎씩 떨어졌기
    때문에 이것으로 날짜를 계산하여 달력을 만들었다고 한다. 《竹書紀年 帝堯陶唐氏》

만나 뵙지 못한 지 3년이 지났습니다.[不瞻光霽 荏苒三秋]

스승이면 '문석文席에 절하지 못했는데, 계절이 몇 번이나 바뀌었습니다.[拜違文席 幾易葛裘]'라고 하고 관장이면 '대감께 절하지 못했는데 계절이 몇 번이나 바뀌었습니다.[拜違台誨 幾越寒暑]'라고 한다.

평교용平交用

하루를 만나지 못했는데 마치 3년이 지난 듯 합니다.[拜違一日 如隔三秋]

또는 '추운 겨울에 이별했는데 어느덧 따스한 봄이 되었습니다.[冬寒別面 荏苒春暄]', '이별한 지 얼마 되지 않았습니다.[別來未幾]', '만나지 뵙지 못한 지 오래 되었습니다.[奉違未久]', '헤어진 지 얼마 되지 않았습니다.[睽違未幾]', '며칠 동안 뵙지 못했습니다.[數日不面]', '여러 날 뵙지 못하였습니다.[累日阻見]', '열흘 되도록 뵙지 못했습니다.[拜違旬日]', '갑작스레 한번 이별하여, 남북으로 소식이 어긋났습니다.[一別頓爾 南北違敎]', '몇 달 동안 소식이 뜸하지만 정신은 가까이 있습니다.[數月音問雖疎 精神密邇也]', '좁은 땅에서 못 본 지 한 달을 넘겼습니다.[尺地隔月阻面]'라고 한다.

헤어진 지 오래되어 문안이 뜸한 지 여러 해 흘렀습니다.[久別問疎, 歲月屢移]

또는 '당신과 헤어져 달력을 새로 바꾼 지 몇 번인가.[違敎左右 歲曆幾新]', '봄에 이별했는데 벌써 여름입니다.[春別忽已夏矣]', '기러기가 전해준 편지 아주 드무니 멀리 있는 그리움이 깊어갑니다.[鴻羽多疎 殊深遠思]', '운산雲山⁴의 감회가 어느 날인들 없겠습니까.[雲山之感 何日無之]'라고 한다.

---

4 운산(雲山): 부모를 그리워하는 마음을 말한다. 당(唐)나라 적인걸(狄仁傑)이 병주(幷州)의 법조참군(法曹參軍)으로 부임할 때에 태항산(太行山)에 올라 흰 구름 하나가 남쪽으로 흘러가는 것을 보고 구름 아래에 부모님이 계실 것이라며 한참 동안 바라보다 구름이 보이지 않게 되자 떠났다는 고사가 있다. 《新唐書 狄仁傑傳》

음신音信이

　음진音塵 · 음모音耗 · 가음佳音 · 음용音容 · 문문問聞 · 소식消息이라고도 한다.

끊긴 지 오래입니다.[久阻]

　적조積阻 · 격조隔阻 · 격절隔絶 · 조단阻斷 · 조절阻絶 · 둔절頓絶이라고도 한다.

수신자를 사모하는 마음을 담은 구절 첨앙류瞻仰類

간활류間闊類에 붙여 쓴다.

존장용尊長用

저는 멀리 바라보며 아침저녁으로 그리워합니다.[此心瞻望 朝夕神馳]

    또는 '멀리 흰 구름 바라보니 심신이 함께 달려갑니다.[瞻望白雲 心神俱往]',

    '꿈속에서도 늘 마당 섬돌에서 모시며 어르신을 따르는 듯합니다.[夢寐間 常

    若侍立庭墀 趨陪几杖]'라고 한다.

덕을 우러르는 마음 날로 깊어집니다.[仰德之劇 與日俱深]

    스승인 경우에는 '태산과 북두처럼 우러르며 그저 마음만 품을 뿐입니다.

    [山斗之仰 徒抱寸懷]'라고 하고, 관장官長인 경우에는 '간절한 마음 그대를 향

    해 내달릴 뿐이지만, 어찌 감히 이끌어주신 은혜[1]를 잊겠습니까.[徒切心馳

    敢忘陶鑄]'라고 한다.

---

1 이끌어주신 은혜: 원문은 '도주(陶鑄)'이다. 도공이 그릇을 만들듯이 인재를 양성한다는
   뜻이다. "그분은 먼지와 때, 쭉정이와 겨를 가지고도 도공처럼 요순을 빚어낼 수 있는데,
   무엇 때문에 외물을 일삼으려고 하겠는가.[是其塵垢秕糠 將猶陶鑄堯舜者也 孰肯以物爲
   事]"라고 하였다. 《莊子 逍遙遊》

존경용尊敬用

아침저녁으로 우러르며 매우 목마른 듯 생각합니다.[晨夕瞻仰]

또는 '앙모하는 마음 어찌 감당하겠습니까.[曷勝仰慕]' 또는 '첨모瞻慕하는

마음 어찌 이기겠습니까.[曷勝瞻慕]'라고 한다.

평교용平交用

우러러 바라보며 회상하니 그립지 않겠습니까.[望風懷想 能不依依]

'그리워하는 마음 하루가 일 년같습니다.[懷想之思 以日爲歲]', '마음속에 간

직하였으니 어느 날인들 잊겠습니까.[中心藏之 何日忘之]', '목마른 것처럼

그리운 마음 말로 형용할 수 없습니다.[思渴之懷 言不能喩]'라고도 한다.

그리운 마음[戀仰]

연사戀思 · 연모戀慕 · 연소戀溯 · 현앙懸仰 · 첨앙瞻仰 · 첨창瞻悵이라고도 한다.

진실로 깊습니다.[良深]

또는 '참으로 많습니다.[良多]', '그지없습니다.[無已]'라고 한다.

객중용客中用 객지에 있는 경우

변방의 기러기와 강의 물고기[2] 그저 감탄만 더합니다.[塞鴈江魚 徒增感嘆]

또는 '흰구름 유유하니 항상 마음과 눈에 선합니다.[白雲悠悠 常在心目]'라고

한다.

---

2 변방의……물고기: 편지를 뜻하는 말이다. 한(漢)나라 소무(蘇武)가 흉노(匈奴)의 땅에서
기러기의 발에 편지를 묶어 무제(武帝)에게 보냈다는 고사(故事)와, 옛날 사람이 먼 곳에
두 마리의 잉어를 보냈는데 그 뱃속에서 흰 비단에 쓴 편지가 나왔다는 고사가 전한다.

미회용未會用 만나지 못한 경우

오래도록 그리워했으나 모실 길이 없습니다.[慕韓久矣 無由參侍]

또는 '경앙景仰한 지 이미 오래지만 찾아뵐 길이 없습니다.[景仰已久 無計趨
拜]'라고 한다.

당일을 표현하는 용어 즉일류卽日類

첨앙류瞻仰類에 붙여 쓴다.

통용通用

즉일卽日

　즉자卽者 · 즉금卽今 · 일래日來 · 비일比日 · 비래比來 · 각하刻下 · 진하辰下 ·

　유시維時 · 유진維辰 · 차제此際라고도 한다.

월별로 쓰는 편지 구절 시령류時令類

즉일류卽日類에 붙여 쓴다.

정월용正月用

봄에 달력을 나누어주니 술잔을 들어 장수를 빕니다.
　　원단元旦
제방에 버들가지 드리우고 추위가 점점 누그러지니 날씨가 일정하지 않습니다.[堤柳垂絲 寒威漸減 暄冷不常]
　　또는 '온 세상이 모두 봄입니다.[宇宙皆春]'라고 한다.
신정新正
　　신원新元이라고도 한다.

2월용二月用

봄바람 따뜻하게 불어오니 온화한 기운이 넘쳐흐릅니다.[春風布暖 和氣靄然]
　　'봄바람 비로소 불어오니 봄날이 완연하게 피어납니다.[春風初洽 化日舒榮]'
　　라고도 한다.
양화陽和
　　재양載陽이라고도 한다.

40 역주 간식유편

3월용三月用

동산의 나비 봄을 찾아가고 숲속 앵무새 벗을 부릅니다.[園蝶尋春 林鶯喚友]

> '꽃잎은 날아가 나무를 돌고 꾀꼬리는 봄을 부릅니다.[飛花遶樹 黃鳥啼春]'라고도 한다.

화후和煦

> 양후陽煦라고도 한다.

4월용四月用

버들개지 옷에 내려앉고 연잎[1]은 물에 닿습니다.[柳絮沾衣 荷錢貼水]

> 또는 '보리 익을 때 내리는 비 막 개고 버드나무에 부는 바람 잠시 따스해집니다.[麥雨初晴 柳風乍暖]'라고 한다.

염령炎令

> 초염初炎이라고도 한다.

5월용五月用

절기는 천중天中[2]에 이르고 때는 지랍地臘[3]을 만났습니다.[節屆天中 時逢地臘]

---

1 연잎: 원문은 '하전(荷錢)'이다. 처음 나온 작은 연잎이 엽전(葉錢) 모양으로 생겼기 때문이다.

2 천중(天中): 단오절(端午節)의 별칭이다. "5월 5일은 천수(天數)에 부합하니 오시(午時)가 천중절이 된다.[五月五日 乃符天數也 午時爲天中節]"라고 하였다. 《歲時廣記》

3 지랍(地臘): 5월 5일을 지랍이라고 하는데 도가(道家) 오랍(五臘)의 하나이다. 《雲笈七籤》

'따스한 바람 성난 마음을 풀어주고⁴ 단비는 싹을 틔웁니다.[薰風解慍 甘雨

蘇苗]'라고도 한다.

중하仲夏의 더위 혹독합니다.

불볕더위[旱炎]

항한亢旱 · 성염盛炎이라고도 한다.

무더위[潦炎]

임염霖炎이라고도 한다.

6월용六月用

더운 구름 하늘을 덮은 듯하고 마치 시루 속에 앉아 있는 것 같습니다.

혹서酷暑

경염庚炎 · 항양亢陽 · 한염旱炎 · 임염霖炎 · 임우霖雨 · 지리支離라고도 한다.

7월용七月用

녹아내릴 듯한 더위에 오이 먹을 때가 되었습니다.⁵[節屆流炎 時當食瓜]

'청상淸商⁶으로 더위를 보내고 소절素節⁷은 가을을 알립니다.[淸商激暑 素節

---

4 따스한……풀어주고: 순임금이 오현금(五絃琴)을 타며 〈남풍(南風)〉 시를 노래하기를,
   "훈훈한 남풍이여, 우리 백성의 불만을 풀어주네. 때맞은 남풍이여, 우리 백성의 곡식을
   풍부하게 해주네.[南風之薰兮 可以解吾民之慍兮 南風之時兮 可以阜吾民之財兮]"라고 하
   였다. 《禮記 樂記》

5 녹아내릴……되었습니다: 7월에는 오이를 먹고 8월에는 박을 타며 9월에는 깨를 털고
   씀바귀를 뜯으며 가죽나무를 베어서 우리 농부들을 먹인다.[七月食瓜 八月斷壺 九月叔苴
   采茶薪樗 食我農夫]는 말이 있다. 《詩經 豳風 七月》

6 청상(淸商): 오음(五音)의 하나인 상성(商聲)으로, 그 곡조가 처청비량(凄淸悲涼)하여 추
   풍(秋風)에 비유한다.

揚秋]’, ‘매미는 울며 이슬 마시고 귀뚜라미 소리에 문득 가을이 되었습니다.[蟬聲吸露 蛩韻驚秋]’, ‘오동나무에 비 떨어지고 귀뚜라미 가을에 읊조립니다.[梧桐墜雨 蟋蟀吟秋]’라고 한다.

늦더위[老炎]

추염秋炎 · 여서餘暑 · 잔염殘炎 · 추림秋霖 · 추우秋雨라고도 쓴다.

8월용 八月用

금상金商[8]이 절기에 응하니 백로白露가 가을을 맞이합니다.[金商應節 白露迎秋] 또는 ‘서늘한 달 창에 반쯤 걸리고 가을 소리 나무에 가득합니다.[涼月半窓 秋聲滿樹]’, ‘노란 국화 활짝 피어나고 붉은 게 비로소 살찝니다.[黃花正吐 紫蟹初肥]’라고도 한다.

대추 터는 때를 맞았습니다.[9][時當剝棗]

또는 ‘중추仲秋가 점점 서늘해집니다.[仲秋漸涼]’, ‘가을 기운 쓸쓸합니다.[秋氣蕭索]’, ‘처량한 생각 다시 듭니다.[涼思初迴]’, ‘잎새 하나 떨어지는 가을입니다.[一葉翻秋]’라고도 한다.

양천涼天

청추淸秋라고도 한다.

---

7 소절(素節): 진(晉)나라 사령운(謝靈運)의 〈영초삼년칠월십육일지군초발도(永初三年七月十六日之郡初發都)〉에, “노를 저으니 금소로 변했네.[理棹變金素]”라는 구절이 있다. 이선(李善)이 “금소(金素)는 가을이다. 가을은 금이고 색이 희기 때문에 금소라고 한다.[金素 秋也 秋爲金而色白 故曰金素也]”라고 주(注)를 달았다.

8 금상(金商): 가을 소리를 말한다. 가을은 오행(五行) 중에 금(金), 오음(五音) 중에 상(商)에 해당하기 때문이다.

9 대추 터는……만났습니다: 원문은 ‘박조절(剝棗節)’이다. 대추를 터는 절기라는 뜻으로 음력 8월을 가리킨다. “8월에는 대추를 턴다.[八月剝棗]”라고 하였다. 《詩經 豳風 七月》

9월용九月用

낙엽 지는 계절이니 겨울옷 준비할 절기입니다.[10][天時搖落 節屆授衣]
　　또는 '노란 국화와 맑은 술을 즐기며 동쪽 울타리에 우두커니 앉아 있습니
　　다.[11][黃花白醸 兀坐東籬]'라고 한다.
늦가을[12]이 되니 점점 추워집니다.[抄秋漸寒]
　　또는 '날씨가 서늘해지니 겨울옷을 주기를 기다립니다.[天氣差凉 授衣及候]'
　　'중양절이 되었습니다.[重陽則稱]', '중양절 좋은 날입니다.[重陽佳節]'라고 한
　　다.
깊은 가을[深秋]
　　또는 고추高秋라고 한다.

10월용十月用

음율이 소양小陽에 응하니 울타리의 국화 더욱 향기롭습니다.
겨울이 되어 추워졌습니다.[冬候凝寒]
　　'매서운 추위가 점점 거세집니다.[寒威漸緊]', '날씨가 정말 추워졌습니다.
　　[日氣正寒]'라고도 한다.

10　겨울옷 준비할 절기입니다: 원문은 '수의(授衣)'이다. 옛날에 9월이 되면 미리 겨울옷을
　　만들어서 주었다. "칠월에 대화심성(大火心星)이 서쪽으로 내려가면 구월에 옷을 만들어
　　준다.[七月流火 九月授衣]"라고 하였다. 《詩經 豳風 七月》
11　노란 국화와……있습니다: 도연명(陶淵明)의 시 〈음주(飮酒)〉 20수(首) 중 제5수 "동쪽
　　울타리 아래 국화를 따고, 멀리 남산을 바라보다.[採菊東籬下 悠然見南山]"의 부분이다.
　　《陶淵明集》
12　늦가을: 원문은 '초추(抄秋)'이다. 9월을 말추(末秋) 또는 초추(抄秋)라고 하였다. 《纂要》

폭한暴寒

졸한猝寒 · 초한初寒 · 한령寒令 · 한천寒天이라고도 한다.

11월용十一月用

추위가 이미 심하니 초양初陽이 언뜻 움직입니다.[寒律已深 初陽乍動]

또는 '양의 기운이 생겨나 복괘를 이루니[13] 서리바람 찹니다.[一陽來復 霜風
凜冽]', '눈이 날려 하늘에 가득하니 온 산이 모두 하얗습니다.[飛雪滿空 千山
盡白]', '갈대 채운 관에 재가 날리고 가는 실에 바느질 늘어납니다.[琯動孚灰
針添弱線]'[14]라고 한다.

설한雪寒

엄한嚴寒 · 한호寒沍 · 맹호猛寒 · 엄호嚴沍 · 설천雪天 · 한혹寒酷 · 엄동설한嚴
冬雪寒이라고도 한다.

12월용十二月用

12월은 매우 추우니 상서로운 눈이 풍년을 알립니다.[季冬極寒 瑞雪告豐]

또는 '한해의 율력 다해가니 추위가 누그러집니다.[歲律行盡 寒威轉拙]', '납
월이 가평嘉平에 응하니[15] 달이 대려大呂에 임합니다.[臘應嘉平 月臨大呂]',

---

13 복괘를 이루니: 음기(陰氣)가 극에 달한 순음(純陰)의 10월을 지나 11월 동지(冬至)가 되
   면 양(陽)의 기운이 처음으로 생겨나 복괘(復卦)를 이루게 된다. 이때부터 겨울이 가고
   봄기운이 생겨 만물이 생기(生氣)를 회복하게 된다. 《周易 復卦》

14 갈대……늘어납니다: 동지가 지나면서 낮이 길어진다는 뜻이다. 두보의 시 〈소지(小至)〉
   에, "수를 놓으니 오색 무늬에 가는 선 더해지고, 갈대 부니 여섯 관에 재가 들썩거리네.
   [刺繡五紋添弱線 吹葭六琯動飛灰]"라고 하였다. 《杜少陵詩集 小至》

15 납월이 가평(嘉平)에 응하니: 납월(臘月)은 12월을 가리키며 가평(嘉平)은 납제(臘祭)를

'사계절이 한 차례 돌았으니 두 개의 양陽이 점차 자랍니다.[四序云周 二陽滋長]'[16]라고 한다.

눈에 소나무 대나무가 파묻힙니다.[雪封松竹]

또는 '한 해가 이미 저물었습니다.[歲律已暮]', '한 해의 끝이 날마다 다가옵니다.[窮陰日迫]'라고 한다.

납한臘寒

궁동窮冬·혹한酷寒·궁호窮沍라고도 한다.

말한다.

16 사계절이……자랍니다: 양(陽)이 2획인 달로 12월을 가리킨다. 11월 동지(冬至)에 양 1획이 처음 생겨나 복괘(復卦)가 되고, 12월에는 양 2획이 자라나 임괘(臨卦)가 된다.

겸손하게 표현하는 상투적 용어 복유류伏惟類

시령류時令類에 붙여 쓴다.

존장용尊長用

생각하니[伏惟]
　　공유恭惟라고도 한다.

엎드려 묻노니[伏問]
　　근복문謹伏問이라고도 한다.

미처 알지 못했습니다[伏未審]
　　답장할 때는 잉복심仍伏審이라고 한다.

평교용平交用

생각하니[敬惟]
　　앙유仰惟라고도 한다.

삼가 묻노니[謹問]

미처 알지 못했습니다[未審]
　　답장할 때는 잉심仍審이라 한다.

비유용卑幼用

생각하니[諒惟]

　상유想惟·계유計惟·면유緬惟라고도 한다.

묻노니[爲問]

알지 못했습니다[未知]

　미체未諦·미암未諳이라고도 하고, 답장할 때는 득지得知라 한다.

편지의 서두에 안부를 묻는 용어 기거류起居類

복유류伏惟類에 붙여 쓴다.

존장용尊長用 고관대작高官大爵과 동일하다.

기체후氣體候

관장官長은 정체후政體候라고 하고 각 도道의 방백方伯·곤수閫帥·도사都事·수령守令·변장邊將도 동일하다. 상을 당한 사람에게는 애기력哀氣力이라 한다.

안녕安寧

상을 당한 사람은 지안支安이라 한다.

하십니까. [若何]

복문伏問 또는 복미심伏未審에 이어 사용한다.

존경용尊敬用

기후氣候

체후體候·체리體履·귀체貴體라 하고 벼슬하는 사람에게는 정체政體, 상을 당한 사람에게는 애후哀候라 한다.

만안萬安

만상萬相·유상有相·익상益相·만진萬珍·만중萬重이라 하고 상을 당한 사람에게는 지안支安이라 한다.

하십니까.[何如]

복문 또는 복미심에 이어 사용한다.

평교용平交用

기거起居는

기미氣味·존후尊候·아후雅候·정리靜履·한후閑候·계거啓居·황미況味·계처啓處·아도雅度·동정動靜·존황尊況·정황靜況·한황閑況이라 한다. 온 가족에게는 합후合候, 부모를 모시는 사람에게는 시후侍候·시리侍履·시황侍況·시채侍彩·시봉侍奉이라 한다. 공부하는 사람에게는 주후做候·주황做況·학형學況이라 한다. 막하幕下에 있는 사람에게는 막후幕候·좌리佐履·좌황佐況이라 한다. 벼슬하는 사람에게는 사리仕履·사황仕況·관황官況·수령守令·정황政況이라 한다. 찰방察訪은 우황郵況이라고 한다. 변장邊將에게는 진후鎭候·진황鎭況이라 한다. 객지에 있는 사람에게는 여황旅況·객황客況·행황行況이라 한다. 병중病中에 있을 경우에는 건후愆候·조후調候·건황愆況이라 한다. 상복을 입은 사람에게는 복황服況·복리服履라 한다. 상喪을 당한 사람에게는 애황哀況·효리孝履라 한다.

편안함이[安勝]

청승淸勝·만승萬勝·안온安穩·진승珍勝·평승平勝·익승益勝·청적淸迪·평적平迪이라고도 한다. 상을 당한 사람에게는 여의如宜라 한다.

어떠신지요.[何似]

해사奚似라고도 한다. 근문謹問과 미심未審에 이어서 쓴다.

비유용卑幼用

먹고 자는 것은[眠食]
　　동지動止라고도 한다.
편안함이[安穩]
　　또는 '전과 같습니다[如前]'라고 한다.
어떠신지요.[奚若]
　　위문爲問과 미지未知에 이어서 쓴다.

기쁜 마음을 표현하는 구절 흔희류欣喜類

기거류起居類에 붙여 쓴다.

존장용尊長用

삼가 기뻐하는 마음 가눌 길이 없습니다.[伏喜區區 無任下誠]

또는 '삼가 지극히 기쁘고 축하하는 마음 감당할 수 없습니다.[伏不勝喜賀之至]'라고도 쓴다. 약하若何에 붙여 쓰면 복희伏喜는 복모伏慕로 쓴다.

존경용尊敬用

감당할 수 없을 만큼 기쁩니다.[伏喜不任區區]

하여何如에 붙여서 사용할 경우 '희喜' 자는 '모慕'로 쓴다. 상을 당한 사람인 경우 '매우 위로됩니다.[伏慰之至]'라고 하며 아울러 통용된다.

평교용平交用

갑절로 기쁘고 위안이 됩니다.[欣慰倍品]

또는 '기쁘고 위로되는 마음 헤아릴 수 없습니다.[欣慰無量]', '바라던 마음에 매우 위로됩니다.[甚慰所望]', '말할 수 없을 정도로 기쁘고 위로됩니다.

[欣慰不可言]', '얼마나 위로가 되겠습니까.[何慰如之]'라고도 한다. 하사何似를 붙여서 사용하면 '그리운 마음 매우 깊습니다.[戀仰良深]'라고 쓴다.

비유용 卑幼用

얼마나 다행입니까.[幸何如之]

또는 '기쁨이 적지 않습니다.[爲喜不淺]', '위로됨이 정말로 깊습니다.[爲慰實深]'라 한다. 해약奚若에 붙여 사용할 경우 '그리워하고 염려하는 마음이 그치지 않습니다.[懸慮無已]'라고 쓴다.

발신자의 근황을 서술하는 구절 자서류自叙類

흔희류欣喜類에 붙여 쓴다.

존장용尊長用

○○○이 고맙게도 은혜를 입었습니다.[某伏蒙]

　　복하伏荷·특하特荷·특몽特蒙·외몽猥蒙이라고도 한다.

염려해주신 덕분에[下念]

　　또는 하사下賜·하휼下恤이라 한다.

겨우 시간을 보내며 잘 지내고 있습니다.[僅保度日]

　　또는 '겨우 몸을 보중하고 아무탈 없습니다.[僅保無恙]', '겨우 옛 모습 그대
　　로 지탱하고 있습니다.[僅支宿狀]', '겨우 예전처럼 지내고 있습니다.[僅保如
　　昔]', '겨우 몰골을 보존하고 있습니다.[僅保形骸]', '겨우 옛모습을 보존하고
　　있습니다.[僅保宿狀]', '겨우 미미한 분수를 보존하고 있습니다.[僅保微分]·
　　'겨우 옛날의 졸렬한 모습을 보존하고 있습니다.[僅保昔拙]', '그저 병치레를
　　면하고 있습니다.[姑免疾恙]'라 한다.

달리 무엇을 말씀드리겠습니까.[他何伏達]

존경용尊敬用

○○○은 당신이 염려해주셔서[某叨蒙垂念]

　　또는 성권盛眷 · 성념盛念 · 후사厚賜라 한다.

그저 옛 모습을 지키고 있습니다.[姑保昔樣]

　　어버이를 모시고 있는 경우에는 '어르신 모시며 보내고 있습니다.[侍下姑遣]'라고 쓴다.

달리 알려드릴 것이 무엇이 있겠습니까.[他何伏喩]

　　또는 '이밖에 무엇을 말씀드리겠습니까.[此外何喩]'라 한다.

평교용平交用

저는 멀리에서 당신의 보살핌을 입어 평상시처럼 몸을 보존하고 있으니 달리 말할 것이 없습니다.[弟遙叨尊庇 株守如常 無足道者]

　　'저는 변변찮게 집에서 지내면서 뜻대로 되지 않는 일이 십중팔구이니 어찌 지기知己에게 말할 것이 있겠습니까.[生碌碌家居 不如意事 十常八九 豈足爲知己者道也]'라고도 한다.

발신자를 겸허하게 표현하는 구절 소품류少稟類

자서류自叙類에 붙여 쓴다.

존장용尊長用

이처럼 아껴주시고 융숭히 대해주셔서 감히 말씀드립니다.[玆恃愛隆 敢爲稟白]
또는 '당신의 겸손하신 모습¹'을 믿고 감히 간청을 드립니다.[輒恃謙光 敢此稟
懇]'라 한다.
송구하게도 아룁니다.[悚達]
또는 취달就達이라 한다.

대관용大官用

참람되게 간청을 드려 지엄하신 분을 번거롭게 합니다.[僭有稟懇 冒瀆崇嚴]
황공하게 엎드려 아룁니다.[惶恐伏達]

---

1 겸손하신 모습: 원문은 '겸광(謙光)'이다. "겸양할수록 더욱 빛난다.[謙尊而光]"라고 하였
다.《周易 謙卦 象辭》

존경용 尊敬用

평소의 그대의 고아한 인품을 믿어, 감히 이렇게 번거롭게 아룁니다.[仰恃

素雅 敢此稟瀆]

아뢰옵건대[就白]

　취송就悚 · 취고就告라고도 한다.

평교용 平交用

번거롭게 드릴 말씀은[就煩]

드릴 말씀은[就中]

할 말은 다름이 아니라[就控]

비유용 卑幼用

번거롭겠지만[且煩]

할 말은[且中]

편지의 본론을 시작하는 구절 입사류入事類

자서류自叙類에 붙여 쓴다.

통용通用

이번에 어떤 일로 말씀드립니다.[玆者某事云云]

또는 '마침 아무 일이 있어서 말씀드립니다.[適有某事云云]', '그 일에 따라서
씁니다.[竝隨其事書之]'라 한다.

지시하신 아무 일은[下教某事]

또는 '가르쳐주신 아무 일은[下誨某事]'이라 하고 높은 분에게 답장할 때도
같이 사용한다.

지시하신 일은[所教]

소시所示 · 소간所懇이라고도 하며 모두 평교 간에 답장할 때 사용한다.

편지 쓸 때의 심정을 표현하는 구절 임서류臨書類

입사류入事類에 붙여 쓴다.

통용通用

편지를 쓰려니 지극히 송구스럽습니다.[臨書 悚慄之至]

　　또는 '종이를 대하니 그리운 마음 감당할 수 없습니다.[臨書無任]'라 한다.

　　존장에게 사용한다.

붓을 잡으니 어찌 간절한 기원을 감당하겠습니까.[臨穎 曷勝懇禱]

　　존경용이다.

종이를 대하니 그리운 마음 감당하지 못하겠습니다.[臨楮 不勝眷戀]

　　또는 '종이를 대하니 어찌 그리운 마음 감당하겠습니까.[臨楮 曷勝依依]', '붓을 잡으니 서글픈 마음 내달립니다.[臨穎 悵然神馳]'라 한다. 평교간에 아울러 사용한다.

편지의 결미에 안녕을 기원하는 구절 보중류保重類

임서류臨書類에 붙여 쓴다.

존장용尊長用

끝으로 시절마다 복 받으시기를 기원합니다.[餘伏祝順時 以膺福祉]
　　또는 '마지막으로 때에 맞춰 아끼고 보중하시기 엎드려 바랍니다.[餘伏祈若
　　時愛護]', '마지막으로 더욱 건강하시어 평안하시기 바랍니다.[餘伏祝氣體候
　　益加安寧]'라 한다.

대관용大官用

끝으로 그저 나라와 백성을 위하여 자중하시길 기원합니다.[餘只伏祝爲國爲
民自重]
　　또는 '끝으로 때에 따라 몸을 아끼시고, 사직과 백성들의 소망을 들어주시
　　길 바랍니다.[餘只伏冀順時嘉愛 以慰社稷士民之望]'라고 한다.

존경용尊敬用

끝으로 때에 따라 자중하시기를 바랍니다.[餘仰冀隨候自珍]

또는 '끝으로 도를 위하여 자신을 옥처럼 소중히 여기시기를 바랍니다.[餘只伏祈爲道自玉]'라고 한다.

평교용平交用

끝으로 다시 바라건대 때에 따라 몸을 보중하시고 섭생하여 저의 뜻에 부응하시기를 바랍니다.[餘更冀順時 珍攝以副鄙意]

또는 '마지막으로 도에 따라 스스로 보중하시기를 기원합니다.[餘祈以道自重]'라고 한다.

결미류結尾類

보중류保重類에 붙여 쓴다.

통용通用

다 갖추지 못합니다.[不備]

존장尊長과 존경하는 분에게 쓴다.

다 펼치지 못합니다.[不宣]

평교간에 쓴다.

일일이 말씀드리지 못합니다.[不一]

또는 불일일不一一·불기不旣·불실不悉이라고도 한다. 신분이 낮거나 나이
가 어린 사람에게 쓴다.

편지를 마무리하는 인사 기량류祈亮類

결미류結尾類에 붙여 쓴다.

통·용通用

살펴보시기 바랍니다.[伏惟下鑑]

　　존장용이다.

살펴보시기 바랍니다.[伏惟下察]

　　존경용이다.

살펴보시기 바랍니다.[伏惟下照]

　　형조兄照·형하조兄下照·존조尊照라고도 쓰며 평교용과 같이 쓴다.

모두 살펴보시기 바랍니다.[萬惟照亮]

　　또는 원량原亮·양찰亮察로 쓰며 '고명한 분께서 헤아려 주시기 바랍니다.
　　[惟高明亮之]'라고도 한다.

이상의 편지 어휘는 편지를 쓸 때, 한 투식마다 한 구절 혹은 두 구절씩을
취하여 자신의 상황에 맞는 것을 서로 연결하여 사용한다. 기량류祈亮類에
이르면 편지가 저절로 완성되어 거의 대방가에게 기롱을 당하지 않을 것이
다. 지금 꿰어서 아래와 같이 편지를 만든다.

보내는 편지의 형식 왕서식往書式

○년 ○월 ○일 ○○○이[某年某月某日某生]

　　모생은 시생侍生·소생小生의 류와 같다.

○○○ 절합니다.[某姓名拜手]

　　이름을 갖추어 쓴다.

옆에서 가르침을 받지 못한지 이미 여러 날 지났습니다.[不獲侍教 已至多日]

　　존경용은 '광풍제월光風霽月 같은 모습 보지 못한 지 이미 여러 날이 되었습
　　니다.[不瞻光霽 已至多日]'라고 하고, 평교간에는 '며칠 보지 못했는데 마치 삼
　　년이나 된 것 같습니다.[累日阻見 如隔三秋]'라고 쓴다. ○간활류間濶類이다.

그대의 덕을 몹시 우러르는 마음 날이 갈수록 깊어집니다.[仰德之劇 與日俱深]

　　존경하는 분에게는 '아침과 저녁으로 그리워해도 그저 마음속에 간직할 뿐
　　입니다.[晨夕瞻仰 徒抱寸懷]'라 하고, 평교간에는 '그리워하는 마음 말로 표
　　현할 수 없습니다.[懷想之思 言不能喩]'라 한다. ○첨앙류瞻仰類이다.

근래[比來]

　　즉일류卽日類이다.

추위가 조금씩 누그러져 온 세상이 봄입니다.[寒威漸減 宇宙皆春]

　　시령류時令類이다.

묻건대[伏惟]

또는 복문伏問 · 복미심伏未審이라 하며, 존경용은 공유恭惟 · 복문伏問 · 복미심伏未審이라 하고, 평교간에는 경우敬惟 · 근문謹問 · 미심未審이라 한다. ○복유류伏惟類이다.

몸은 평안하십니까.[氣體候安寧]

복문伏問 · 복미심伏未審에 붙여 쓸 경우에는 약하若何라고 한다. 존경용은 '몸은 편안하십니까[氣候萬安]' 또는 '어떠하십니까[何如]'라 하고, 평교용은 '기거起居가 쾌적하신지요.[起居淸勝]' 또는 '어떠하십니까[何似]'를 쓴다. ○기거류起居類이다. 그리워하는 마음 가눌 길 없습니다.[伏喜區區 無任下誠] 약하若何에 붙여 사용할 경우엔 '그리워하는 마음 가눌 길이 없습니다.[伏慕區區 無任下誠]', 존경용은 '엎드려 기뻐하며 간절한 마음 감당하지 못합니다.[伏喜不任區區]'라고 한다. '건강은 어떠십니까.[接氣候何如]'에 붙여 사용할 경우에는 '희喜' 자를 '모慕'로 쓴다. 평교간에는 '기쁘고 위안되는 마음이 배나 됩니다.[欣慰倍品]'라 하며, '기거起居는 어떠십니까[起居何似]'에 붙여 쓸 경우에는 '그리운 마음 참으로 깊습니다.[戀仰良深]'라 한다. ○흔희류欣喜類이다.

○○○는 걱정해 주셔서 몰골을 겨우 유지하고 있으며 달리 뭐라고 드릴 말씀이 없습니다.[某伏蒙下念 僅保形骸 他何伏達]

존경용은 '○○○가 외람되이 과분한 은덕을 입고 그럭저럭 옛 모습을 지키고 있습니다. 이밖에 무엇을 말씀드리겠습니까.[某叨蒙厚賜 姑保昔樣 此外何喩]'라 쓰고, 평교용은 '저는 녹록하게 집에서 지내며 뜻대로 되지 않는 일이 십중팔구입니다. 어찌 지기知己라고 말하겠습니까.[生碌碌家居 不如意事 十常八九 豈足爲知己者道也]'라 쓴다. ○자서류自叙類이다.

송구히 아룁니다. 이에 평소 사랑해 주심을 믿고 감히 이렇게 간청합니다. [悚達 玆恃愛隆 敢此稟懇]

존경용은 '송구하나 평소의 친분으로 우러러 살펴주실 것을 믿고 감히 이렇

게 번거롭게 아룁니다.[就悚仰恃素雅 敢此稟瀆]'라 하고, 평교용은 취중就中
이라 쓴다. ○소품류少稟類이다.

마침 ○○○ 일이 있어서 운운합니다.[適有某事云云]

입사류入事類이다.

편지를 쓰려고 하니 죄송한 마음 지극합니다.[臨書 悚慄之至]

존경용은 '붓을 잡고 어찌 간절히 기도하는 마음 이길 수 있겠습니까.[臨穎
曷勝懇禱]'라 하고, 평교용은 '붓을 잡으니 서글픈 마음이 일어납니다.[臨穎
悵然神馳]'라 쓴다. ○임서류臨書類이다.

항상 더욱 건강하시기를 기원합니다.[餘伏祝氣體候 益加安寧]

존경용은 '끝으로 다만 도를 위해 자중자애하기를 기원합니다.[餘只伏祈 爲
道自玉]'라 하고, 평교용은 '끝으로 더욱 때에 따라 조섭하여 제 뜻에 부응하
시기를 바랍니다.[餘更冀順時珍攝 以副鄙意]'라 쓴다. ○보중류保重類이다. ○
멀리 보내는 편지가 아니면 하나의 투식을 없애더라고 무방하다.

나머지는 다 갖추지 않겠습니다.[不備]

존경용은 동일하고 평교용에는 '다 펴지 못합니다.[不宣]'라 한다. ○결미류
結尾類이다.

살펴보시기 바랍니다.[伏惟下鑑]

존경용은 '삼가 살펴주시길 바랍니다.[伏惟下察]'라 하고, 평교간에는 '굽어
살펴주십시오.[伏惟下照]'라 한다. ○기량류祈亮類이다.

답하는 편지의 형식 답서식答書式

간활류間闊類

첨앙류瞻仰類

간활류에 붙여 쓴다.

두 가지 투식 모두 위에 보인다.

욕승류辱承類

첨앙류에 붙여서 쓴다.

통용通用

천만뜻밖에[千萬料外]

　　또는 '꿈속 밖에[夢寐之外]', '생각 외에[計外]'라고 한다.

삼가 받았습니다.

존경하는 경우에는 근승謹承 · 경승敬承 · 근경謹擎이라 한다. 평교간에는 득승得承 · 즉승卽承 · 홀승忽承 · 획승獲承 · 황승怳承 · 즉접卽接 · 즉배卽拜 · 득배得拜 · 획배獲拜 · 획봉獲奉 · 연승連承 · 속승續承 · 천승荐承이라고도 한다. 신분이 낮거나 나이가 어린 경우에는 득견得見 · 즉견卽見 · 획견獲見이라고 한다.

내려주신 편지를 받고서[得承伏]

하문서下問書라고도 한다. 존경용은 하찰下札 · 하한下翰 · 외찰巍札이라 한다. 평교간에는 화한華翰 · 혜한惠翰 · 수한手翰 · 정한情翰 · 욕찰辱札 · 진찰珎札 · 존찰尊札 · 정찰情札 · 혜찰惠札 · 위찰委札 · 문찰問札 · 수찰手札 · 단찰崙札이라 한다. 상을 당한 사람에게는 애찰哀札 · 애서哀書이라고 한다. 신분이 낮거나 나이가 어린 경우에는 수자手字라고 한다. 자질子姪의 경우에는 여서汝書 · 여필汝筆이라고 한다.

심지류審知類

욕승류에 붙여 쓴다.

통용通用

알게 되었습니다.[仍伏審]

존장용尊長用이다.

삼가 알게 되었습니다.[謹審]

앙심仰審 · 공심恭審 · 경심敬審 · 비심備審 · 후심候審이라고도 쓴다. 존경용尊敬用이다.

기쁘게 알았습니다.[欣審]

흠심欽審 · 종심從審 · 잉심仍審 · 구심具審 · 빙심憑審 · 취심就審 · 즉심卽審 ·

시심始審·득심得審이라고도 쓴다. 평교간에도 아울러 사용한다.

알았습니다.[仍知]

득지得知·잉체仍諦·시지始知라고도 쓴다. 신분이 낮거나 나이가 어린 사
람에게 쓴다.

시령류時令類

심지류에 붙여 쓴다.

기거류起居類

시령류에 붙여서 쓴다.

흔희류欣喜類

기거류에 붙여서 쓴다.

자서류自敍類

흔희류에 붙여서 쓴다.

입사류入事類

자서류에 붙여서 쓴다.

다섯 개의 투식套式은 모두 위에 있다.

인편류因便類

입사류에 붙여서 쓴다.

통용通用

지금 돌아가는 편에 보냅니다.[今仍歸便]
　　또는 '가는 편에[去便]' 또는 '○○가 가는 편에 보냅니다.[某行便]'라고 한다.
몇 자 적습니다.[伏修數字]
　　또는 '부족하나마 작은 종이에 써서 보냅니다.[聊裁寸楮]'라고 한다.

보중류保重類

인편류에 붙여서 쓴다.

결미류結尾類

보중류에 붙여서 쓴다.

기량류祈亮類

결미류에 붙여서 쓴다.

세 가지 투식은 모두 위에 있다.

구절을 꿰어 답하는 편지의 형식 관성답서식串成答書式

모시며 가르침을 받지 못한 세월이 훌쩍 지나 오래되었습니다.[不獲侍敎 倏爾逾時]

　　존경용은 같고 평교용은 '며칠 동안 볼 수 없었습니다.[累日阻見]'를 쓴다. ○간활류間闊類이다.

우러르고 바라보지만 그저 간절한 마음만 치달릴 뿐입니다.[此心瞻望 徒切心馳]

　　존경용은 '아침저녁으로 우러르며 목마르게 그리워하는 심정이 더욱 깊습니다.[晨夕瞻仰 渴想殊甚]'라 하고, 평교용은 '그대의 풍모를 바라보며 마음속으로 그리워합니다.[望風懷想]'를 쓴다. ○첨앙류瞻仰類이다.

뜻밖에 내려주신 편지를 받았습니다.[計外 得伏承下書]

　　존경용은 '뜻밖에 삼가 보내주신 편지를 받았습니다.[計外 謹承下札]', 평교용은 '뜻밖에 편지를 받았습니다.[料外卽承華翰]'로 쓴다. ○욕승류辱承類이다.

이에 알게 된 것은[仍伏審]

　　존경용은 경심敬審, 평교간에는 흔심欣審을 쓴다. ○심지류審知類이다.

설날에[新元]

　　시령류時令類이다.

평안하십니까?[氣體候安寧]

　　존경용은 '체후만안體候萬安', 평교용은 '생활이 맑고 좋으신지요.[靜履淸勝]'

라고 쓴다. ○기거류起居類이다.

그리워하는 제 마음 견디지 못하겠습니다.[伏喜區區 無任下誠]

존경용은 '간절한 마음을 감당할 수 없습니다.[伏喜不任區區]', 평교용은 '헤아릴 수 없이 기쁘고 위로됩니다.[欣慰無量]'를 쓴다. ○흔희류欣喜類이다.

○○○는 하념下念을 받고 겨우 병을 면했습니다. 달리 아뢸 것이 무엇이 겠습니까.[某伏蒙下念 僅得免恙 他何伏達]

존경용은 '○○○는 염려 덕분에 겨우 예전처럼 지내고 있으니 달리 뭐라고 드릴 말씀이 없습니다.[某叨蒙垂念 姑保昔樣 他何伏喩]', 평교용은 '저는 다행히 그대의 보살핌에 힘입어 평소처럼 지내고 있으니 족히 말할 것이 없습니다.[弟幸荷尊庇 株守如常 無足道者]'를 쓴다. ○자서류自叙類이다.

알려주신 어떤 일은 이러이러합니다.[下教某事云云]

존경용은 '알려주신 어떤 일은 이러이러합니다.[下示某事云云]'를 쓴다. 평교용은 '보여주신 어떤 일은 이러이러합니다.[所示某事云云]'를 쓴다. ○입사류入事類이다.

이번에 가는 인편에 몇 자 적어 보냅니다.[今因去便 伏修數字]

존경용도 같다. 평교용에는 '애오라지 작은 종이에 지어 보냅니다.[聊裁寸楮]'라고 쓴다. ○인편류因便類이다.

마지막으로 때에 따라 복 받기를 엎드려 기원합니다.[餘只伏祝順時 以膺福祉]

존경용은 '끝으로 모쪼록 자중자애하시기를 기원합니다.[餘仰冀隨候自珍]', 평교용은 '끝으로 자중자애하기를 바랍니다.[餘祈以道自重]'로 쓴다. ○보중류保重類이다.

갖추지 못하고 이만 줄입니다.[不備]

존경용은 이와 동일하고 평교용은 불선不宣이라고 쓴다. ○결미류結尾類이다.

살펴보시기 바랍니다.[伏惟下鑑]

존경용은 '복유하찰伏惟下察', 평교용은 '복유형하조伏惟兄下照'라 쓴다. ○

기량류祈亮類이다.

○년 ○월 ○일[年月日]

[이름][具名]

　위에 보인다.

문자류文字類

진설陳設 경비敬備 경구敬具 인비寅備 요설聊設 요비박구聊備薄具

왕림枉臨 강림降臨

　　사강賜降 · 총림寵臨 · 귀림貴臨 · 유림侑臨 · 혜림惠臨 · 내림來臨이라고도 한다.

경굴敬屈

　　또는 경아敬迓 · 봉요奉邀 · 감로敢勞라 한다.

전인專人 주개走价 위팽委伻 견인遣人 주복走僕

소신少伸 경신敬伸

　　경표敬表 · 약표略表 · 경정敬呈 · 경헌敬獻 · 앙정仰呈 · 자정玆呈 · 약신略伸 ·

　　요신聊伸 · 복상伏上 · 복정伏呈 · 감정敢呈 · 송사送似라고도 한다.

미의微儀 미례微禮 박의薄儀 박물薄物 세의歲儀 속의俗儀 부의賻儀

불수不受 반벽返璧 근완謹完 반조返趙

영수領受 복수伏受 지애祗受 경령敬領 배수拜受 근수謹受 의수依受

　　의령依領이라고도 한다.

소유笑留 소령笑領 소납笑納 해납海納 조납照納 질진叱晉 신수哂收

행심幸甚 만행萬幸 지행至幸 지기至企 흔행欣幸 지앙至仰

물각勿却 불각不却 물외勿外 무거毋拒 견외見外 견와見拒 타각他却

하몽荷蒙 여몽如蒙 약몽若蒙 득몽得蒙 득하得荷 지하知荷 심하深荷

궤유愧遺 하송下送 하혜下惠 하황下貺 성혜盛惠 성궤盛餽 혜황惠貺

괴육愧恧 황괴惶愧 참육慙恧 참부慙負 익증괴난益增愧赧

또는 '부끄러움이 많으니 어찌 얼굴에 흐르는 땀을 이길 수 있겠습니까?[負
愧多矣 豈勝汗顏]'라고 한다.

촉망囑望 지축至祝

지도至禱 · 지간至懇 · 천만유념千萬留念 · 복망伏望 · 복걸伏乞 · 복원伏願이라
고도 하니 존장용尊長用이다. ○행망幸望 · 지망至望 · 행수幸須 · 경수更須 ·
경망更望 · 망수望須는 평교용平交用이다.

창망悵惘 창연悵然 창연悵戀 창앙悵仰 창결悵缺 망연惘然 경경耿耿

감앙感仰 복감伏感 송감悚感 앙감仰感 심감深感 위감爲感 양감良感

위하慰賀 복위伏慰 앙위仰慰 위위爲慰 심위深慰 복하伏賀 앙하仰賀

배후拜候 진알進謁

또는 진배進拜 · 추배趨拜 · 진후進候라고도 하며 존장용尊長用과 함께 쓴다.

진서晉敍

궁진면서躬進面敍 · 봉배면토奉拜面討라고도 하고 평교용平交用과 함께 쓴다.

통용通用

황권黃卷

책의 총칭總稱이다.

경거옥패瓊琚玉佩[1]

---

1 경거옥패(瓊琚玉佩): 경거(瓊琚)와 옥패(玉佩)는 옥으로 만들어 차는 장식물이다. "나에
게 모과를 던져주어 아름다운 옥으로 갚는다.[投我以木瓜 報之以瓊琚]"라고 하였다. 《詩
經 木瓜》. 한유는 〈제유자후문(祭柳子厚文)〉에서 유종원(柳宗元)의 문장을 "옥패와 경거
로 그 소리를 크게 낸다.[玉佩瓊琚 大放厥辭]"라고 칭찬하였다.

남의 뛰어난 문장을 일컬을 때 사용한다.

금해임랑金薤琳琅[2]

선비의 아름다운 문장을 칭찬할 때 사용한다.

섭렵涉獵[3]

폭넓게 보다.

오이吾伊

글 읽는 소리

집경執經

가르침을 청하다.

윤필潤筆[4]

글을 지어주고 돈을 얻다.

설경舌耕[5]

학문으로 먹고 산다.

대성戴星

일찍 나서는 것.

---

2 금해임랑(金薤琳琅): 전서(篆書)의 일종인 도해서(倒薤書)의 미칭으로 뛰어난 필체를 말
　한다. 임랑(琳琅)은 아름다운 옥석(玉石)으로 아름다운 시구(詩句)를 비유한다.

3 섭렵(涉獵): 『한서(漢書)』〈가산전(賈山傳)〉에서 안사고(顔師古)의 주(注)에 "섭은 물을
　건너는 것과 같고, 엽은 짐승을 사냥하는 것과 같다. 두루 돌아보아 오롯이 전심하지 않
　는 것이다.[涉若涉水 獵若獵獸 言歷覽之不專精也]"라고 하였다.

4 윤필(潤筆): 수(隋)나라 고조(高祖)가 이덕림(李德林)에게 정역(鄭譯)을 복관(復官)시키
　는 조서를 지으라고 하자, 고경(高熲)이 농담으로 정역에게 "붓이 말랐다.[筆乾]"라고 말
　하였다. 정역이 "나가서 방악이 되었다가 지팡이 짚고 돌아와 한 푼도 없으니 어찌 붓을
　적실 수 있겠는가.[出爲方岳 杖策言歸 不得一錢 何以潤筆]"라고 대답했다는 고사가 전한
　다. 《隋書 鄭譯列傳》

5 설경(舌耕): "가규(賈逵)는 몸을 힘들여 밭갈이 하지 않고, 경문(經文)을 입으로 강의하
　여 세상에 이름이 났으니, 이른바 혀로 밭갈이하는 것이다." 하였다. 《事文類聚》

부기附驥[6]

　　동행하다.

반형班荊[7]

　　두 사람이 길에서 만나다.

서제噬臍[8]

　　일을 후회해도 소용없다.

절도絶倒

　　크게 웃는다.

홍당閧堂

　　많은 사람이 웃는다.

회록回祿[9]

　　화신火神

양상군자梁上君子

　　도적盜賊

추도錐刀[10]

6　부기(附驥): 부기미(附驥尾)의 준말로, 파리가 말의 꼬리에 붙어 멀리 간다는 뜻이다. "백
　　이와 숙제가 어질었으나 공자를 만나서 이름이 더욱 드러났고, 안연이 학문에 독실했으
　　나 천리마 꼬리에 붙어서 행실이 더욱 드러났다.[伯夷叔齊雖賢 得夫子而名益彰 顔淵雖篤
　　學 附驥尾而行益顯]"라고 하였다.《史記 伯夷列傳》

7　반형(班荊): 반형도구(班荊道舊)의 준말이다. 길에서 옛 친구를 만나 형초(荊草)를 깔고
　　이야기를 나누는 것이다. 초(楚)나라 오거(伍擧)가 채(蔡)나라 성자(聲子)와 세교(世交)
　　를 맺었는데, 두 사람이 정(鄭)나라 교외에서 만나 형초(荊草)를 깔고 앉아[班荊] 이야기
　　를 주고받았다는 고사가 전한다.《春秋左氏傳 襄公》

8　서제(噬臍): 사향노루가 자신의 배꼽을 물어뜯는다는 뜻이다. 사람에게 붙잡힌 사향노루
　　가 자신의 배꼽에서 나는 사향 냄새 때문에 붙잡힌 줄로 알고 자신의 배꼽을 물어뜯었다
　　는 고사가 전한다.《春秋左氏傳 莊公》

9　회록(回祿): 불귀신의 이름이다. 전설 속 불의 신 오회(吳回)와 육종(陸終)의 병칭으로
　　회륙(回陸)이라 해야 하는데, 육(陸)과 녹(祿)의 음이 통하여 회록이 되었다.

작은 이익을 구하는 것이다.

대고待沽

좋은 가격을 찾는 것이다.

호우고슬好竽鼓瑟[11]

일을 하는 데 기회를 얻지 못하다.

작사도방作舍道傍[12]

마음을 정하지 못하다.

효우效尤

다른 사람의 잘못을 본받다.

효빈效矉[13]

다른 사람의 행동을 억지로 따라하는 것이다.

장본張本

미리 뒷일을 준비하다.

방명方命[14]

다른 사람의 부름에 나아가지 않는다.

---

10 추도(錐刀): 작은 칼의 뾰족한 끝이라는 뜻으로 장부(帳簿)에 기록할 때 사용하는 도필(刀筆)이다. "추도의 끝을 장차 모두 다툰다.[錐刀之末 將盡爭之]"라고 하였다. 《春秋左氏傳 昭公》

11 호우고슬(好竽鼓瑟): 피리를 좋아하는데 거문고를 연주한다는 뜻으로, 남의 비위를 맞추지 못하거나 엉뚱하게 대처하는 것을 말한다.

12 작사도방(作舍道傍): 집을 지을 때 행인들에게 의견을 물으면 그 의견이 모두 달라 결정하지 못하는 것을 말한다. "집을 지으면서 행인에게 묻는 것과 같은지라. 이 때문에 완성하지 못하는구나.[如彼築室于道謀 是用不潰于成]"라고 하였다. 《詩經 小雅 小旻》

13 효빈(效矉): 월(越)나라 미녀 서시(西施)가 가슴이 아파 얼굴을 찡그리자 그것을 본 이웃 마을의 추녀(醜女)가 따라서 얼굴을 찡그리자 동네 사람들이 놀라 도망쳤다는 고사가 전한다. 《莊子 天運》

14 방명(方命): 명령을 거역하는 것이다. "왕명을 거역하고 백성을 학대한다.[方命虐民]"라는 말에서 유래하였다. 《孟子 梁惠王下》

한맹寒盟

　전의 약속을 어기다.

당돌서시唐突西施[15]

　진晉 나라 악광樂廣이 명성이 있었다. 사람들이 주의周顗를 악광에 비유하자 주의가 말하기를 "만약 나를 악광 같은 사람이라고 하면, 이는 무염無鹽을 서시西施앞에 세우는 것과 같다."라고 했다.

빙벽氷蘗[16]

　청빈하다.

곤핍悃愊[17]

　지극히 정성스럽다.

불속不速

　손님이 스스로 온 것이다.

차래嗟來[18]

　무례하게 주는 음식.

---

15 당돌서시(唐突西施): 서시(西施)는 월(越)나라 미인이고, 무염은 제(齊)나라 추녀 종리춘(鍾離春)이다. "어찌 무염을 화장시켜서 서시의 앞에 내세운단 말인가.[何乃刻畫無鹽 唐突西施也]"라고 하였다. 《晉書 周顗列傳》

16 빙벽(氷蘗): 당(唐)나라 백거이(白居易)가 "3년 동안 자사로 있으면서 맑은 얼음물을 마시고 쓰디쓴 소태를 씹었노라.[三年爲刺史 飮水復食蘗]"라고 하였다. 《白樂天詩集 三年爲刺史》

17 곤핍(悃愊): 진실하여 꾸밈없음을 뜻한다. "안온하고 조용한 관리는 진실하고 꾸밈이 없어 일계(日計)는 부족해도 월계(月計)는 여유있다.[安靜之吏 悃愊無華 日計不足 月計有餘]"라고 하였다. 《後漢書 肅宗孝章帝紀》

18 차래(嗟來): 차래식(嗟來食)의 준말이다. 제(齊)나라에 흉년이 들어 검오(黔敖)가 길에서 밥을 지어 사람들에게 먹이면서 "불쌍해라, 어서 와서 먹어라.[嗟來食]"라고 하자, 그가 눈을 부릅뜨고 쳐다보면서 "나는 불쌍하게 여기면서 무례하게 주는 음식을 받아먹지 않아 이 지경에 이르렀다.[予唯不食嗟來之食 以至於斯也]"라고 하고 음식을 먹지 않고 굶어 죽었다. 《禮記 檀弓》

장님에게 길을 묻고 귀머거리에게 들어주기 바란다.[19]

　　스스로 겸손하게 하는 말이다.

헌지軒輊[20]

　　일에 낮고 높음이 있다.

힐항頡頏[21]

　　힘이 서로 겨룰 만하다.

길거拮据[22]

　　손과 입이 함께 일을 하는데 매우 피곤하다.

앙장鞅掌[23]

　　손이 편하고 한가하지 않은 모양이다.

반씨 집 문 앞에서 도끼를 놀리다.[24]

　　분수를 모르다.

---

19 장님에게……바란다: 자신을 겸손하게 일컬을 적에 장님이나 귀머거리라고 자칭한다.
　　"그대는 교화하는 방법을 그 사람에게서 구하지 않고 나를 찾아오니, 이는 귀머거리에게
　　들어달라고 하고 장님에게 길을 묻는 것입니다.[足下求速化之術 不於其人 乃以訪愈 是所
　　謂借聽於聾 求道於盲]"라고 하였다. 《唐宋八大家文鈔 答陳生書》

20 헌지(軒輊): 앞이 높고 뒤가 낮은 수레를 헌(軒)이라 하고, 앞이 낮고 뒤가 높은 수레를
　　지(輊)라고 한다.

21 힐항(頡頏): 서로 어울리는 모습이다. "제비들 날아다니며 오르락 내리락하네.[燕燕于飛
　　頡之頏之]"라고 하였다. 《詩經 燕燕》

22 길거(拮据): 손발과 입을 움직여서 열심히 일하는 모양이다. "내 두 손을 바삐 놀려 내
　　갈대 가져오고 내가 쌓았다. 내 입이 병든 것은 내 집이 없기 때문이다.[予手拮据 予所捋
　　茶 予所蓄租 予口卒瘏 曰予未有室家]"라고 하였다. 《詩經 豳風 鴟鴞》

23 앙장(鞅掌): 바쁘다는 뜻이다. "누구는 제멋대로 편하고, 누구는 나랏일로 정신없이 분주
　　하다.[或棲遲偃仰 或王事鞅掌]"라고 하였다. 《詩經 小雅 北山》

24 반문농부(班門弄斧): 노(魯)나라의 어리석은 사람이 솜씨 좋은 사람 반수(班輸)의 집 앞
　　에서 도끼로 솜씨를 자랑하자 사람들이 반수의 집 문을 쳐다보며 웃고 떠났다는 고사가
　　전한다.

수기數奇

　명운이 어그러지다.

분파奔波

　수고롭고 바쁘다.

터럭을 불어 흉터를 찾다.[吹毛求疵]

　남의 과실을 찾는다.

냉정한 인간의 싸늘한 말[25]

　서로 부드럽게 조롱하는 것이다.

야용회음冶容誨淫[26]

　부인婦人이 예쁘게 용모를 가꾸는 것은 다른 사람이 음심을 갖도록 가르치
　는 것이다.

만장회도漫藏誨盜

　재물을 허술하게 보관하면 도둑질을 부르는 것이다.

하동사후河東獅吼[27]

　진초陳慥가 아내를 두려워하는 것을 소동파蘇東坡가 꾸짖은 것이다.

---

25 냉어빙인(冷語氷人): 맹촉(孟蜀)의 반재정(潘在庭)이 재물로 권력자와 교유를 맺자 어떤
　사람이 주의를 주었다. 반재정은 "원조를 구하려는 것이 아니라 그가 냉혹한 말로 사람을
　해칠까 봐 그런 것이다.[非是求援 不欲其以冷語冰人耳]"라고 대답했다. 《古今事文類聚
　性行部 不欲冷語》

26 야용회음(冶容誨淫): 허술하게 보관하는 것은 도적질을 가르치는 것이며, 용모를 꾸미는
　것은 음심을 갖도록 가르치는 것이다.[慢藏誨盜 冶容誨淫] 《周易 繫辭傳上》

27 하동사후(河東獅吼): 앙칼지게 대드는 아내를 비유하는 말이다. 진계상(陳季常)의 아내
　가 표독하여 소리를 잘 질렀는데, 소동파가 진계상의 아내의 고함소리를 사자후에 빗대
　었다. 진계상의 아내가 하동 유씨였다고도 하고, 두보(杜甫)의 시 〈가탄(可嘆)〉에 "하동
　의 아낙네 성은 유씨라네(河東女兒身姓柳)"라는 구절을 떠올리고 빗댄 것이라고도 한다.

편지 용어 모음 휘언류彙言類

상사喪事

천붕지통天崩之痛

국애보통國哀普痛 · 여상지통如喪之痛[1]이라고도 하고 자성빈천慈聖賓天이라고
도 한다. 모두 국휼國恤에 사용한다. 국장國葬에는 인산지제因山之制, 또는
인산예필因山禮畢이라 한다.

대효大孝

아버지의 상

지효至孝

어머니의 상. ○대효大孝 · 지효至孝는 '위대하다 건원乾元이여. 지극하다 건
원乾元이여'[2]의 뜻에서 취한 것이다.

계수나무 뜰에 찬 기운이 일어나 아름다운 꽃 일찍 시들었다.[桂苑生寒 奇花

---

1 여상지통(如喪之痛): 백성이 부모상을 당한 것처럼 임금의 죽음을 슬퍼하는 것을 말한다.
   "임금이 승하하니 백성은 부모의 상을 당한 듯 삼년복을 입었고, 온 나라에서는 8음의
   악기를 멈추었다.[帝乃殂落 百姓如喪考妣三載 四海遏密八音]"라고 하였다.《書經 舜典》
2 지극하다 건원(乾元)이여: 『주역』 「건괘(乾卦) 단(象)」이 '대재건원(大哉乾元)'으로 시작
   하고 「곤괘(坤卦) 단(象)」이 '지재곤원(至哉坤元)'으로 시작하는 데에서 유래한 것이다.

早謝]

　　아들 상을 당한 사람을 위로하는 것이다.

밝은 구슬 손바닥에서 잃고 흰 옥을 진흙에 묻히다.[明珠失掌 白璧埋塵]

　　딸의 상을 당한 사람을 위로하는 것이다.

상명喪明

　　아들의 상

상와喪瓦

　　딸의 상

완명불사頑命不死

　　구연완천苟延頑喘이라고도 하며, 상중에 있을 때 사용한다.

붕성지통崩城之痛

　　붕성유부崩城有婦이라고도 하며, 남편의 상에 사용한다.

항려지통伉儷之痛

　　고분지통叩盆之痛·상우지탄喪耦之歎이라고도 하며 아내의 상을 당했을 때
사용한다.

기러기 떼에서 나누어지고, 해당화 떨기에서 꽃받침 떨어지다.[雁陣分群 棠
叢墜萼]

　　형제의 상

빼어난 어린 가지가 시들었고, 섬돌의 난초가 바람에 시들었네.[孫枝瘁秀 蘭
砌風零]

　　손자의 상

백옥루 완성되어 지하에서 글을 짓다.[3]

3　백옥루……글을 짓다: 당나라 시인 이하(李賀)가 27세에 죽었는데, 천상에서 붉은 옷을
　입은 사람이 붉은 용을 타고 내려와 상제(上帝)가 백옥루(白玉樓)를 완성하고 기문(記文)
　을 지으라고 명했다면서 데려갔다는 고사가 전한다. 《李義山文集箋註 李賀小傳》

문사文士의 상

질병疾病

친제親瘵

자신 부모의 병이다.

색우色憂

남의 부모의 병이다.

신우薪憂[4]

자신의 병이다.

건화愆和

또는 건후愆候·조후調候·건도愆度라 하며 남의 병이다.

약을 쓰지 않아도 기쁨이 있다.[5]

물약지경勿藥之慶·물약지보勿藥之報라 하며, 남의 병에 차도가 있을 때 사용한다.

과제科第

괴황박안槐黃迫眼[6]

---

4 신우(薪憂): 땔나무를 하기 어려울 정도로 힘들다는 뜻이다. 임금이 선비에게 활을 쏘라고 할 때, "저는 땔나무를 짊어진 고단함이 있습니다.[某有負薪之憂]"라고 한 말이 전한다.《禮記 曲禮 下》

5 약을 쓰지……있다: 약을 쓰지 않아도 병이 낫는 것을 말한다. "갑작스런 병이다. 약을 쓰지 말라. 기쁨이 있으리라.[无妄之疾 勿藥有喜]"라고 하였다.《周易 无妄》

6 괴황박안(槐黃迫眼): 괴황(槐黃)은 괴화황(槐花黃)의 약칭이다. 당나라 때 장안(長安)의 회화나무가 음력 7월에 녹황색 꽃이 피면 과거가 있으므로, 당시에 사람들이 "회화나무

과거 시험이 가까워졌다.

착편운로着鞭雲路[7]

회시會試 합격을 축하한다.

파천황破天荒[8]

이 지역에서 처음 과거에 급제한 것이다.

등용登龍

모두 절계折桂[9]나 점액點額[10]이라는 말도 쓴다. 모두 문과에 급제한 것이다.

호약虎躍

또는 쾌시상인快試霜刃 · 승룡乘龍이라 하며 모두 무과에 급제한 것이다.

읍옥泣玉

또는 하제下第라고 하며 모두 대과 낙제에 사용한다.

대첩大捷

또는 적련摘蓮 · 쾌첩快捷 · 고중高中이라 하며 소과에 합격했을 때 사용한다.

에 노란 꽃이 피면 과거 응시생들이 바빠진다.[槐花黃擧子忙]"라고 하였다.

7 착편운로(着鞭雲路): 동진(東晉)의 유곤(劉琨)이 조적(祖逖)과 친하게 지냈는데, 조적이 조정에 기용되었다는 말을 듣고서 "내가 창을 베고 누워 아침을 기다려 오랑캐를 무찌르려고 했는데, 조적이 나보다 먼저 채찍을 휘두를까 항상 두려워했다.[吾枕戈待旦 志梟逆虜 常恐祖生先吾著鞭]"는 편지를 보냈다는 고사가 전한다. 《晉書 劉琨列傳》

8 파천황(破天荒): 천황은 천지가 열리지 않은 혼돈 상태를 말한다. 형주(荊州)에서 해마다 향시(鄕試) 합격자를 서울로 보냈지만 대과(大科) 급제자가 나오지 않아 천황이라고 불렀는데, 유태(劉蛻) 사인(舍人)이 급제하자 천황을 깨뜨렸다는 의미에서 '파천황(破天荒)'이라고 했다. 《唐摭言 海述解送》

9 절계(折桂): 진 무제(晉武帝) 때 현량 대책(賢良對策)에서 장원(壯元)을 한 극선(郤詵)이 "계수나무 숲의 가지 하나를 꺾고, 곤륜산의 옥돌 한 조각을 쥐었다.[桂林之一枝 崑山之片玉]"라고 소감을 말했다. 《晉書 郤詵列傳》

10 점액(點額): 과거에 낙방한 것을 말한다. "중국 황하(黃河) 상류의 가파른 절벽이 있는 용문(龍門)에 물고기가 올라가면 용이 되고 올라가지 못하면 이마에 점이 찍혀 돌아온다.[上渡龍門 得渡爲龍矣 否則點額而還]"라고 하였다. 《水經注 河水》

낙막落莫

또는 음묵飮墨[11]이라 하며 모두 소과에 낙제했을 때 사용한다.

수탄壽誕

교리화조交梨火棗[12]

동방삭東方朔이 한漢 무제武帝에게 교리交梨와 화조火棗를 바쳤는데, 모두 천년을 사는 선과仙果이다.

빙도설우冰桃雪藕

서왕모西王母가 주목왕周穆王에게 빙도冰桃와 설우雪藕[13]를 바쳤다. 모두 신선계에서 장생長生을 위한 것이다.

인포청정麟脯靑精

요지연瑤池宴의 안주에는 기린포와 청정밥[14]이 있다.

경장옥액瓊漿玉液

요지연瑤池宴의 술에는 경장옥액瓊漿玉液이 있으며 속세의 장수를 축원하는 말로 사용한다.

---

11 음묵(飮墨): 과거 응시생이 답안지에 글자가 잘못 쓰거나 글씨가 잘 쓰지 못하면 자리에서 일어나 "먹물 한 되를 마시게 했다.[飮墨水一升]"고 한다. 《隋書 禮儀志》

12 교리화조(交梨火棗): 교리(交梨)는 신선이 먹는 배이다. 운림(雲林) 왕부인(王夫人)이 "교리(交梨)와 화조(火棗)를 산속의 허도사(許道士)에게 줄 것이요, 인간의 허장사에게 주지 않을 것이다."라고 하였다. 《海錄碎事 許玉斧》 화조(火棗)는 신선 안기생(安期生)이 먹던 오이 크기의 대추로, 먹으면 날개가 생겨 하늘을 날 수 있다고 한다. 《史記 封禪書》

13 설우(雪藕): 어린 연뿌리로 색깔이 희다.

14 청정밥: 청정석(靑精石)으로 지은 밥이다. 이것을 오래 먹으면 얼굴색이 좋아지고 장수한다고 한다. 두보의 〈증이백(贈李白)〉 시에, "어찌 저 도가의 청정반으로 내 얼굴 좋게 할 길이 없을까.[豈無靑精飯 使我顔色好]"에서 나온 말이다.

혼인婚姻

우귀于歸

    딸을 시집보내다.

수실受室

    아내를 얻다.

악수결리樂邃結褵[15]

    시집가는 것을 축하하다.

영해항려榮偕伉儷

    아내 얻은 것을 축하하다.

여부인如夫人

    첩을 칭한다.

성기星期

    혼인날

월서月書

    혼서

사진仕進

제서도문除書到門

    벼슬받는 것을 축하하다.

견지당로見知當路

---

15 결리(結褵): 딸이 시집갈 때 어머니가 딸에게 경계의 말을 하며 향주머니를 채워 주었다.
    "아가씨 시집가니, 누런 말과 얼룩말이네. 어머니가 향주머니 채워 주니, 그 위의 성대하
    구나.[之子于歸 皇駁其馬 親結其縭 九十其儀]"라고 하였다. 《詩經 豳風 東山》

인정받은 것을 축하하다.

하거下車

임지에 도착하다.

영응미조榮膺美調

직위 얻은 것을 축하하다.

선부과기羨赴瓜期[16]

부임을 축하하다.

해조解組

퇴임하다.

빈부貧富

자표황방紫標黃榜[17]

재물이 많다.

관후속진貫朽粟陳[18]

돈과 곡식이 많다.

적빈현경赤貧懸磬[19]

집이 가난하다.

---

16 과기(瓜期): 지방관의 임기(任期)가 찬 것을 말한다. 제(齊)나라 양공(襄公)이 오이 철에
관지보를 지방관으로 임명하면서 "내년 오이철에 교대시키겠다."고 하였다.

17 황방(黃榜): 명나라 때에 전시(殿試) 급제자 100명의 이름을 노란 종이에 써서 알린 방문
(榜文)으로, 황금방(黃金榜)이라고도 한다.

18 관후속진(貫朽粟陳): 한(漢)나라 문제(文帝)·경제(景帝) 때에 나라의 경비를 절약하여
돈꿰미가 썩어 계산할 수가 없었고, 태창(太倉)의 곡식은 썩어서 먹지 못했다고 한다.

19 현경(懸磬): 『춘추좌전』에 "집이 달아 놓은 종과 같다.[室如懸磬]"고 한 말이 있는데, 텅
비어서 아무것도 없다는 뜻이다.

채색곡형茱色鵠形²⁰

　굶주리다.

재진在陳²¹

　식량이 없다.

남루襤褸

　낡은 옷

공방孔方

　아안鵝眼이라고도 하며 돈이다.

간구干求

행사선용幸賜先容

　천거를 구하다.

감번대수敢煩大手

　글 지어주기를 부탁하다.

심기고퇴深冀敲推²²

20　채색곡형(茱色鵠形): 채색(茱色)은 굶주려 누렇게 뜬 얼굴빛을 말한다. "9년간 경작하면
　　반드시 3년분의 양식이 남게 된다. 30년을 통계하면 흉년과 가뭄과 홍수가 있더라도 백
　　성들은 굶주린 기색이 없게 된다.[九年耕 必有三年之食 以三十年之通 雖有凶旱水溢 民
　　無茱色]"라고 하였다. 《禮記 王制》 곡형(鵠形)은 고니의 형태로 수척한 모습을 말한다.
　　"굶주린 자를 고니의 모습이라 한다.[言飢餓者爲鵠形]"《書言故事 貧乏》

21　재진(在陳): 곡식이 떨어졌다는 의미이다. "공자가 진나라에 있을 때 식량이 떨어지니,
　　수행하던 자가 병들어 일어나지 못하였다.[在陳絶糧 從者病 莫能興]"라고 하였다. 《論語
　　衛靈公》

22　고퇴(敲推): 당(唐)나라 승려 가도(賈島)가 나귀를 타고 시를 읊다가 "새는 못 속의 나무
　　에 잠들고 중은 달 아래 문을 두드린다.[鳥宿池中樹 僧敲月下門]"라는 구절이 생각났는
　　데, '고(敲)'가 좋을지 '퇴(推)'가 좋을지 고민하다가 우연히 만난 한유(韓愈)의 말에 따라

문장 수정을 부탁하다.

차중정언借重鼎言

다른 사람의 일을 부탁하다.

망거옥지望擧玉趾

같이 가주기를 부탁하다.

수사酬謝

심욕고헌深辱高軒

다른 사람의 방문해준 것에 감사하다.

욕사취허辱賜吹噓

아껴주심에 감사하다.

몽사주옥蒙賜珠玉

문장을 지어준 것에 감사하다.

순주[23]지요郇廚之擾

주인이 성찬으로 손님을 대접한 것에 감사하다.

초구지진草具之陳

주인이 자신의 거친 음식을 말하는 것이다.

제택第宅

누사陋舍

'고(敲)' 자로 결정하였다는 고사가 전한다.

23 순주(郇廚): 당(唐)나라 위척(韋陟)이 순공(郇公)에 봉해졌는데, 그의 주방에 온갖 맛있는 음식을 갖추어 사람들이 모두 포식했다고 한다.

누지陋地 · 소사小舍 · 누항陋巷 · 폐거弊居라고도 하며 자신의 집이다.

헌하軒下

고헌高軒 · 고문高門 · 귀댁貴宅이라고도 하며 남의 집이다. ○담부潭府[24]는
대대로 벼슬하는 집안이다.

기용器用

은관銀管

중서군中書君 · 관성자管城子 · 모추자毛錐子 · 섬호纖毫 · 동관彤管이라고도
하며 모두 붓의 이름이다.

마간馬肝[25]

석허중石虛中 · 낭묵후郎墨侯 · 석향후石鄕侯 · 취미연就尾硯 · 지묵池墨 · 지구
池俱라고도 하며 벼루의 호칭이다.

송사자松使者

진현陳玄 · 현옥玄玉 · 연매煙煤 · 현홀玄笏이라고도 하며 모두 먹을 칭한다.

저선생楮先生

섬등剡藤 · 옥반玉柭 · 운손雲孫 · 저우楮友 · 필전筆箋이라고도 하며 모두 종이
의 이름이다.

인풍仁風

편면便面[26]이라고도 하며 부채의 이름이다.

---

24 담부(潭府): 당나라 한유(韓愈)의 〈부독서성남(符讀書城南)〉 시에, "한 사람은 말 앞의 졸
개가 되어 채찍 맞은 등에 구더기가 생기고, 한 사람은 공이나 재상이 되어 깊고 그윽한
부중에 거처하네.[一爲馬前卒 鞭背生蟲蛆 一爲公與相 潭府中居]"라고 한 데서 유래했다.

25 마간(馬肝): 말의 간(肝)처럼 보라색을 띤 돌로, 가장 좋은 벼루의 재료로 꼽힌다. 소식의
시 〈손신로기묵(孫莘老寄墨)〉에 "단계의 벼루는 말의 간을 쪼아 놓은 듯하고, 섬계의 등
지(藤紙)는 옥판을 펴 놓은 듯하네.[谿石琢馬肝 剡藤開玉版]"라고 하였다.

거궐巨闕[27]

　용천龍泉[28]이라고도 하며 검을 칭한다.

화제火齊

　거울이다.

칠간七幹

　연각燕角·월극越棘·오호烏號라고도 하며 활이다.

백우白羽

　금복金僕이라고도 하며 화살이다.

녹기綠綺

　초미焦尾·옥휘玉徽·칠현七絃이라고도 하며 거문고이다.

곤현鵾絃

　용수龍首·철발鐵撥·사현四絃이라고도 하며 비파이다.

주현朱絃

　앵황罵黃이라고도 하며 쟁이다.

옥관玉管

　인뢰人籟라고도 하며 퉁소이다.

가연柯椽

　피리이다.

박산博山

　보압寶鴨·수압睡鴨·은사銀獅라고도 하며 화로이다.

26　편면(便面): 옛날에 남에게 자신의 얼굴을 보여주고 싶지 않을 때 얼굴을 가리던 부채를 말한다.

27　거궐(巨闕): 명검을 잘 만들었던 월(越)나라 구야(歐冶)가 월왕(越王)을 위해 만든 다섯 자루의 칼 중 하나이다.

28　용천(龍泉): 춘추시대 간장(干將)과 막야(莫邪) 부부가 만들었다는 보검(寶劍)이다.

금현金鉉

조미調味라고도 하며 솥이다.

부시罘罳

병풍이다.

인문鱗紋

반월半月 · 벽포碧蒲 · 용수龍鬚라고도 하며 자리이다.

척문隻紋

대자리이다.

좌천坐穿

상床이다.

유선遊仙

용형龍形이라고도 하며 베개이다.

연거蓮炬

촛불이다.

오사烏史

안석이다.

명풍鳴風

요월搖月이라고도 하며 주렴이다.

동장銅章

금귀金龜 · 옥린玉鱗이라고도 하며 도장이다.

복식服飾

제하製荷[29]

제포綈袍[30] · 봉액縫掖[31] · 운군雲裙이라고도 하며 옷이다.

인란紉蘭

　　띠이다.

선시蟬翅

　　갓이다.

정재頂載

　　획절獲節 · 당각唐殼이라고도 하며 모자이다.

칩각蟄角

　　두건이다.

사조絲釣

　　두혜兜鞋 · 청사靑絲라고도 하며 신발이다.

사의絲衣

　　도롱이이다.

천도天道

육출六出

　　살염撒塩이라고도 하며 눈이다.

망서望舒

　　은섬銀蟾 · 옥륜玉輪이라고도 하며 달이다.

양각羊角32

---

29 제하(製荷): 은사(隱士)가 입는 옷을 말한다. "마름과 연잎으로 저고리를 만들고, 부용을 엮어 바지를 만들어 입는다.[製芰荷以爲衣兮 集芙蓉以爲裳]"라고 하였다. 《楚辭 離騷》

30 제포(綈袍): 두꺼운 명주로 만든 솜옷이다. 위(魏)나라의 수가(須賈)가 그의 옛 친구 범수(范雎)가 추위에 떠는 것을 보고 제포를 주었던 고사가 있다. 《史記 范雎蔡潭列傳》

31 봉액(縫掖): 소매 밑에서부터 봉합한 옷으로 선비가 입는 도포의 별칭이다.

화신花信 · 송뢰松籟라고도 하며 바람이다.

지리|地理

재리梓里[33]

고향이다.

발섭跋涉[34]

길가는 수고를 말한다.

여획석전如獲石田[35]

쓸모없는 것을 얻은 것이다.

석가|釋家

초제招提[36]

학국鶴國 · 금사金沙 · 총림叢林 · 난약蘭若 · 용궁龍宮이라고도 하며 사찰이다.

백족白足[37]

---

32 양각(羊角): 회오리바람을 말한다. "큰 붕새가 양의 뿔처럼 빙빙 도는 회오리바람을 타고
    공중으로 9만 리를 올라간다.[大鵬搏扶搖羊角而上者九萬里]"라고 하였다. 《莊子 逍遙遊》

33 재리(梓里): 고향을 뜻한다. 부모가 자손을 위해 가래나무를 심었기 때문이다.

34 발섭(跋涉): 가는 길의 어려움을 말한다. 잡초가 우거진 길을 가는 것을 발(跋)이라 하고,
    물을 건너는 것을 섭(涉)이라 한다. "대부들이 발섭하고 뒤쫓아 오는지라 내 마음 근심스
    럽네.[大夫跋涉 我心則憂]"라고 하였다. 《詩經 鄘風 載馳》

35 여획석전(如獲石田): 쓸모없는 것을 얻었다는 의미이다. "오히려 돌밭을 얻는 것과 같아
    서 아무 쓸모가 없다.[猶獲石田也 無所用之]"라고 하였다. 《春秋左氏傳 哀公》

36 초제(招提): 범어(梵語) caturdeśa의 음역(音譯)으로, 사원(寺院)의 별칭이다.

37 백족(白足): 세속의 더러움에 오염되지 않은 수도승(修道僧)을 말한다. 위(魏)나라 승려
    담시(曇始)는 발이 얼굴보다도 깨끗했는데 흙탕물을 걸어가도 발이 전혀 더러워지지 않

호석皓釋 · 운납雲衲 · 설납雪衲이라고도 하며 승려이다.

음찬飮饌

평원독우平原督郵[38]

노수魯水 · 모시茅柴라고도 하는데, 모두 맛없는 술이다.

청주종사靑州從事

상락桑落 · 유하流霞 · 죽엽竹葉 · 청장靑壯 · 원홍元紅 · 진주眞珠 · 홍포紅蒲 ·

도록萄綠 · 환백歡伯이라고도 하며 모두 좋은 술이다.

추로秋露

홍로紅露라고도 하며 소주燒酒이다. 원元나라 때부터 있었다.

서초괴瑞草魁[39]

용단龍團 · 봉수鳳髓 · 로아露芽 · 자운퇴紫雲堆라고도 하며 차茶의 이름이다.

자각紫殻

또는 소순素脣이라고도 하며 조개이다.

장요長腰

백찬白粲이라고도 하며 백미이다.

아 '백족화상(白足和尙)'이라고 불렸다. 《琅邪代醉篇 白足》

38 평원독우(平原督郵): 나쁜 술이라는 뜻이다. 진(晉)나라 환온(桓溫)에게 술맛을 잘 아는
주부(主簿)가 있었는데, 좋은 술은 청주 종사(靑州從事)라 하고 나쁜 술은 평원 독우(平
原督郵)라 하였다. 청주에는 제군(齊郡)이 있고 평원에는 격현(鬲縣)이 있으니, 제군을 맡
는 청주 종사는 배꼽[臍] 아래로 내려간다는 뜻이고, 격현을 맡는 평원 독우는 가슴[膈]
위에 머물러 있다는 것이다. 제군의 제(齊)와 격현의 격(鬲)은 제(臍)나 격(膈)과 음과 모
양이 같기 때문이다. 《事文類聚 燕飮部 酒》
39 서초괴(瑞草魁): 차를 가리킨다. 두목(杜牧)의 시 〈제다산(題茶山)〉에, "차를 서초(瑞草)
중의 으뜸으로 칭한다.[茶稱瑞草魁]"라고 하였다.

곽삭옹郭索翁

　　무장공자無腸公子라고도 하며, 게이다.

찬리채鑽籬菜

　　또는 한음翰音·시향尸鄕이라고도 하며 닭이다.

수사화水梭花[40]

　　물고기이다.

화충華蟲

　　산량山梁이나 금핵錦翮이라고도 하며 꿩이다.

화목花木

화중은일花中隱逸

　　가을국화이다.

화내신선花內神仙

　　해당화이다.

군자君子

　　대나무이다.

대부大夫

　　소나무이다.

동정상만洞庭霜滿

　　귤이 익는 것이다.

경취輕翠

---

40 수사화(水梭花): 불가에서 물고기를 일컫는 말이다. 스님들이 고기를 금하기 때문에 은
　　어(隱語)를 사용하였다고 한다.

능금이다.

위날蝟剌

밤이다.

적심赤心

대추이다.

함도含桃

앵두이다.

원유園囿

소원小園

자신의 정원이다.

귀원貴園

명원名園·귀포貴圃·진포珎圃라고도 하며, 다른 사람의 정원이다.

노마奴馬

육족六足

또는 기솔騎率이나 기견騎牽이라 한다.

비기鄙騎

또는 엽기驜耆나 대보代步라 하며 자신의 말이다.

귀어貴御

또는 귀기貴騎라 하며 다른 남의 말이다.

폐석풍정肺石風淸[41]

순임금의 뜰에 폐석이 있는데 원통한 사람이 그 위에 앉으면 재판관이 맑게 다스렸다. 원통한 백성이 없다는 말이다.

복당福堂[42]

감옥이다.

주련株連

연루된 것이 많다는 뜻이다.

해분解紛

다른 사람을 위해 송사를 해결하는 것이다.

쥐 어금니와 참새의 뿔[43]

일부러 거짓말을 하여 다른 사람을 죄에 끌어들이는 것으로 송사의 허점을 뜻한다.

---

41 폐석풍정(肺石風淸): 재판의 공정함을 말한다.

42 복당(福堂): 감옥을 말한다. 명(明)나라 호시(胡侍)가 "내가 전에 감옥에 있을 때 벽에 쓰인 복당이라는 글자가 매우 위대해 보였는데, 최근에 『오월춘추(吳越春秋)』를 보다가 대부 문종의 축사에 '화는 덕의 근간이 되고 걱정은 복의 집이 된다.'라는 글을 보고 그 말의 출처를 알았다.[余向繫錦衣獄 睹壁上有大書福堂字甚偉 近閱吳越春秋 大夫文種祝詞有云 禍爲德根憂爲福堂 因知出處]"라고 하였다. 《眞珠船》

43 쥐 어금니와 참새의 뿔: 뿔 없는 참새가 지붕을 뚫고, 어금니 없는 쥐가 담을 갉아 구멍을 낸다는 뜻이다. "참새 뿔이 없다고 누가 말했나? 무엇으로 내 집 지붕 뚫었는가.[誰謂雀無角 何以穿我屋]", "쥐 어금니 없다고 누가 말했나. 무엇으로 내 집 담을 뚫었는가.[誰謂鼠無牙 何以穿我墉]"라고 하였다. 《詩經 召南 行露》

금수禽獸

역성力性

화제花蹄[44] · 반제班蹄라고 하며 소이다.

분수羵首

양이다.

관단款段

노태라고도 하는데, 굼뜬 둔한 말이다.

장면長面

또는 장이長耳라고 하며 나귀이다.

한로韓盧[45]

황이黃耳[46]라고 하며 개이다.

강렵剛鬣

돼지이다.

옥조玉爪

금모金眸라고 하며 매이다.

---

44 화제(花蹄): 마소의 발굽 형태가 꽃모양 같은 데서 나온 말이다.

45 한로(韓盧): 한(韓)나라의 좋은 사냥개 이름으로 한로(韓獹)라고도 한다. "한로는 옛날 한(韓)나라에서 나는 명견이다. 검은색을 려(盧)라 한다.[韓盧 古韓國之名犬也 黑色曰盧]"라고 하였다. 《漢書 王莽傳》

46 황이(黃耳): 진(晉)나라 육기(陸機)의 애견 이름이다. 총명하여 육기가 편지를 넣은 죽통(竹筒)을 개의 목에 걸어서 낙양(洛陽)과 오지(吳地)의 몇천 리 길을 오가며 소식을 전했다고 한다. 《晉書 陸機列傳》

물목物目

길짐승은 두頭로 센다.

　　혹은 척隻이나 필疋로도 쓴다.

날짐승은 도道로 센다.

　　매는 핵翮·연連·단斷으로 쓴다.

물고기는 미尾로 센다.

　　굴비는 속束, 전복은 곶串으로 쓴다.

곶감은 첩貼으로 센다.

가죽은 장長으로 센다.

　　영領으로도 쓴다.

채찍은 조條로 센다.

수레는 양兩으로 센다.

비녀는 고股로 센다.

솥은 좌坐로 센다.

검은 구口로 센다.

거울은 면面으로 센다.

돈은 문文으로 센다.

기구는 부部로 센다.

부채는 파把로 센다.

　　병柄으로도 쓴다.

돗자리는 장張으로 센다.

　　폭幅으로도 쓴다.

관은 정頂으로 센다.

비단은 필匹로 센다.

의복은 건件으로 센다.

　습襲으로도 쓴다.

신발은 양兩으로 센다.

　대對로도 쓴다.

서책은 질帙로 센다.

　권卷으로도 쓴다.

벼루는 면面으로 센다.

먹은 홀笏로 센다.

　정丁으로도 쓴다.

붓은 병柄으로 센다.

종이는 권卷으로 센다.

　속束이나 장張으로도 쓰고, 편지지는 폭幅으로 쓴다.

누룩은 원圓으로 센다.

쌀은 석石으로 센다.

　두斗 · 승升으로도 쓴다.

술은 병瓶으로 센다.

　호壺 · 잔盞으로도 쓴다.

떡은 기器로 센다.

과일은 두斗로 센다.

　승升 · 개箇로도 쓴다.

약재는 근斤으로 센다.

　양兩으로도 쓰고 목화도 같다.

연회에 초청하는 편지류 연청류宴請類

아래에는 여러 사람의 척독을 아울러 붙였다.

설날에 초청함 원단청元旦請

달력을 새로 반포하니 도부桃符[1]는 옛것에서 바뀌고, 은은한 봄빛은 매화꽃과 버들가지 사이에 있습니다. 달력가 인사드리지도 못했는데, 벌써 정월 초하루[2][정월은 단월端月이다.]가 되었습니다. 족하와 도소주酴酥酒[3]를 마시려 하니 왕림해 주시기 바랍니다.

답장

정월에 삼양三陽[4]의 기운이 시작되어 만물이 기운을 함께합니다. 향기 나는

---

1 도부(桃符): 옛 풍속에 새해 초하루가 되면, 복숭아나무 판자 두 개에다 신도(神荼)와 울루(鬱壘) 두 신의 이름을 써서 문 양쪽 옆에 걸어 사귀(邪鬼)를 물리쳤다고 한다.

2 정월 초하루: 원문은 '이단(履端)'이다. 천체(天體)의 운행을 관측하여 역(曆)의 시초를 정하는 것이다. 《左傳 文公 元年》

3 도소주(酴酥酒): 설날에 마시는 술이다. 이 술을 마시면 괴질과 사기(邪氣)를 물리치며 장수한다고 믿었다. 후한(後漢)의 화타(華陀)가 처음 만들었다고도 하고, 당(唐)나라 손사막(孫思邈)이 만들었다고도 한다.

4 삼양(三陽): 12개월을 『주역(周易)』의 괘(卦)에 맞추어 나타낸 말이다. 11월 동지(冬至)에 양 1획이 처음 생겨나 복괘(復卦)가 되고, 12월에는 양 2획이 자라나 임괘(臨卦)가 되고, 정월에는 양 3획이 자라나 태괘(泰卦)가 된다.

백액柏液을 기쁘게 바라보고, 도소주 잔을 흔쾌히 맞이할 것입니다. 총애하여 불러주시니 매우 감사합니다. 삼가 바로 말씀을 따르겠습니다. 답장 올립니다.

꽃피는 봄날 아침에 초청함 화조청花朝請[5]

90일 봄빛은 오늘 아침 이미 반이 지났습니다. 작은 정원의 붉은빛 자주빛의 복사꽃과 오얏꽃은 향기를 다툽니다. 정중히 족하를 맞아 이렇게 좋은 계절을 함께하고 싶어 이미 가동家僮에게 샘물 길어 차를 달이고 오솔길을 쓸어 놓고 기다리라 하였습니다.

답장

꽃 피는 아침, 달 뜨는 저녁이 어우러진 날입니다. 그대가 총애하여 불러주시니 옷소매 걷고 따르겠습니다. 족하께서 시 짓고 술 마시며 한껏 즐겨 화신花神만 장단치며 놀게 하지 않겠습니다.

초대에 응하지 못할 경우의 답장

따뜻한 봄바람이 불어오니 꽃이 눈에 가득합니다. 꽃 앞에서 마음껏 마시니 늙어가는 것도 모르겠습니다. 불러주시니 응당 말씀을 따라야 하겠습니다만, 중요한 일에 얽매여 뜻대로 할 수 없습니다. 마음으로만 마시면 어떻겠습니까? 명을 거스른 죄를 바다 같은 아량으로 모두 용서해주십시오.

---

5 화조청(花朝請): 음력 2월 12일이 모든 꽃의 생일(生日)이라 하여 그날을 화조(花朝)라고 한다. 우리나라는 15일을 화조라고 한다. 《提要錄》

봄날 꽃놀이에 초청함 유춘청遊春請

봄빛이 이러하니 바로 꽃과 버들을 구경할 때입니다. 술통을 들고 그대를 맞이하여 아지랑이를 감상하며 가슴 속의 복잡한 일들을 씻어내고자 합니다. 금초관金貂冠을 술로 바꾸어 먹어도[6] 무방합니다. 이 좋은 봄날을 즐기러 바로 오시기 바랍니다.

답장

살구꽃에 산들바람 불어옵니다. 날씨도 정말 화창하여 홑옷을 처음 입었습니다. 아지랑이 개인 꽃길에서 또 봄 술을 자주 기울이는 것을 보게 됩니다. 이 좋은 시절에 그대를 모시고 노니는 것을 허락해 주셨습니다. 요즘 경치가 아름다우니 시와 술에 빠져 지내는 것이 어찌 해롭겠습니까.

삼짇날에 초청함 상사청上巳請 [삼월삼일이다.]

난정蘭亭의 모임[7]은 영화永和 연간의 멋진 일이었습니다. 채소전 부치고 술을 사서 아름다운 때를 즐길까 합니다. 공경히 그대를 초청하여 진대晉代의 풍류風流를 한번 따르렵니다. 왕희지[8]와 그의 친구들만이 아름다운 일을 독차

---

6 금초관(金貂冠)을……먹어도: 금초환주(金貂換酒)라고도 한다. 진(晉)나라 완부(阮孚)가 황문시랑(黃門侍郎)으로 있을 때 금초(金貂)를 술과 바꾸어 먹었다. 금초(金貂)는 금당(金璫)과 담비 꼬리로 장식한 관으로, 높은 벼슬아치를 뜻한다.

7 난정(蘭亭)의 모임: 난정은 회계(會稽)의 산음(山陰)에 있던 정자 이름이고 계회는 수계(修禊)하는 모임이다. 수계는 3월의 첫 번째 사일(巳日)에 냇가에서 몸을 씻어 그해의 액운을 막는 것이다. 진(晉)나라 목제(穆帝) 영화(永和) 9년 3월 3일 상사일(上巳日)에 왕희지(王羲之) · 사안(謝安) · 손작(孫綽) 등 42인의 명사(名士)가 난정에서 모여 수계를 한 뒤에 곡수(曲水)에 술잔을 띄우고 시를 지으며 풍류를 즐긴 계회가 있었다. 《晉書 王羲之列傳》

지하게 하지 마십시오. 바로 옷을 떨치고 저에게 방문해 주시기 바랍니다.

답장

왕희지가 남긴 일은 천년 동안 향기로우니, 그대의 풍류가 바로 진晉나라의 풍류입니다. 맑은 여울 쭉 뻗은 대숲 사이에서 그대를 모시고 노닐면, 주변 사람들이 신선을 봤다고 생각할 것입니다. 어찌 감히 부름에 달려가지 않겠습니까.

봄을 보내는 날에 초청함 송춘청送春請

녹음은 짙어지고 꽃은 떨어져 봄빛은 이미 흘러가는 물을 따라 가버리고 있습니다. 삼가 꽃잎을 쓰는 놀이를 약속하여 봄 신[9]을 전별하려 합니다. 맛난 음식은 없고 자리에 다른 손님도 없으며, 두세 명의 친한 벗만이 있습니다. 기다리고 기다리겠습니다.

답장

봄 경치[10]가 쉽게 가 버렸습니다. 봄빛을 머물게 하기 어렵게 되었습니다. 참으로 붉은 꽃잎 떨어져 낭자할 것이 걱정되던 차에 홀연 인편[11]에 편지[12]로

---

8   왕희지: 원문은 '일소(逸少)'이며 왕희지의 자(字)다. 왕희지가 우군장군(右軍將軍)을 지냈기 때문에 '왕우군(王右軍)'이라고도 한다.

9   봄 신: 원문은 '청황(青皇)'이다. 봄을 관장하는 신(神)으로, 동제(東帝)·동황(東皇)·청황(青皇)·청제(青帝)라고도 한다.

10 봄 경치: 원문은 '소화(韶華)'이다. 아름다운 계절의 경치를 뜻하는 말로, 춘광(春光)을 가리킨다.

11 인편: 원문은 '거사(蘧使)'이다. 위(衛)나라 대부 거백옥(蘧伯玉)이 공자에게 사람을 보내 문안했다는 말이 있다. 《論語 憲問》

초대받았습니다. 실컷 마실 것이며, 취하지 않으면 돌아가지 않겠습니다.

초여름에 초청함 초하청初夏請

푸른 매실 따고 술을 데우니 날마다 간절히 그대가 그립습니다. 무성한 푸른 나무 어루만지니 봄은 손님처럼 돌아갔습니다. 인생이 얼마나 됩니까. 들에서 나는 채소와 산에서 나는 안주를 준비했으니, 보잘것없다 나무라지 마시기 바랍니다. 짙은 그늘과 그윽한 풀 향기가 꽃 필 때 보다 훨씬 좋습니다.

답장

한낮에 느티나무 맑은 그늘에 낮잠을 자니, 희황義皇 시절이 부럽지 않습니다.[13] 보리 익는 시절에 새벽 기운 촉촉한데, 새벽부터 술자리에 불러주시어 깜짝 놀랐습니다. 한가한 날을 잡아 함께 삼생三生[14]을 이야기합시다.

납량에 초청함 납량청納凉請

삼복의 찌는 더위가 사람을 힘들게 합니다. 오직 대숲의 맑은 그늘에서 향기로운 바람 살살 불어오니, 그대와 함께 가슴을 열어젖히고[15] 마주하려 합니다.

---

12 편지: 원문은 '절간(折柬)'으로, 주로 간단한 편지를 뜻하다.

13 희황……않습니다: 도연명이 전원에 있으면서 "여름철 한가로이 북창 가에 잠들어 누웠다가 맑은 바람 불어와 잠을 깨고 나서 스스로 희황 시절의 사람이라고 일컬었다.[夏月虛閑 高臥北窓之下 淸風颯至 自謂羲皇上人]"라고 하였다. 《晉書 隱逸傳 陶潛》

14 삼생(三生): 전생·현생·내생을 말한다.

15 가슴을 열어 젖히고: 초(楚)나라 양왕(襄王)이 난대(蘭臺)의 궁전에서 노닐 때 송옥과 경차(景差)가 모시고 있었다. 그때 시원한 바람이 불어오자 왕이 가슴을 열어 제치고[披襟]

답장

적제赤帝[16]가 권세를 부려 혹독한 더위로 마음이 답답한데, 친한 벗이 나를 맑은 그늘 아래 있게 해 주시는군요. 군자가 부채로 맑은 바람 부쳐주고 대부가 푸른 일산 펼쳐 주니, 음산陰山[17]에 가서 두꺼운 얼음장 밟지 않아도 저절로 양쪽 겨드랑이 사이에서 서늘한 기운이 생깁니다.

칠석날에 초청함 칠석청七夕請

칠석[18]이 되었습니다. 은하수의 견우와 직녀가 오작교를 배회하니, 참으로 아름다운 저녁입니다. 멋진 술자리를 마련하였으니, 방문하여 풍류를 즐기며 시를 읊는 것이 어떠한지요?

답장

오늘 밤 하늘 끝까지 구름이 없고, 두 별은 만나서 짝이 되었습니다. 쓸쓸한 세간에서 몇 사람이나 구산緱山의 흰 학[19]을 탈 수 있을까요? 본래 걸상의 먼지를 쓸려 했는데,[20] 마침 먼저 불러주셨습니다. 족하와 저포놀이를 하

"상쾌하도다, 바람이여. 과인이나 서인(庶人)이나 똑같이 맞는구나."라고 하였다." 《文選風賦》

16 적제(赤帝): 여름과 남방을 다스리는 화신(火神)을 가리킨다.

17 음산(陰山): 사시사철 눈과 얼음으로 덮여 있는 땅으로, 북방 변경의 산을 뜻한다.

18 칠석: 원문은 '교절(巧節)'로 되어 있다. 교절은 '걸교(乞巧)'라고도 하며, 음력 7월 7일 밤을 말한다. 부녀자들이 뜰에서 직녀성을 향해 지혜와 기교를 빌었던 것에서 비롯되었다.

19 구산(緱山)의 흰 학: 구씨산(緱氏山)을 지칭하는 말로 도를 닦아 신선이 되는 것을 말한다. 왕자교(王子喬)라는 신선이 도사 부구공(浮丘公)을 만나 숭고산(崇高山)에 올랐다가, 30여 년 뒤 산으로 찾아간 환량(桓良)을 보고, "우리 집에 알려서 7월 7일에 구씨산 꼭대기에서 나를 만나도록 하라."했는데, 그날 과연 하얀 학을 타고 산머리에 나타났다고 한다. 《列仙傳》

고[21] 술을 쭉 들이키며[22] 마음껏 놀다 돌아와, 마음속 걱정거리를 한바탕 날려보고자 합니다.

가을빛 완상에 초청함 추유청秋遊請

차가운 산은 푸르고 가을 물은 졸졸 흐릅니다. 안개비 내리는 남호南湖의 풍광[23]은 엷게 화장한 서시西施에 못지않습니다. 형을 초청하여 함께 완상하려니, 지금 시절을 놓치지 마시기 바랍니다.

답장

울긋불긋 단풍 숲이 봄꽃보다 멋집니다. 수레를 멈추고 앉아 감상한다[24]고 하였으니, 참으로 이유가 있습니다. 하물며 남호南湖의 가을 경치는 배나 아름답지 않겠습니까? 정중히 족하의 말씀 따라 마음껏 놀아보겠습니다.

---

20 걸상의……했는데: 후한(後漢)의 진번이 다른 손님은 일절 맞지 않다가, 현인인 서치(徐穉)가 오면 특별히 걸상 하나를 내려놓고 환담을 하고는 그가 가면 다시 올려놓았다. 《後漢書 徐穉列傳》

21 저포놀이를 하고: 원문은 '호로(呼盧)'이다. 호로는 나무로 만든 패 다섯 개를 가지고 하는 놀이이다. 다섯 개의 투자마다 양면(兩面)의 한쪽에는 흑색(黑色)을 칠하고 송아지를 그렸으며, 다른 쪽에는 백색(白色)을 칠하고 꿩을 그렸는데, 이 다섯 투자를 던져서 모두 흑색을 얻으면 '노(盧)'라고 외친 데서 온 말이다.

22 술을 쭉 들이키며: 원문은 '부백(浮白)'이다. 잔에 술을 가득 채워서 호기 있게 들이켜는 것을 말한다.

23 안개비……풍광: 당(唐)나라 이백(李白)의 〈배족숙엽급가사인지유동정(陪族叔曄及賈舍人至遊洞庭)〉5수 중 두 번째 시에, "남쪽 호수 가을 물에 밤안개 걷혔는데, 어찌하면 물결 타고 곧장 하늘로 오를까.[南湖秋水夜無煙, 耐可乘流直上天]"라는 구절이 있다.

24 수레를……감상한다: 두목(杜牧)의 〈산행(山行)〉 시에, "수레 멈추고 앉아서 석양의 단풍 감상하노니, 단풍 든 잎새 이월 꽃보다 더 붉구나.[停車坐愛楓林晚 霜葉紅於二月花]"라는 구절이 있다.

가을밤에 초청함 추야청秋夜請

달 속의 옥토끼 향기롭고 금두꺼비 그림자가 아른거립니다. 맑은 달빛 어여쁜데, 어찌하여 등불을 켜고 계화주桂花酒를 마시지 않겠습니까? 수레 타고 오셔서 밤새는 것을 사양하지 마십시오.

답장

멀리 달을 보니 뛰어난 흥취가 불쑥 일어납니다. 술을 마시려 해도 계책이 없어 거의 한줄기 달빛을 저버리게 되었습니다. 그런데 문득 불러주시니… 제 마음을 알고 계셨군요. 족하와 함께 상아嫦娥[25]와 짝하여 옥토끼의 약을 구할 것입니다.

중양절에 초청함 중양청重陽請

중양절重陽節[26]이 되니 날씨가 시원해졌습니다. 특별히 족하를 초청하여 높은 곳에 올라 수유茱萸를 꽂고 막걸리를 마시며, 여러 봉우리의 가을빛을 보려고 합니다. 기꺼이 오시어 국화의 냉소冷笑를 받지 마시기 바랍니다.

답장

단풍丹楓은 비단실 같고 울타리의 국화는 황금을 쌓아놓은 것 같습니다. 같이 높은 곳에 올라 족하와 함께 주고받으면, 용산龍山의 흥취[27]도 모자라지

---

25 상아(嫦娥): 신화 속에 나오는 달 속의 신녀(神女)로 항아(姮娥)라고도 한다. 예(羿)가 서왕모(西王母)에게서 얻은 불사약(不死藥)을 그의 처(妻)인 항아(姮娥)가 몰래 훔쳐 달 속으로 도망쳤다는 전설이 있다. 《淮南子 覽冥訓》
26 중양절(重陽節): 양수가 겹친 음력 9월 9일을 말한다.

않을 것입니다. 명에 따라 바로 달려가겠습니다.

겨울날에 초청함 동일청冬日請

수탄獸炭[28]을 붉게 피우게 되니, 바로 10월이 되었습니다. 푸른 부의주浮蟻
酒[29]로 다시 한 번 뵈려 합니다. 오신다면 저의 영광이니, 이 약속을 어기지
마십시오. 창가의 밤비 소리 듣다보면, 자리에 봄바람이 감돌 것입니다.

답장

계수나무를 묶어 땔감으로 하면서도, 오금烏金[숯이다]을 얻기 어려우니 저
절로 웃음이 날 뿐입니다. 술병을 기울여 보니 술은 있습니다. 홀연 보고
싶다는 편지[30]를 받으니, 후의에 깊이 감사드립니다. 저의 쓸쓸한 처지에
위로가 됩니다. 노란 등자와 푸른 귤이 있는 때[31]를 저버리지 않으면 좋겠
습니다.

---

27 용산(龍山)의 흥취: 진(晉)나라의 환온(桓溫)이 중양절에 용산(龍山)에서 연회를 열었는
    데, 참군(參軍) 맹가(孟嘉)가 시흥(詩興)에 취해 바람에 모자가 날리는 것도 모르면서 즐
    겼다고 한다.《晉書 孟嘉列傳》

28 수탄(獸炭): 석탄을 가루로 만들어 짐승 모양으로 뭉쳐 놓은 것인데, 도성의 부귀한 사람
    들이 이것을 가지고 술을 데워 마셨다고 한다.《晉書 羊琇傳》

29 푸른 부의주(浮蟻酒): 술이 익을 때 쌀알만 한 녹색 기포가 생기는데 그 모양이 마치 개
    미가 기어가는 것 같아 이를 '술개미'라고 한다. 그 술을 부의주(浮蟻酒) 또는 녹의주(綠
    蟻酒)라고 한다.

30 보고 싶다는 편지: 원문은 '금자(錦字)'로, 남편을 그리워하는 아내의 편지를 가리킨다.
    전진(前秦) 두도(竇滔)의 처 소혜(蘇蕙)가 유사(流沙)로 쫓겨난 남편을 그리워하며 비단
    옷감 위에 회문시(廻文詩)를 지어 보낸 고사가 있다.《晉書 列女傳》

31 노란 등자와……때: 소식의 〈증유경문(贈劉景文)〉 시에, "기억하시게, 일 년 좋은 풍경
    중 등자 누렇고 귤 파릇한 초겨울이 최고라는 것을.[一年好景君須記 最是橙黃橘綠時]"이
    라는 구절이 있다.

눈을 감상하자고 초청함 상설청賞雪請

'눈에 어리어리 피어나는 꽃'³²이라는 구절은 양梁나라에서 청하여 짓고자 했지만, '옥루는 추위에 소름이 돋는다'³³는 구절은 영郢의 거리에서 화운和 韻하기 힘들 것입니다. 언 붓을 불며 편지를 쓰고, 붉은 화로를 껴안고 말 타고 올 것을 기다리며, 패교灞橋의 나귀³⁴ 탄 모습을 바라볼 것이니, 섬수剡 水³⁵에서 뱃머리를 돌리게 하지 마십시오.[사마상여司馬相如는 양梁나라에서 "설옥雪玉이 어깨에 누각처럼 솟았네"라고 하였다. 송옥宋玉의 부賦에, "영郢 지역에서 노래하는 사람 중에 〈양춘곡陽春曲〉과 〈백설가白雪歌〉에 화운한 사람은 수십 명뿐이었다."³⁶라고 하였다. 익두鷁頭는 배이다.]

답장

추운 날씨 엄습하니, 바야흐로 원생袁生처럼 꼼짝하지 않고 누워있습니다.

---

32 눈에……꽃: 소식의 〈설후서북대벽(雪後書北臺壁)〉 시에, "옥루는 얼어붙어 추위에 소름 돋고, 흰 눈빛이 은해(銀海에 어려 허공 꽃이 이는구나.[凍合玉樓寒起粟, 光搖銀海眩生 花]"라고 하였다.

33 옥루는……돋는다: 바로 앞의 주석에서 인용한 소식의 〈설후서북대벽(雪後書北臺壁)〉 시의 구절을 참고할 것.

34 패교(灞橋)의 나귀: 성당(盛唐)의 시인 맹호연(孟浩然)은 눈발이 휘날리는 패교(灞橋) 위를 나귀 타고 지나갈 때 가장 멋진 시상(詩想)이 떠올랐다고 한다. 소식의 〈증사진하충수재 (贈寫眞何充秀才)〉시에 "그대는 또 못 보았는가 눈 속에 나귀 탄 맹호연을, 시 읊느라 찌푸 린 눈썹 산처럼 솟은 두 어깨를.[又不見雪中騎驢孟浩然 皺眉吟詩肩聳山]"라고 하였다.

35 섬수(剡水): 중국 절강성(浙江省) 섬계(剡溪) 지역을 가리킨다. 진(晉) 나라 때 왕휘지(王 徽之)가 일찍이 섬계에 사는 친구 대규(戴逵)가 생각나서 갑자기 눈 내리던 밤에 배를 타고 섬계를 건너간 고사가 있다. 《世說新語 任誕》

36 영(郢)에서……뿐이었다: 송옥(宋玉)이 "손님 중에 영(郢) 땅에서 노래하는 사람이 있었 는데, 나라 안에서 그 노래에 화답한 사람이 수천 명이었지만, 〈양춘곡(陽春曲)〉과 〈백 설곡(白雪曲)〉에 화답한 사람이 불과 수십 명이었다."라고 하였다. 《對楚王問》

호방한 정취가 일어나지만, 하필 학사學士께 차를 끓이라고 하겠습니까? 먼저 부르셨는데, 감히 뒤처지겠습니까? 바로 뚫린 신발을 신은 동곽東郭 선생처럼 맨발로 서당西堂으로 가겠습니다.[원안袁安이 마침 큰 눈이 왔는데, 낙양洛陽의 수령이 순찰하다가 원안을 보러왔다. 문에 발자국이 없어, 들어가 보게하니 원안이 눈 위에 꼼짝하지 않고 누워있었다.[37] 도곡陶穀이 학사學士가 되었을 때, 눈이 내리면 눈을 가져다가 차를 끓였다.[38] 동곽선생東郭先生이 일찍이 눈을 걸을 때 신발 위는 있어도 바닥은 없어서, 발바닥으로 땅을 밟았다. 사람들이 모두 비웃었지만, 태연자약하였다.[39]]

---

37 원안이……누워있었다: 원안(袁安)은 한나라 때의 사람이다. 큰 눈이 내려 낙양령(洛陽令)이 순찰을 나갔다. 민가(民家)에서 모두 눈을 치우고 나와 식량을 구걸하고 있는데, 원안의 집 문 앞에는 자취가 없었다. 들어가 보니 원안이 뻣뻣하게 누워 있었다. 왜 밖으로 나오지 않았느냐고 물으니, "큰 눈이 내려 사람들이 모두 주리고 있는데 먹을 것을 요구하는 것은 옳지 않다."라고 하였다. 《藝文類聚》

38 도곡이……끓였다: 눈을 떠서 찻물을 끓여 마실 정도로 눈이 쌓이지도 않았다는 말이다. 송(宋)나라 학사(學士) 도곡(陶穀)이 태위(太尉) 당진(黨進)의 집에서 가기(歌妓)를 데려온 뒤에, 쌓인 눈을 떠서 찻물을 끓이며 "당 태위의 집에 있을 때에는 이런 풍류를 몰랐을 것이다."고 자랑했다는 고사가 있다. 《綠窓新話》

39 동곽선생(東郭先生)이……태연자약하였다: 동곽선생은 한(漢)나라 무제(武帝) 때의 제(齊)의 사람이다. 살림이 빈궁하여 바닥이 없는 신발을 신고 눈 위를 걸어 다니자, 사람들이 모두 비웃었다는 고사가 전한다. 《史記 滑稽列傳》

꽃을 감상하는 편지류 상화류賞花類

매화 감상을 청하며 청상매화請賞梅花

활짝 핀 매화가 흰 눈이 집을 감싼 것 같고, 그윽한 향기 성긴 그림자에 밝은 달의 다정함을 느낍니다. 게다가 졸졸 흐르는 샘물이 섬돌을 돌며 옥 같은 거문고 소리를 내니, 몸이 완연히 나부산羅浮山 가운데에 있는 것 같습니다. 이처럼 아름다운 경치를 친구와 함께 하려니, 흔쾌히 찾아주시길 바랍니다.

답장

해가 북쪽 땅에 있지만[1] 매화는 남쪽 가지에서 봉오리를 터뜨리니, 봄소식이 날씨에 앞선다는 것을 알겠습니다. 미인美人과 고사高士의 흥취가 바야흐로 제 마음을 흔드는데, 맑게 감상하자며 초대해주시니, 매우 기쁘고 위로됩니다. 응당 정중히 달려가 모시겠습니다. 매화의 자태[2]를 자세히 완상

---

1 해가……있지만: 태양이 북쪽 땅에서 운행하면 겨울이고, 서쪽 땅에서 운행하면 봄이며, 남쪽 땅에서 운행하면 여름이고, 동쪽 땅에서 운행하면 가을이라 한다. [日行北陸謂之冬 西陸謂之春 南陸謂之夏 東陸謂之秋]라고 하였다. 《後漢書 律曆志下》

2 매화의 자태: 원문은 '월하정신(月下精神)'이다. 달 아래의 정신이라는 의미인데, 매화를

하면서 조정의 정사가 잘되길 바라겠습니다.[3]

모란 감상을 청하며 청상모란請賞牡丹

요가姚家의 황모란과 위가魏家의 자모란[4]이 품종마다 사랑스럽습니다. 술을 꺼내 특별히 족하를 집에 모시고, 함께 화왕花王의 봄빛을 감상하려 합니다.

답장

천향국색天香國色은[5] 화왕花王으로 부끄러움이 없고, 그 이름을 얻은 지도 오래되었습니다. 당신께서 감상하자고 부르시니, 마땅히 난간으로 달려가 부귀한 풍광을 살피겠습니다.

연꽃 감상을 청하며 청상하화請賞荷花

작은 못 물속에 연꽃이 활짝 피었습니다. 정자에서 더위를 피할 때면, 사방의 향기가 옷에 스며들 것입니다. 연꽃[6]이 웃으며 맞이하니, 특별히 술자리

지칭한다.

3 조정의……바라겠습니다: 솥에서 끓는 국물의 간을 맞춘다는 의미로, 정사(政事)가 잘 이루어지고 있는 것을 말한다.

4 요가(姚家)의……자모란: 옛날 낙양(洛陽)에는 모란을 많이 심었었다. 서민인 요씨(姚氏)의 집에는 노란 모란꽃이 피었고, 재상인 위인보(魏仁溥)의 집에는 붉은 모란꽃이 피었다고 한다. 《洛陽牧丹記 花釋名》

5 천향국색(天香國色): 모란을 말한다.

6 연꽃: 원문은 '육랑교면(六郎嬌面)'으로, 연꽃을 비유한 말이다. 당(唐)나라 측천무후(則天武后)가 집정(執政)할 때에 '육랑'이라 불렀던 장창종(張昌宗)이 잘생긴 용모 때문에 무후의 총애를 받았다. 양재사(楊再思)가 "사람들은 육랑의 얼굴이 연꽃 같다고 말하지만, 내가 보기에는 연꽃이 육랑을 닮았지 육랑이 연꽃을 닮지는 않았다고 생각한다"라고 하

를 마련하였습니다. 족하를 맞이하여 하루 종일 즐기려 하니, 바로 방문해 주시기 바랍니다.

답장

여름날 연꽃을 보는 것은 참으로 더위를 잊게 합니다. 마침 저를 아껴주시어 초대를 받았습니다. 편지에서 말한 내용을 읽으니, 이미 훨훨 날아오르는 신선이 된 듯합니다. 잠시 후 달려갈 것이니, 이에 앞서 답장을 올립니다.

국화 감상을 청하며 청상국화請賞菊花

성긴 울타리의 국화가 벌써 황금빛으로 활짝 피었습니다. 한낮에 너울거리는 꽃 앞에서 도연명의 즐거움[7]을 본받으려 합니다. 묵정밭의 가을빛 엷다[8]고 꺼리지 마시기 바랍니다.

답장

울타리 가의 국화는 당신께서 아끼는 것입니다. 이에 저를 부르시니 혹 흰옷을 입은 사람이 술을 가지고 온 것[9]인지요?

며 아첨하였다. 《舊唐書 楊再思列傳》

7　도연명의 즐거움: 도공(陶公)은 도연명인데, 그는 동쪽 울타리에 국화를 심으며 유유자적하였다.

8　묵정밭의 가을빛 엷다: 원문은 '노포추용담(老圃秋容淡)'이다. 송(宋)나라 한기(韓琦)의 시에, "묵정밭에 가을빛 엷은 것이 부끄럽지만, 늦가을 향기로운 국화꽃을 한번 보소.[雖慚老圃秋容淡 且看寒花晚節香]"라고 하였다.

9　흰옷을……것: 도연명(陶淵明)이 중구절(重九節)에 술이 없어 울 밑에서 속절없이 술에 띄울 꽃잎만 따고 있던 차에 백의(白衣)를 입은 사람이 술을 싣고 왔는데, 그는 바로 강주 자사(江州刺史) 왕홍(王弘)이 보낸 사람이었다. 《南史 王弘列傳》

의복을 보내는 편지류 궤복용류傀服用類

사모를 보내며 궤사모傀紗帽

예禮에서는 머리를 중요시하니 변복弁服[1]은 마땅히 정성스러워야 합니다. 이번에 장인匠人에게 만들도록 하였습니다. 일을 꼼꼼하게 하여 시속時俗의 제품이 정교하고 솜씨 있다고 하지만, 이번 장인이 만든 것을 능가할 수 없을 것입니다. 삼가 사모 하나를 올리니 왕양王陽과 공우貢禹를 본받는 것이 어떻겠습니까?[공우貢禹가 관직에 제수되자 왕양王陽이 관冠의 먼지를 털며 축하해주었다.[2]]

---

1 변복(弁服): 고대 중국의 귀족들이 착용하던 모자와 의복을 가리킨다. 상황에 따라 다른 변복을 입는데, 위변복(韋弁服)·피변복(皮弁服)·관변복(冠弁服)·복변복(服弁服) 등이 있다. 여기서는 모자를 가리킨다.

2 공우가……축하하였다: 의기투합하는 친구의 손을 잡고 벼슬길에 나설 준비를 한다는 의미이다. 공우(貢禹)는 한(漢)나라 때 낭야(琅邪) 사람으로, 자(字)는 소옹(少翁)이며, 현량(賢良)으로 천거되어 뒤에 간의대부(諫議大夫) 등을 지냈다. 왕양(王陽)은 왕자양(王子陽)의 준말인데, 자양은 왕길(王吉)의 자이다. 왕길 또한 낭야 사람으로 공우의 절친한 벗이었다. 『한서(漢書)』 권72 「왕길전(王吉傳)」에, "왕길이 관직에 임명되자 친구 공우도 덩달아 갓의 먼지를 털고 벼슬길에 나설 준비를 했다.[王陽在位 貢公彈冠]"라는 구절이 보인다. 여기서는 공우와 왕길의 행동이 뒤바뀌어서 서술되어 있다.

답장

은혜롭게 보내주신 수변(首弁, 모자)³을 받고 그대의 깊은 정에 큰절을 올립니다.⁴ 감히 큰 소나무 아래에서 수변을 벗어 머리를 드러내고 두 다리를 뻗고 앉겠습니다. 저의 바뀐 모습을 기대하십시오. 고맙습니다.

겨울 모자를 보내며 궤동모餽冬帽[나라 풍속에 이엄耳掩⁵이라 일컫는다]

삭풍朔風이 매서워 접리接䍦⁶[난모煖帽⁷이다]를 써야 합니다. 삼가 방한모를 올리니 이것으로 추위를 막으십시오. 다만 그대에게는 보잘것없겠지만 웃으면서 받아주십시오. 다시는 맨머리로 솔바람 맞지 마십시오.

답장

추위가 매섭고 찬바람이 살을 에는데, 족하께서 보내주신 방한모를 잘 받았습니다. 족하의 후한 덕택에 제 조관朝冠⁸의 정대頂戴⁹가 따뜻해지게 되었습니다. 봄이 오자마자 심부름꾼을 시켜 인사 올리겠습니다. 감사합니다.

---

3 수변(首弁): 머리에 쓰는 모자를 통칭하는데, 여기에서는 사모를 가리킨다.
4 큰절을 올립니다: 원문은 '정례(頂禮)'이다. 정례는 불전(佛殿)에서 이마를 땅에 대고 가장 공경하는 뜻으로 하는 절을 말한다.
5 이엄(耳掩): 방한용 귀마개이다.
6 접리(接䍦): 두건(頭巾)의 일종이다.
7 난모(煖帽): 추위를 막기 위해 쓰던 방한용 모자이다.
8 조관(朝冠): 관원(官員)이 조복을 입고 쓰던 관(冠)이다.
9 정대(頂戴): 관(冠)에 붙인 주옥(珠玉)의 꾸밈새를 가리키는데, 이것으로 관직을 구별했다고 한다.

양 갖옷을 보내며 궤양구饋羊裘

양 갖옷 한 벌이 비록 호백구狐白裘[10]처럼 귀하지는 않지만, 그럭저럭 추위를 막아줄 수 있습니다. 족하에게 정중히 보내오니 이것으로 존체尊體를 보호하십시오.

답장

눈 쌓인 한겨울 추위에 온몸이 부르르 떨립니다. 족하께서 옷을 벗어주는 뜻[11]을 헤아려 저에게 좋은 갖옷을 보내주시어 문득 삭풍이 물러나게 되었습니다. 감사합니다.

의복을 보내며 송의복送衣服

한 해가 저물어 가고 날씨도 몹시 춥습니다. 족하께서 적적한 객지에 계시어, 끝내 한 해를 마치는 생각[12]을 하지 못하실 것입니다. 새 옷 한 벌을 특별히 그대에게 보내드리니, 봄 명절 도포로 삼으십시오. 이것으로 그럭저럭 친구의 정을 표합니다.

---

10 호백구(狐白裘): 여우 겨드랑이의 흰털로 만든 갖옷을 말한다. 『사기』「맹상군열전」에, 여우 겨드랑이의 흰털로 만든 갖옷은 천금에 해당한다는 말이 있다.

11 옷을 벗어주는 뜻: 원문은 '해의지의(解衣之義)'로, 특별한 은총을 입었다는 뜻이다. 한(漢)나라 장수 한신(韓信)이 한 고조(漢高祖) 유방(劉邦)에게서 받은 은혜를 말하면서 "옷을 벗어 나에게 입히고 먹을 것을 주어 나를 먹였다.[解衣衣我 推食食我]"고 말한 고사가 있다. 《史記 淮陰侯列傳》

12 한 해를 마치는 생각: 원문은 '졸세지사(卒歲之思)'이다. 『시경(詩經)』「빈풍(豳風)」에 "양이 둘인 달에는 기온이 싸늘해지니, 옷이 없고 털옷이 없으면, 어떻게 한 해를 보내겠는가.[二之日栗烈 無衣無褐 何以卒歲]"라는 구절이 있다.

답장

옷을 보내주시는 정에 형제와도 같은 사랑¹³을 깊이 느낍니다. 가벼운 갖옷
을 함께 누리는 것은 계로季路의 은혜¹⁴와 같고, 솜옷으로 봄처럼 따뜻하게
지낸 것은 초나라 장공莊公의 은혜¹⁵보다 낫습니다. 감사합니다.

조화¹⁶를 보내며 송조화送朝靴

한 켤레 조화朝靴가 참으로 정교하고 좋습니다. 감히 그대에게 드리며, 그럭
저럭 보잘것없는 정성을 표하려고 합니다. 웃으면서 받아주시면 고맙겠습
니다.

답장

동곽자東郭子가 눈 속에서 신발을 끌며 걸었는데, 신발 바닥이 없는 것을
몰랐으니,¹⁷ 그의 비루함이 가련합니다. 저도 이런 부류의 사람이라 외모를

---

13 형제와 같은 사랑: 원문은 '동포지애(同袍之愛)'이다. 동포란 의리를 지키면서 형제처럼
   지내는 벗을 뜻한다. 『시경』「진풍(秦風) 무의(無衣)」에, "내가 어찌 입을 옷이 없어서
   그대와 함께 솜옷을 입으리오?[豈曰無衣 與子同袍]"라는 구절이 있다.

14 가벼운……은혜: 공자의 제자인 안연(顏淵)과 계로(季路)가 공자를 모시고 있었는데, 공
   자가 이들에게 각자 자신의 뜻을 말해보라고 하였다. 이에 계로가 말하길, "거마를 타고
   가벼운 갖옷을 입는 것을 벗과 공유하여 거마와 갖옷이 해진다고 해도 유감이 없고자 합
   니다.[願車馬衣輕裘 與朋友共 敝之而無憾]"라고 하였다. 《論語 公冶長》

15 초나라 장공(莊公)의 은혜: 춘추시대 초나라 장공이 군사들을 위무(慰撫)한 일을 가리킨
   다. 장왕이 소(蕭)나라를 정벌할 때 군사들이 추위에 떨고 있었는데, 장왕이 신공 무신
   (申公巫臣)의 조언을 받아들여 삼군을 돌며 군사들을 격려해 주었다. 왕의 은혜에 감격한
   군사들이 모두 솜옷이라도 입은 것처럼 추위를 아랑곳하지 않고 소읍의 성으로 진격하였
   다고 한다. 《春秋左氏傳 宣公12年》

16 조화(朝靴): 전통 시대 신하가 조례(朝禮) 때 신는 목이 긴 신발을 가리킨다.

17 동곽자(東郭子)가……몰랐으니: 동곽자는 한(漢)나라 무제(武帝) 때 제(齊) 지방 사람인

꾸미고 싶어도 그럴 수 없었습니다. 보내주신 신발을 받고 환하게 새로 꾸밀 수 있게 되었습니다. 도리어 세간 사람들의 눈을 놀라게 한다는 책망이 두려울 따름입니다. 총애하여 베풀어주신 마음에 정중히 절합니다. 진심으로 감사드리며 이만 줄입니다.

신발을 보내며 궤혜饋鞋

족하의 문장은 족적足跡으로 인해 풍부하고 식견은 강산江山으로 인해 많아졌으니, 유람遊覽 때문에 도가 넓어진 것입니다. 삼가 한 쌍의 신발[18]을 보내드리니 그럭저럭 발걸음을 민첩하게 하십시오. 구슬 장식 신발[19]이 아니라고 거절하지는 마십시오.

답장

좋은 신발을 보내주어 저의 발걸음을 단속하는 것 같더니, 갑자기 청운靑雲이 뭉게뭉게 일어났습니다.[20] 족하께서 감히 풍진風塵을 함부로 밟아 맑은 은혜를 더럽히라고 하신 것이겠습니까? 삼가 버선 끈을 묶어 드리는 마음[21]

동곽선생(東郭先生)을 가리킨다. 그는 살림이 빈궁하여 바닥이 없는 신발을 신고 눈 위를 걸어 다녔는데, 사람들이 모두 이를 비웃었다는 고사가 있다. 《史記 滑稽列傳 東郭先生》

18 한 쌍의 신발: 원문은 '쌍부(雙鳧)'로 한 쌍의 들오리를 가리키는데, 여기서는 신발을 비유적으로 표현한 말이다. 후한(後漢)의 왕교(王喬)가 섭령(葉令)으로 있으면서 경사(京師)에 올 때마다 한 쌍의 들오리를 타고 왔다는 고사가 있다. 《後漢書 方術列傳 王喬》

19 구슬 장식 신발: 원문은 '춘신주리(春申珠履)'이다. 춘신군(春申君)의 구슬로 장식한 신발을 가리킨다. 춘신군의 문객 3천 명이 모두 구슬로 장식한 신발을 신었다는 고사가 있다. 《史記 春申君列傳》

20 청운이……일어났습니다: 높은 지위나 벼슬자리에 나아가게 되었다는 의미이다.

21 버선……마음: 원문은 '결말(結襪)'이다. 상대방의 은혜에 감동했다는 의미이다. 한(漢)나라 때 장석지(張釋之)는 유명한 정위(廷尉)였는데, 왕생(王生)이라는 노인이 그에게 버

으로 감사합니다.

비단을 보내며 송면주送綿紬

가을바람이 서늘해져 기일에 맞추어 옷을 보냅니다. 삼가 비단 2단段을 보내드리니 겨울옷을 만드십시오. 이것으로 제가 형제처럼 생각하는 뜻을 보입니다. 만약 '범숙范叔이 이처럼 여전히 가난하여 비단 솜옷을 보냈다'[22]라고 여기신다면, 감히 그런 뜻은 절대 아닙니다.

답장

초야草野의 미천한 선비에게는 다만 베옷이 적합합니다. 문득 나눠주시는 비단을 받으니, 오두막집이 훤해졌습니다. 품질도 떨어지지 않는데다가 상자에 넣고 누런색으로 감싼 것을 삼가 절하고 받았습니다. 다만 구렁텅이에 물건을 버렸다는 조롱을 피하지 못할까 염려됩니다.[전자방田子方이 자사子思에게 갖옷을 전해주자, 자사가 이를 사양하며 말하길, "함부로 남에게 물건을 주는 것은 구렁텅이에 물건을 버리는 것과 같으니, 감히 사양합니다."라고 하였다.[23]]

선을 신겨 줄 것을 청하자, 공손히 신겨 주었다. 어떤 사람이 왕생에게, "어찌해서 장 정위(張廷尉)를 모욕하는가?"라고 하자, 대답하길, "나는 늙고 미천하니 장 정위를 유익하게 해 줄 수가 없다. 장 정위는 유명한 신하이므로 나는 일부러 모욕을 주어 그의 겸손함을 더욱 드러나게 하려는 것이다."라고 하였다. 이에 사람들이 왕생을 어질게 여기고 장석지를 더욱 존경했다고 한다. 《史記 張釋之列傳》

22 범숙이……보냈다: 옛정을 생각해서 빈한한 처지의 벗을 동정해 준다는 의미이다. 전국시대 범수(范雎)가 온갖 고생 끝에 장록(張祿)으로 이름을 바꾸고 진(秦)나라 승상이 된 뒤, 빈궁한 사람의 모습으로 변장을 하고 옛날 함께 노닐었던 수가(須賈)의 앞에 나타나자, 수가가 애처롭게 여긴 나머지 술과 음식을 대접하고는 "범숙이 여전히 이렇게까지 빈한하게 산단 말인가.[范叔一寒如此哉.]"라고 탄식하면서 명주로 만든 솜옷을 입혀 주었던 고사가 전해진다. 《史記 范雎列傳》

칡베를 보내며 궤갈포餽葛布

겨울 갖옷과 여름 칡베 옷을 때맞추어 짓는 것은 마땅합니다. 삼가 보내는 거친 칡베 1단端은 바람을 머금어 가볍고 부드러우니, 이것을 입으면 답답한 마음이 저절로 풀릴 것입니다. 향기로운 비단 겹겹이 날리는 눈처럼 가볍다[24]고 말하지는 마십시오. 어찌 이 말을 쓸 수 있겠습니까?

답장

더위에는 칡베 옷이 아니면 견디지 못합니다. 저는 바야흐로 칡베 옷을 만들려 하고 있었는데, 마침 칡베를 보내주셔서 마름질하여 옷을 만들었습니다. 바람 소매 펄럭이고 구름 치마 너울거리니, 참으로 무더위를 물리칠 만합니다.

---

23 전자방(田子方)……하였다: 전자방은 춘추시대 위(衛)나라의 현인(賢人)으로 문후(文候)의 스승이다. 자사는 공자의 손자이다. 전자방은 공자의 제자인 자공(子貢)에게 배웠는데, 자사가 위나라에 살 때 거친 옷에 겉옷조차 없었고, 고작 스무날에 아홉 끼를 먹을 뿐이었다. 이를 안타깝게 여긴 전자방이 자사에게 갖옷을 주려고 했지만 자사가 이를 극구 사양하였다고 한다. 《說苑 五節》

24 향기로운……가볍다: 두보(杜甫)의 시 〈단오일사의(端午日賜衣)〉에, "고운 칡베 옷 바람 머금어 부드럽고, 향기로운 비단 겹겹 날리는 눈처럼 가볍다.[細葛含風軟 香羅疊雪輕]"라는 구절이 있다.

물건을 보내는 편지류 궤기용류傀器用類

거문고를 보내며 궤금傀琴

나에게 소금素琴[1]이 있는데, 비록 녹기금綠綺琴[2]이나 초미금焦尾琴[3]에는 미치지 못하지만 한번 연주해보면 그 소리가 청아하게 어우러집니다. 이것은 대개 지금의 지충遞鐘[4]입니다. 높은 산과 흐르는 물을 연상시키는 족하의 연주[5]를 원근의 사람들이 듣기를 바라면서 감히 이것을 받들어 보냅니다.

1 　소금(素琴): 아무런 장식도 없는 소박한 거문고를 가리킨다.

2 　녹기금(綠綺琴): 한(漢)나라 때 저명한 문인인 사마상여(司馬相如)가 가지고 있었다는 거문고 이름이다. 『고금소(古琴疏)』에 따르면, 사마상여가 〈옥여의부(玉如意賦)〉를 지어 바치자, 양왕(梁王)이 기뻐하며 이 거문고를 하사하였다고 한다.

3 　초미금(焦尾琴): 후한(後漢) 때 채옹(蔡邕)이 만들었다는 거문고의 이름이다. 채옹이 오(吳)나라에 갔을 적에 이웃 사람이 밥을 짓기 위해 오동나무를 태우는 소리를 듣고 질이 좋은 재목임을 알아채고 그 타다 남은 오동나무를 얻어 와서 만들었다고 한다. 그 꼬리 부분이 타 있었기 때문에 붙여진 이름이다.

4 　지충(遞鐘): 금(琴)의 이름이다. 『통감절요』「한기(漢紀) 중종효선황제(中宗孝宣皇帝)」상편에, "…비록 백아가 지충(遞鐘)을 연주했지만[통감요해]문선주에, '금의 이름이다. '遞'자는 음이 '지'이고, '鐘' 자는 음이 '충'이니 악기이다.'라 하였다.[雖伯牙操遞鐘[通鑑要解]文選註 琴名 遞音支 鐘音忠 樂器也]"라는 구절이 있다.

5 　높은……연주: 아주 훌륭한 거문고 연주를 의미한다. 백아(伯牙)는 춘추시대 거문고 연주의 달인(達人)이었는데, 그의 친구 종자기(鍾子期)는 백아가 타는 거문고 곡조를 가장

답장

보내주신 거문고[6]를 받고선 향을 피우고 한번 연주해보니, 그 맑은 울림을 아낄 만하였습니다. 뚱땅뚱땅 청아한 소리는 태고太古의 유음遺音과 같으니, 녹기금도 이것보다 훌륭하지 않을 것입니다. 거문고를 손가락으로 누르기는 쉽지만, 그 소리를 섬세하게 내기는 어렵습니다. 다만 연주하여 음률을 이루지 못할까 염려됩니다.

바둑을 보내며 궤기饋碁

저에게 바둑 한 부部가 있는데, 흑백 바둑알이 영롱하니, 또한 옥국玉局[7]의 돌 바둑판과 짝이 될 만합니다. 족하께서 바둑을 잘 두어 용이 토해낸 것 같은 묘수를 터득하셨기 때문에 감히 이것을 바칩니다. 설령 강한 적수敵手를 만나더라도 선수先手를 잊지 마십시오.

답장

저는 본래 하수인데, 망령되이 지혜 다투는 것을 배웠습니다. 일대를 두루 다니면서 바둑을 배웠고 어디를 가나 바둑[8]을 두면서 구구하게 사람들과 흑백을 다투었습니다. 마침 바둑 도구를 보내주시니, 바둑의 온갖 변화[9]를

잘 이해하였다. 백아가 연주하는 곡조의 뜻이 높은 산에 있으면, 종자기는 "좋구나, 높고 높도다. 태산 같구나."라 하였고, 흐르는 물에 있으면 "좋구나, 양양하도다. 강하(江河)로 다."라 하였다. 《列子 湯問》

6 거문고: 원문은 '사동(絲桐)'인데, 거문고를 가리킨다.

7 옥국(玉局): 송나라 때 도교 사원인 옥국관(玉局觀)을 말한다. 소동파(蘇東坡)가 영주(永州)에서 사면을 받고 옥국관에서 한가하게 노닐었다고 한다.

8 바둑: 원문은 '수담(手談)'으로, 상대방과 말없이 손만으로 나누는 대화란 의미에서 바둑을 달리 부르는 말이다.

어렵게나마 갖추게 되었습니다.

서책을 보내며 궤서책饋書冊

마침 간본刊本 한 책을 정중히 족하의 책상에 올립니다. 족하께서는 표찰¹⁰
한 만 권의 책을 가지고 있어 제가 보낸 책이 족하의 장서藏書를 많아지게
할 수는 없습니다. 하지만 장서를 섭렵하시다가 때때로 제가 보낸 책을 한
번 눈여겨 봐주신다면, 필시 집 한 채 값의 돈을 뿌리지 않을 수 없을 것입
니다. 웃으면서 참고해 주시길 바랍니다.

답장

저는 방에 틀어박혀 독서하며 스스로 분개하기도 하고 부끄러워하기도 하
였으니, 손씨만큼 책이 없는 것¹¹이 얼마나 다행입니까? 새 책을 주셨으니,
반복해 읽으면서 책 속에 담긴 깊은 뜻을 음미한다면 저의 꽉 막힌 마음이

---

9 바둑의 온갖 변화: 원문은 '방원동정(方圓動靜)인데, 모난 바둑판 위에 둥근 바둑돌을 놓
   아 온갖 변화를 일으킨다는 말이다. 당(唐)나라 장열(張說)이 현종(玄宗) 앞에서 일곱 살
   인 이필(李泌)을 시험하기 위해 '방원동정(方圓動靜)'을 설명하면서, "모난 것은 바둑판과
   같고 둥근 것은 바둑돌과 같으며, 움직임은 바둑돌이 살아 있는 것과 같고 고요함은 바둑
   돌이 죽어 있는 것과 같다.[方若棋局 圓若棋子 動若棋生 精若棋死]"고 하자, 이필이 그
   즉시 "모난 것은 의(義)를 행함과 같고 둥근 것은 지(智)를 쓰는 것과 같으며, 움직임은
   인재를 초빙하는 것과 같고 고요함은 뜻을 얻음과 같다."라고 대답하여 기동(奇童)이라는
   칭찬을 받았던 고사가 전해진다. 《新唐書 李泌列傳》
10 표찰: 원문은 '아첨(牙籤)'으로 상아찌, 즉 상아로 만든 서적의 표찰을 가리킨다.
11 손씨만큼 책이 없는 것: 원문은 '손씨서루(孫氏書樓)'이다. 송나라 인종(宋仁宗) 때 참지
    정사(參知政事)를 지낸 손변(孫抃)의 서루이다. 그는 미산(眉州) 출신으로 자는 몽득(夢
    得), 호는 서루손씨(書樓孫氏)이다. 그의 선조 손장유는 광계(光啓) 초기 미주(眉州) 서
    쪽에 건물을 지어 서책을 보관하는 장소로 삼았는데, 희종(僖宗)이 '서루(書樓)' 두 글자
    를 써서 하사했다고 한다.

열릴 것입니다. 이로 말미암아 담장과 마주한 것을[12] 면할 수 있을 것이니, 이로움이 어찌 적겠습니까?

화본을 보내며 궤화본餽畫本

근래에 묘사가 핍진한 화첩畫帖이 있어서 펼쳐 보니, 참으로 은하수처럼 성대하고 북풍처럼 차디찬 명필名筆이었습니다. 벽에 걸어두면 바람이 산들산들 불어올 것입니다. 서둘러 당신에게 올리니 조금이나마 청아한 완상玩賞에 도움이 되었으면 합니다.

답장

보내주신 명화名畫를 받았습니다. 기운이 생동하여 참으로 와유臥遊[13]할 만합니다. 이것을 서재 입구에 걸어두니 안개가 때때로 일어나는 듯합니다. 아마도 족하께서 지난번 신선 세계에서 몰래 가져온 한 폭의 신선도神仙圖인가요? 혹 육정六丁이 도로 가져가 버리면[14] 저는 또 쓸쓸하고 무료할 것입니다.

---

12 담장과……것을: 이치를 몰라 담장을 마주하고 선 것처럼 답답한 것을 의미한다. 공자가 아들 백어(伯魚)에게 "너는 『시경』의 「주남(周南)」과 「소남(召南)」을 배웠느냐? 사람으로서 「주남」과 「소남」을 배우지 않으면 바로 담장을 마주하고 선 것과 같다."라고 한 것에서 유래하였다. 《論語 陽貨》

13 와유(臥遊): 누워서 유람한다는 뜻으로, 집안에서 명승고적(名勝古蹟)을 그린 그림을 감상함을 이르는 말이다. 남송(南宋)의 은자(隱者) 종병(宗炳)이 노년에 병이 들어 명산을 유람하지 못하게 되자, 탄식하기를, "명산(名山)을 두루 관람하기 어려우니, 이젠 마음을 맑게 해 도(道)를 궁구하며 누워서 구경을 해야겠다.[名山恐難徧覩 惟當澄懷觀道 臥以遊之]"라 하고, 그동안 다녔던 명승지를 그림으로 그려 걸어 놓았다는 고사가 전한다. 《宋書 宗炳列傳》

14 육정(六丁)이……버리면: 육정은 도교의 신 이름으로, 정묘(丁卯)·정사(丁巳)·정미(丁未)·정유(丁酉)·정해(丁亥)·정축(丁丑)의 여섯 정신(丁神)이다. 도교에서는 이들이 먼 곳의 물건을 가져오게 할 수 있다고 한다. 『이인기(異人記)』에, "도사(道士) 왕원지(王遠

글자첩을 보내며 송자첩送字帖

묵각墨刻 몇 종류를 보내드리니, 이는 참으로 아무개 공公의 진적眞跡입니다. 솜씨 있게 글자를 새기고 정교하게 표구하였으니 삼절三絶이라 일컬을 만합니다. 저는 성품이 졸렬하여 이를 연마研磨하여 본뜰 수 없습니다. 정중히 족하의 서재에 두고 맑게 완상하시면, 필진筆陣과 병기兵機[15]에 도움이 될 만합니다.

답장

보내주신 훌륭한 묵적墨跡을 받아보니, 이왕二王[16]의 필적과 매우 흡사합니다. 시속時俗에서 새긴 위조본과는 하늘과 땅만큼 차이가 납니다. 형께서 이를 스스로 보배롭게 여기지 않으시고, 저에게 보내주셨습니다. 복숭아를 던져주자 옥돌로 보답한 것입니다.[17] 지금 옥돌을 받았는데, 저는 무엇으로 보답해야 합니까? 직접 찾아가 감사 인사드리겠습니다. 다 펼치지 못합니다.

知)가 『주역』 15권을 지었는데, 어느 날 뇌성이 일어나고 번개가 치더니 한 노인이 나타나 말하길, '천기(天機)를 누설한 책이 어디에 있느냐? 옥황상제가 나에게 육정신과 뇌전(雷電)을 거느리고 가서 찾아오라 했다.'고 하였다."라는 구절이 있다.

15 필진(筆陣)과 병기(兵機): 필진은 왕희지의 필진도(筆陣圖)를 말한다. 병기는 서법의 기략(機略)을 가리키는 듯하다.

16 이왕(二王): 필법의 대가인 왕희지와 그의 아들 왕헌지를 가리킨다.

17 복숭아를……것입니다: 상대방의 선물을 받고 답례를 후하게 하였다는 의미이다. 『시경』「위풍(衛風)」 목과(木瓜)에, "나에게 복숭아를 던져주니, 아름다운 옥으로 보답하였네. [我以木桃 報之以瓊瑤]"라는 구절이 있다.

편지지와 종이 묶음을 보내며 송간폭급지속送簡幅及紙束

섬등지剡藤紙[18]는 기이한 보배이고, 옥판지玉版紙[19]는 아름다운 종이 이름입니다. 채륜蔡倫이 그물로 만든 종이[20]는 참으로 하찮아서 족히 말할 수 없습니다. 지금 혁제지赫蹏紙[21][한漢나라 때의 채색 편지지] 몇 폭과 금속지金粟紙[22][종이 이름] 몇 묶음 보내드립니다. 글을 지을 때 사용하시면, 족하께서 오봉루五鳳樓 짓는 일[23]에 도움이 될 것입니다.

답장

채륜의 종이와 설도薛濤의 종이[24]는 진실로 문방의 지극한 보배입니다. 마

---

18 섬등지(剡藤紙): 섬계(剡溪)에서 생산된 등(藤)으로 만든 종이를 가리키는데, 품질이 매우 좋았다고 한다. 소식(蘇軾)의 〈손신로기묵(孫莘老寄墨)〉 시에, "단계의 벼루는 말의 간을 쪼아 놓은 듯하고, 섬계의 등지는 옥판을 펴 놓은 듯하네.[谿石琢馬肝 剡藤開玉版]"라는 구절이 있다.

19 옥판지(玉版紙): 재질이 옥같이 투명한 선지(宣紙)라고 한다.

20 채륜(蔡倫)이⋯⋯종이: 채륜(蔡倫)은 한(漢)나라 화제(和帝) 때 사람으로, 수부(樹膚) · 마두(麻頭) · 폐포(敝布) · 어망(魚網) 등을 써서 처음으로 종이를 만들었다.

21 혁제지(赫蹏紙): 옛날 글씨 쓸 때 썼던 폭이 좁은 비단을 가리키는데, 전하여 작은 글씨로 쓴 종이쪽지나 편지를 의미하기도 한다.

22 금속지(金粟紙): 밀납을 먹어 광택이 나는 짙은 황색(黃色)의 견지(繭紙)로, 장경(藏經)이 많기로 유명한 금속사(金粟寺)의 장경이 이 종이에 쓰여졌기 때문에 장경지(藏經紙)라고도 부른다.

23 오봉루(五鳳樓) 짓는 일: 문장을 짓는 솜씨가 훌륭함을 의미한다. 송(宋)나라 한계(韓洎)가 자기 형인 한부(韓溥)의 글솜씨는 겨우 비바람을 막는 초가집을 짓는 실력인 데 비해, 자신의 문장 솜씨는 오봉루를 지을 만하다고 자찬(自讚)한 고사가 있다. 《類說 引 談苑》

24 설도(薛濤)의 종이: 설도는 당(唐)나라 때 기생으로 질이 좋은 담황색의 종이를 고안해 내었다. 이 종이를 설도전(薛濤牋) 또는 송화전(松花牋), 송화지(松花紙)라고 한다. 원화(元和) 연간에 원진(元稹)이 촉(蜀) 땅에 사신으로 갔을 때 완화계(浣花溪) 가에 살던 설도(薛陶)가 이 종이를 원진에게 만들어주었다고 한다.

침 먼 곳에 있는 저에게까지 나누어 주시니, 맥광지麥光紙[25]보다 좋습니다. 〈능운부凌雲賦〉[26] 같은 작품이 없어 좋은 종이와 나란히 할 수 없으니, 부끄럽습니다. 삼가 이렇게 감사 말씀 올립니다.

붓을 보내며 궤필餽筆

중산中山의 모영毛穎[27]은 가장 정교한 끝을 모은 것입니다. 수초와 꽃같이 아름다운 문장을 지을 때 첨제원건尖齊圓健[28]의 훌륭함을 갖추었으니, 참으로 문단文壇의 유익한 도구입니다. 정중히 보내드리니 문방의 일을 맡겨 글 쓰는 일에 도움이 되게 하십시오.

답장

재능은 왕찬王粲[29]이 아니고, 화려한 문사文詞는 강엄江淹[30]보다 부족하여

---

25 맥광지(麥光紙): 흡현 용수산(龍鬚山)에서 생산되는 질이 좋은 종이의 이름이다. 소식의 시 〈필적을 구하는 사람에게 화답하다[和人求筆跡]〉에, "맥광을 서안에 펼치니 흠 없이 정갈한데, 밤 이슥하여 푸른 등불은 눈에 어른거리는구나.[麥光鋪几淨無瑕 入夜青燈照眼花]"라고 하였다.

26 능운부(凌雲賦): 한(漢)나라 사마상여(司馬相如)의 〈대인부(大人賦)〉를 가리킨다. 능운은 구름 위에 치솟는다는 뜻으로, 의기(意氣)가 초월함을 말한다. 사마상여가 〈대인부〉를 지어 무제(武帝)에게 아뢰자, 무제가 크게 기뻐하며 "표표히 구름 위에 치솟는 의기가 있다.[飄飄有凌雲之氣]"고 하였다. 《史記 司馬相如列傳》

27 중산(中山)의 모영(毛穎): 모영은 붓을 가리킨다. 한유(韓愈)의 〈모영전(毛穎傳)〉에서 토끼털로 만든 붓을 의인화하여 "모영은 중산 사람이다.……동곽에 사는 놈을 준이라 하는데, 재빨라서 잘 달린다.[毛穎中山人也……居東郭者曰魏 狡而善走]"라고 한 데서 유래하였다.

28 첨제원건(尖齊圓健): 좋은 붓의 특징을 가리킨다. 붓끝이 뾰족하고[尖] 가지런하며[齊], 털의 모둠이 원형을 이루고[圓], 힘이 있어 한 획을 긋고 난 뒤에 붓털이 다시 일어나는[健] 것이 좋은 붓이다.

29 왕찬(王粲): 중국 후한(後漢) 말기 위(魏)나라의 관인이자 문인으로, 자는 중선(仲宣)이

스스로 붓을 내려놓았습니다. 마침 보내주신 관성자管城子[31]를 받았으니, 힘써 훌륭한 글 쓰는 것[32]을 본받지 않겠습니까?

먹을 보내며 궤묵餽墨

우연히 먹[33]을 얻었는데, 무소뿔 무늬의 아록蛾綠[34]이었습니다.[『박물지博物志』에 먹의 이름은 녹아蛾綠인데, 그 무늬가 무소뿔 같다고 하였다.] 삼가 그대의 서재에 바칩니다. 검푸른 그을음이 살포시 머물며 촉촉한 향기가 물씬 피어오르니, 용빈龍賓[35]이라 일컬을 만합니다. 이런 먹은 마땅히 이정규李廷

다. 조조가 위나라 왕이 되자 시중(侍中)으로서 제도개혁에 힘썼고 문인으로서도 활약하였다. 건안칠자(建安七子)의 한 사람으로, 그의 시는 표현력이 풍부하고 유려하면서도 깊은 애수를 뛰어난 수사로 엮어냈다는 평가를 받는다.

30 강엄(江淹): 중국 남조(南朝) 시대의 관인이자 문인이다. 자는 문통(文通), 별칭은 예릉후(醴陵侯)이다. 송(宋)·남제(南齊)·양(梁)의 3왕조를 섬기고, 금자광록대부(金紫光祿大夫)가 되었다. 유(儒)·불(佛)·도(道)에 통달하였고, 일찍부터 문명을 얻었다. 대표작에는 한(漢)나라에서 송(宋)나라에 이르는 시인 30명의 작품을 모방한 잡체시(雜體詩) 30수가 있다. 부(賦)에는 한부(恨賦)와 별부(別賦) 2편이 있는데, 문사(文辭)가 화려하다고 한다.

31 관성자(管城子): 붓(筆)의 별칭이다. 한유(韓愈)의 〈모영전(毛穎傳)〉에서 붓을 의인화해서 '관성자'라 일컬었다.

32 훌륭한 글 쓰는 것: 원문은 '여련지용(如椽之用)'이다. 진(晉)나라 왕순이 꿈속에서 서까래처럼 커다란 붓[大筆如椽]을 건네받았다. 이 꿈을 꾼 왕순은 중요한 글을 쓰게 될 것 같은 예감이 들었는데, 얼마 후에 황제의 애책문(哀冊文)과 시의(諡議)를 왕순이 썼다고 한다. 《晉書 王導列傳 王珣》

33 먹: 원문은 '흑송사자黑松使者'로, 먹을 가리킨다. 소나무 연기로 먹을 만들었기 때문에 붙여진 이름이다. 《芝峯類說 服用部》

34 아록(蛾綠): 검은 나비인 녹아(綠蛾)를 가리키는데, 붓끝에 묻힌 검은 먹물을 뜻하기도 한다.

35 용빈(龍賓): 먹을 지키는 정령을 가리킨다. 당나라 현종이 사용하던 먹 이름이 용향제(龍香劑)였다. 하루는 먹 위에 파리만 한 작은 도사가 걸어 다녔는데, 현종이 꾸짖으니 바로

珪[36]와 정군방程君房[37]에게서나 구할 수 있습니다.

답장

객경客卿[38]이 멀리서 와서 저는 좋은 벗을 얻었습니다. 서둘러 제일 윗자리에 맞이하여 이슬로 갈아내니 구름 안개 뭉게뭉게 연못 속에서 저절로 피어납니다. 정중히 표낭豹囊[39]에 간직하여 신령의 도움을 받겠습니다.[옛날에 먹을 표낭에 보관하였다.]

벼루를 보내며 궤연餽硯

저의 작은 벼루 하나가 반듯하고 단단하며 윤기가 납니다. 비록 봉주연鳳咮硯[40]은 아니지만, 제법 금성연金星硯[41]과 같아서 그대의 서재에 바칩니다. 점

'만세'를 불렀다. 그리고 "저는 먹의 정령인 흑송사(黑松使)입니다. 세상에 문장력이 있는 사람이 사용하는 먹 위에는 모두 12명의 용빈(龍賓)이 있습니다."라고 하였다. 이에 현종이 신기하게 여겨 먹을 문관들에게 나누어주었다고 한다. 《雲仙雜記 陶家甁餘事》

36 이정규(李廷珪): 오대십국(五代十國) 시대 후주(後周)의 유명한 묵공(墨工)이다. 당나라 말기 혼란한 때 부친 이초(李超)를 따라 안휘성 흡주(歙州)로 옮겨가 살면서 부친과 함께 황산(黃山)의 많은 소나무를 태운 그을음으로 먹을 만들어 생계를 꾸렸다. 그가 만든 먹은 품질이 뛰어날 뿐만 아니라 먹의 무늬가 꼬뿔소의 무늬와 같고 단단하기가 옥과 같아서 황금보다 더 귀하다는 평판이 있을 정도였다. 이 때문에 송나라 이래로 최상품으로 인정받았다.

37 정군방(程君房): 명나라 만력(萬曆) 연간에 활약했던 유명한 묵공(墨工)이다. 군방(君房)은 그의 자이고, 이름은 대약(大約)이다. 그가 만든 먹은 깨끗하고 부드럽고 매끄러우며, 모양새가 좋고 다양한 꽃문양 때문에 문인 사대부들이 애호하였다. 저서에 『정씨묵원(程氏墨苑)』이 있다.

38 객경(客卿): 자묵객경(子墨客卿)을 가리킨다. 자묵객경은 먹을 의인화한 것인데, 양웅(揚雄)의 〈우렵부(羽獵賦)〉에 보인다.

39 표낭(豹囊): 표범 가죽으로 만든 주머니인데, 그 속에 먹을 넣어 두면 습기를 막을 수 있다고 한다. 《雲仙雜記》

점 갈다보면 오래도록 변치 않는 벗임을 알 수 있을 것입니다.

답장

붓과 먹을 오랫동안 사용하지 않았는데, 금선金線이 있는 멋진 석향후石鄕侯[벼루를 석향후라고 하는데, 단계석丹溪石이고 무늬가 있으며 빛깔이 누런 것이 금선金線이다.]를 선물로 보내주셨습니다. 거의 질지국邸支國의 마간석馬肝石도 부럽지 않을 정도였습니다.[돌의 빛깔이 말의 간처럼 검푸른색이다. 한漢나라 때 질지국邸支國에서 이 돌을 바쳤는데 벼루를 만들었다.] 마땅히 옥 두꺼비[광릉왕廣陵王이 원앙총袁盎塚을 파내어 옥 두꺼비 하나를 얻었다. 배가 텅 비어 5홉의 물을 받아들일 수 있어서 이를 가져다가 물을 담았다.]처럼 보배롭게 여기겠습니다. 삼가 사례합니다.

책력冊曆을 보내며 송역일送曆日

농매隴梅[42]가 꽃을 토해내니 계절이 바뀌려 합니다. 삼가 새 책력冊曆을 바

---

40 봉주연(鳳咮硯): 벼루 이름이다. 소식(蘇軾)의 〈봉주연명서(鳳咮硯銘序)〉에, "북원 용배 산은 나는 봉황이 물 마시러 내려오는 형상인데, 그 부리에 해당하는 곳에 검푸르고 옥처럼 치밀한 돌이 있다. 희녕 연간에 태원 사람 왕이(王頤)가 벼루로 만들었는데, 내가 이름 짓기를 '봉주'라고 했다.[北苑龍焙山 如翔鳳飮下之狀 當其咮 有石蒼黑 致如玉 熙寧中 太原王頤以爲硯 余名之曰鳳咮]"라는 기록이 보인다.

41 금성연(金星硯): 벼룻돌 위에 금가루가 뿌려진 듯하며 다양한 무늬가 있는 것을 가리킨다. 이런 무늬가 있는 벼루를 금성연(金星硯)이라 하는데, 흡주(歙州) 무원현(婺源縣) 용미산(龍尾山)에서 생산되는 흡석(歙石)으로 만들어졌다.

42 농매(隴梅): 산 위에 활짝 피어 있는 매화, 즉 농두매(隴頭梅)를 가리킨다. 당(唐)나라 송지문(宋之問)의 〈제대유령북역(題大庾嶺北驛)〉이라는 시의, "내일 아침 고향을 바라보는 곳, 활짝 핀 산 위 매화 응당 보리라.[明朝望鄕處 應見隴頭梅]"라는 구절에 농두매가 보인다.

칩니다. 족하께서 이를 열람해보시면 봄이 북두칠성을 따라 옮겨감[43]을 알 것입니다. 사람들이 모두 새해를 맞아 오래 살기를 기원합니다.

답장

나누어준 역서曆書를 정중히 받으니, 드디어 산중에도 육십갑자六十甲子가 있게 되었습니다. 게다가 화창한 봄빛[44]이 점차 추운 오두막집으로 걸어 들어오니 늙으신 부모님께서 덕스러운 임금님의 봄기운을 받았습니다. 감사합니다.

부채를 보내며 궤선餽扇

시원한 부채 몇 개를 당신에게 보내드립니다. 비록 구화선九華扇[45]같은 명성은 없지만 당신 소매를 드나들 수 있다면 저의 하찮은 덕을 보게 될 것입니다. 다만 나중에 만나면 부채를 들어 한 번 휘두를까 염려될 따름입니다. [소자현蕭子顯이 이부吏部의 상서尚書가 되었을 적에, 평범한 무리를 보면 다만

---

43 봄이……옮겨감: 원문은 '춘수두병전(春隨斗柄轉)'이다. 두병은 북두칠성의 국자 모양 자루에 해당되는 세 별, 즉 제5~7번째 별을 가리킨다. 『갈관자(鶡冠子)』에, "두병이 동쪽을 가리키면 천하가 봄임을 안다.[斗柄指東而天下知春]"라고 하였다.

44 화창한 봄빛: 원문은 '다리 달린 봄빛[陽和有脚]'으로 어진 정치를 하는 지방 수령을 가리킨다. 당(唐)나라 현종(玄宗) 때의 송경(宋璟)이 백성을 사랑하는 정사를 펼치자, 조야(朝野)의 사람들이 "그의 발길이 닿는 곳마다 따뜻한 봄빛이 만물을 비춰 주는 것 같다.[所至之處 如陽春煦物也]"라 하였고, 그를 '다리 달린 봄[有脚陽春]'이라고 불렀다. 《開元天寶遺事 有脚陽春》

45 구화선(九華扇): 옛날 부채 이름이다. 위(魏)나라 조식(曹植)의 〈구화선부(九華扇賦)〉에, "예전 우리 선군께서 상시(常侍)였을 적에 한나라 환제의 총애를 받아 방선(方扇)을 하사받았다. 이 부채의 모양은 네모나지도 둥글지도 않고 한가운데 무늬가 있었으며 이름을 구화라고 하였다.[昔吾先君常侍 得幸漢桓帝 賜方扇 不方不圓 其中結成文 名曰九華]"라고 하였다.

부채를 들어 한 번 휘둘렀다.⁴⁶] 부채를 들어 한 번 휘둘렀다.[46]

답장

보내주신 멋스런 부채를 받으니 마치 오랜 벗이 온 듯합니다.[고시古詩에, "무더위에 혹독한 관리 물러가고, 맑은 바람에 옛 친구 찾아오네"[47]라고 하였다.] 부채를 부치다보면 고맙게도 부채에서 어진 바람[48]이 일어나니 다시 남훈가南薰歌[49]에 굳이 도움을 청하지 않아도 될 것입니다.

활을 보내며 송궁送弓

족하께서는 활 잘 쏘는 재능[50]이 있어 원근 지역에서 유명해진 지 오래되었습니다. 정중히 초목楚木으로 만든 견고한 활[51]을 바칩니다. 한 번 쏘아보신

---

46 소자현(蕭子顯)이……휘둘렀다: 소자현은 남조(南朝) 양(梁)나라 남난릉(南蘭陵) 사람이다. 학문을 좋아하고, 글을 잘 지었지만 재기(才氣)만 믿고 매우 오만하였다. 그가 전선(銓選)을 맡고 있었을 적에 손님이 찾아오면 영접하였지만, 말은 하지 않고 다만 부채를 들고 한 번 내두를 뿐이었다고 한다. 《南史 蕭子顯傳》

47 무더위에……찾아오네: 당나라 시인 두목(杜牧)의 시 〈조추(早秋)〉의 시구이다.

48 어진 바람: 원문은 '인풍(仁風)'이다. 부채의 별칭으로, 진(晉)나라 원굉(袁宏)의 고사에서 유래하였다. 원굉이 이부랑(吏部郞)으로 있다가 지방으로 나가 동양군(東陽郡)을 다스리게 되었을 적에, 양주자사(揚州刺史) 사안(謝安)이 그를 전별하였다. 이때 사안이 부채를 주자, 원굉이 "공의 인풍을 선양해서 저 백성들을 위로하겠습니다.[當奉揚仁風慰彼黎庶]"라고 하였다. 《晉書 文苑列傳 袁宏》

49 남훈가(南薰歌): 순임금이 지었다고 전해지며 태평시대를 노래하고 있다. 옛날에 순임금이 오현금(五絃琴)을 타면서 남풍시를 지어 불렀는데, 그 시에, "남풍의 훈훈함이여, 우리 백성의 원망을 풀어 줄 만하도다. 남풍이 제때에 불어옴이여, 우리 백성의 재물을 풍부하게 하리라."라고 하였다. 《孔子家語 辯樂解》

50 활 잘 쏘는 재능: 원문은 '천양지기(穿楊之技)'이다. 춘추시대 초(楚)나라 사람 양유기(養由基)가 활을 잘 쏘기로 이름이 났었는데, 100보 바깥에서 버들잎을 쏘면 백발백중이었다는 고사에서 유래하였다.

다면 한 발에 과녁을 적중시켜, 아마도 적중시키지 못한 화살이 없을 것입니다.

답장

은하수 안의 활[52]을 보내주셨으니, 번약繁弱과 용연龍淵[53][모두 활의 이름]이라도 귀하다고 하지 못할 것입니다. 다만 저는 나약하고 겁쟁이라서 3백보 밖에서 돌을 뚫고[54] 칠찰七札을 꿰뚫을 만한 힘[55]이 없는 것이 한스러울 따름입니다. 삼가 보내주신 물건을 잘 받았습니다.

화살을 보내며 송시送矢

족하께서는 육도삼략六韜三略[56]에 대해 평소 잘 알고 있습니다. 무과武科 시

---

51 초목(楚木)으로 만든 견고한 활: 원문은 '초목견궁(楚木堅弓)'이다. 옛날부터 양자강(揚子江) 이남의 남방 지역을 '가시나무[楚, 또는 荊] 우거진 밀림 지대'라는 의미에서 '초(楚)'나 '형(荊)'이라 지칭하였다. 따라서 초목(楚木)은 형목(荊木)을 가리키는 듯하다. 문헌에 자형(紫荊)으로 만든 활을 자형궁(紫荊弓)이라 하였는데, 아마도 초목으로 만든 활을 일컫는 듯하다.

52 은하수 안의 활: 원문은 '하중지궁(河中之弓)'이다. 남하(南河)라는 별자리 밑에 군시(軍市)라는 별자리가 있다. 이 별자리에 아홉 개의 별로 이루어진 호(弧) 별자리가 있는데 활시위를 당긴 듯한 모습이다.

53 번약(繁弱)과 용연(龍淵): 번약은 하후씨(夏后氏)가 쓰던 양궁(良弓)의 이름이고, 용연은 명검(名劍)의 이름이다. 진(晉)나라 유곤(劉琨)의 〈부풍가(扶風歌)〉에 "왼손으로는 번약을 당기고, 오른손으로는 용연을 휘두른다.[左手彎繁弱 右手揮龍淵]"라고 하였다.

54 돌을 뚫고: 초나라 웅거자(熊渠子)가 밤에 길을 가다가 바위를 범으로 오인하고는 활을 쏘았다. 화살이 바위에 깊이 박혀서 화살 끝의 깃털이 보이지 않을 정도였다고 한다. 《韓詩外傳》

55 칠찰(七札)을……힘: 활을 아주 잘 쏜다는 말이다. 칠찰은 일곱 겹으로 된 갑옷의 미늘을 가리킨다. 춘추시대 초(楚)나라의 명사수(名射手) 양유기(養由基)가 일곱 겹의 갑옷미늘도 뚫었다고 한다. 《戰國策 西周策》

험 삼장三場⁵⁷에서 예리한 화살로 과녁을 적중하는 것이 우선입니다. 훗날
세 발의 화살로 천산天山을 평정하는 것⁵⁸이 오늘부터 시작되는 것입니다.
제가 금복고金僕姑⁵⁹를 얻어 신후申侯과 식후息侯에서 바친 것처럼 하겠습니
다.[신후申侯가 숙신씨肅愼氏의 화살⁶⁰을 초나라에 바쳤다.] 꾸짖으며 받아주시
길 바랍니다.

답장

보내주신 예리한 살촉을 받아 한 번 쏘아보았는데, 화살이 견고하여 갑옷을
관통하였으니 참으로 숙신씨의 화살처럼 훌륭했습니다. 저는 부끄럽게도

---

56 육도삼략(六韜三略): 병서(兵書)로, 태공망(太公望)이 지은 『육도(六韜)』와 황석공(黃石
公)이 지은 『삼략(三略)』을 아울러 이르는 말이다.

57 무과(武科) 시험 삼장(三場): 무과의 과거 시험은 문과와 마찬가지로 초시(初試)·복시
(覆試)·전시(殿試)를 거치는 삼장제(三場制)로 운영되었다. 하지만 식년시와 증광시를
제외한 각종 별시에서는 단시제(單試制)나 복시를 생략하고 초시와 전시만으로 행해지는
경우도 빈번하였다.

58 세 발의⋯⋯것: 몇 발의 화살로 대상을 명중시킬 수 있는 수준급 실력을 갖추었다는 의
미이다. 당나라 장군 설인귀(薛仁貴)가 천산에서 돌궐(突厥)과 전투할 때, 화살 세 발을
쏘아 적군 세 명을 명중시켜 죽이니 적군이 모두 기가 꺾여 항복하였다. 이에 군인들이
회군하면서 노래하기를, "장군이 화살 세 발로 천산을 평정하니, 장사들이 노래하며 관문
으로 들어가네.[將軍三箭定天山 壯士長歌入漢關]"라 하였다고 한다. 《新唐書 薛仁貴列
傳》

59 금복고(金僕姑): 좋은 화살을 가리킨다. 『춘추좌씨전(春秋左氏傳)』 장공(莊公) 11년에,
"승구(乘丘)의 전쟁 때 장공이 금복고로 송나라 대부 남궁장만(南宮長萬)을 쏘아 맞혔
다."라고 하였는데, 그 주석에, 금복고는 화살 이름이라고 하였다. 이후 좋은 화살을 일
컫는 말로 쓰였다.

60 숙신씨(肅愼氏)의 화살: 숙신씨가 싸리나무로 만든 화살을 가리킨다. 『사기(史記)』에,
"주나라 무왕 때 숙신씨가 싸리나무 화살과 돌화살촉을 바쳤다.[周武王時 肅愼氏貢楛矢
石砮]"라고 하였다. 또 『오주연문장전산고(五洲衍文長箋散稿)』 「기용류 병기(器用類 兵
器)」에 "숙신국은 싸리나무로 화살을 만들고 돌로 화살촉을 만들었다.[肅愼國 以楛木爲
矢 以石爲鏃]"라고 하였다.

힘이 약해 얇은 비단[61]도 뚫을 수 없는데, 하물며 금복고金僕姑를 잡고서 홀로 한 부대를 당해낼 수 있겠습니까?

거울을 보내며 송경送鏡

각하閣下께서는 정신이 맑고 기운은 상쾌하며, 빛나는 모습은 가려지지 않아 티끌도 끼지 않습니다. 저는 당신께서 이끌어 주신 은혜[62]를 입어 삼가 경계警戒할 거울 하나를 받들어 보냅니다. 살펴주십시오. 그 총애를 감당하지 못하겠습니다.

답장

보내주신 능화경菱花鏡[63][거울 이름]을 받았습니다. 모습을 비춰보니 마치 그대를 마주하고 있는 듯하고, 마음을 비춰보니 마치 그대의 속마음을 보는 듯합니다. 옛사람이 이른바 천 리 밖에서 얼굴을 마주하고 이야기하는 듯하다고 하였으니, 이 거울에 의지하여 맑고 밝게 비춰보겠습니다.

---

61 얇은 비단: 원문은 '노호(魯縞)'이다. 옛날 노(魯)나라 곡부(曲阜)에서 생산된 흰색의 비단으로, 촘촘하면서도 두께가 얇기로 유명했다고 한다. "강한 활로 발사한 화살도 사정거리의 끝 부분에 가서는 노호를 뚫지도 못한다.[强弩之極 矢不能穿魯縞]"라고 하였다.《史記 韓長孺列傳》

62 당신께서……은혜: 원문은 '도주(陶鑄)'이다. 도공(陶工)이 옹기를 만들고 대장장이가 금속을 녹여 그릇을 만드는 것, 즉 심신을 수양하거나 인재를 양성한다는 뜻인데, 여기서는 그런 사람을 가리킨다. 『장자(莊子)』「소요유(逍遙遊)」에 "그분은 먼지와 때 그리고 쭉정이와 겨 같은 것을 가지고도 도공처럼 요순을 빚어낼 수 있는 분인데, 무엇 때문에 외물을 일삼으려고 하겠는가.[是其塵垢粃糠 將猶陶鑄堯舜者也 孰肯以物爲事]"라는 구절이 있다.

63 능화경(菱花鏡): 옛날 구리거울[銅鏡]의 별칭이다. 구리거울은 흔히 육각형으로 되어있는데, 간혹 그 뒷면에 마름꽃[菱花] 문양을 새겨 넣었다.

베개를 보내며 송침送枕

우연히 각침角枕을 얻어 정중히 문하門下에 바칩니다. 비록 문채가 나지는 않지만, 나비로 변하여 매화 속으로 기꺼이 들어가고 와룡臥龍을 짝하여 편히 잠자며, 때때로 신선과 노니는 꿈을 꿀 만합니다. 휘하에 놓아두시길 바랍니다.

답장

한단邯鄲의 꿈에 누런 기장이 거의 익었습니다.[64] 베개를 주신 마음은 진실로 이 뜻과 같을 것입니다. 맑은 밤 잠시 춘몽春夢 속에서 필시 날아올라 오랜 벗의 곁으로 갑니다. 어찌 신선처럼 노니는 것에 그치겠습니까? 감사합니다.

자리를 보내며 송석送席

객이 준 청용수青龍鬚[풀 이름인데, 이것으로 자리를 만들어 추위를 견딘다.]는 솜을 끼고 있는 듯 따스합니다. 족하께서 보배처럼 여기시며 찾아와주길 기다린 지 오래되었습니다.[65] 감히 선생님께 이것을 바칩니다. 제 마음은 돗

---

64 한단邯鄲의……익었습니다: 당唐나라 때 심기제沈旣濟가 지은 『침중기枕中記』에 나오는 이야기이다. 노생盧生이 조趙나라 한단의 객점에서 여옹呂翁을 만났는데, 여옹이 도자기 베개를 주면서 이것을 베고 자면 꿈을 이룰 수 있다고 하였다. 이에 노생이 베개를 베고 잤는데, 꿈속에서 과거 급제하여 승승장구乘勝長驅하다가 역적으로 몰려 유배가게 되었다. 그 후 사면되어 재상까지 되고 부귀영화를 누렸다. 그런데 노생이 잠에서 깨어나 보니 객점 주인이 삶고 있던 노란 기장이 아직 익지 않은 상태였고, 모든 것이 이전과 같았다고 한다.

65 족하께서……오래되었습니다: 노魯나라 애공哀公이 공자에게 자리를 권하자, 공자가 모시고 앉아서 "유자는 자리 위의 보배를 가지고 초빙해주기를 기다리는 사람입니다.[儒

자리가 아니니 말아서 돌려보내지 마시길 바랍니다.[66]

답장

저는 진평陳平의 문[진평은 집이 가난하여 자리로 대문을 만들었다.[67]]에 부끄럽습니다. 매양 큰 보살핌에 힘입어 편안히 잠을 잘 수 있으니 모두 형의 은혜입니다. 또한 진귀한 물건을 받았는데, 기이한 오향五香[석숭石崇의 자리[68]]과 육채六采[69][한漢나라의 제천祭天하는 자리]와 다를 바 없으니, 저는 북쪽 창가에서 편안히 누워있게 되었습니다.[70] 감사합니다.

有席上之珍以待聘]"라고 말한 고사가 있다. 《禮記 儒行》

66 제……바랍니다. 『시경』「용풍(鄘風) 백주(柏舟)」에, "내 마음은 돌이 아니라서 굴릴 수도 없고, 내 마음은 돗자리가 아니라서 걷어치울 수도 없다. 위의가 성대히 갖추어져서 특별히 고를 것이 없다.[我心匪石 不可轉也 我心匪席 不可卷也 威儀棣棣 不可選也]"라는 구절이 있다.

67 진평은……만들었다: 한(漢)나라 진평(陳平)이 어릴 적 가난해서 빈민가에 살았는데 "해진 거적으로 문을 만들었는데도, 문밖에 장자의 수레바퀴 자국이 많이 나 있었다.[以弊席 爲門 然門外多有長者車轍]"라는 고사가 있다. 《史記 陳丞相世家》

68 석숭(石崇)의 자리: 진(晉)나라 때 부호(富豪)인 석숭이 바람과 먼지를 막기 위해 50리 길이의 비단 보장을 만들었다는 고사가 있다. 《世說新語 汰侈》

69 육채(六采): 육채석(六采席)을 가리킨다. 『업중기(鄴中記)』에, "석계룡이 자리를 만들었는데, 금으로 다섯 가지 향을 싸고 다섯 가지 색의 줄을 섞어 부들이나 가죽을 엮고선 그 가장자리를 비단으로 둘렀다. 이것이 육채석인데 하늘에 제사 지낼 때 쓰였다.[石季龍 作席 以金裹五香 雜以五采線 編蒲皮 緣之以錦 六采席所以祭天]"라고 하였다.

70 북쪽……되었습니다: 벼슬을 하지 않고 고상한 마음을 지닌 채 속세를 벗어나 은거하며 즐기는 삶을 비유한 말이다. 도잠(陶潛)의 〈여자엄등소(與子儼等疏)〉에, "오뉴월 중에 북창 아래에 누워있으면 서늘한 바람이 언뜻 스쳐 지나가는데, 그럴 때면 내가 태고적 희황(羲皇) 시대의 사람이 아닌가 하는 생각이 든다.[五六月中 北窓下臥 遇凉風暫至 自謂是 羲皇上人]"라는 구절이 있다.

숯을 보내며 송오신送烏薪

눈 속의 숯[71]은 이른바 비단 위의 꽃보다 낫습니다. 감히 몇 말을 보내오니 추운 창가에서 한 번 사용해 보십시오.

답장

삭풍朔風이 차가우니, 그 한기寒氣가 살갗과 뼈에 스며듭니다. 족하께서 보내주신 숯으로 화로 속에서 불꽃을 일으키니, 한 조각의 봄기운이 선옹仙翁이 불을 토해내는 것보다 낫습니다.[갈선옹葛仙翁이 추운 밤에 손님들이 이르자 입에서 불을 토해내었는데, 방안 가득 앉아 있던 손님들 중에 옷을 벗지 않은 사람이 없었다.]

---

71 눈 속의 숯: 원문은 '설중오신(雪中烏薪)'이다. 송(宋)나라 사람 홍호(洪皓)가 건염(建炎) 연간에 금(金)나라로 사신 갔을 때, 눈 속의 마른 말똥으로 섶[땔감]을 대신한 고사가 있다. 《宋史 洪皓列傳》

꽃과 과실을 보내는 편지류 궤화과류傀花果類

꽃을 보내며 송화送花

집안의 온갖 꽃과 골짜기 속의 국색천향國色天香[1]은 기이한 꽃이어서 이미 마음을 즐겁게 하고 안목을 빼앗아 갔습니다. 제가 꽃나무 한 그루를 얻어 족하의 섬돌 앞에 바치오니, 담장 밖으로 물리쳐서 화신花神이 적막하지 않길 바랍니다.

답장

이름난 꽃을 보내주시니 그 빛이 저에게까지 이르러 초가집에 빛이 납니다. 제가 이 꽃을 보면서 어찌 당신의 은혜를 느끼지 않겠습니까? 삼가 감사합니다.

국화를 보내며 송국送菊

우연히 국화 몇 그루를 얻었는데, 그윽한 향기와 고운 빛깔이 늦은 계절 서

---

1 국색천향(國色天香): 모란을 가리킨다. 당나라 때 이정봉(李正封)의 시 〈모란(牧丹)〉의 "국색의 얼굴 아침에는 술기운 돌고, 하늘 향기 밤이면 옷에 물드네.[國色朝酣酒 天香夜染衣]"라는 구절에서 유래하였다.

릿발 속에서도 굴하지 않으니, 참으로 꽃 중의 은일隱逸 군자입니다. 삼가 받들어 보내오니 이것으로 동쪽 울타리[2]에서 술잔을 마주하는 벗으로 삼으십시오.

답장

온갖 풀이 다 시들었는데, 가지 하나가 홀로 늦은 계절을 지키고 있습니다. 서재 안에 이 꽃이 있으니 참으로 사랑스런 벗입니다. 다른 날 꽃잎을 따서 술에 띄워 응당 그대와 함께하겠습니다.

앵두를 보내며 송앵도送櫻桃

석 달 봄빛에 온갖 과실이 동글동글 주렁주렁 열렸으니 사랑할 만합니다. 이는 한漢나라 조정의 원묘原廟에 천신薦新하는 과일입니다. 삼가 한 쟁반을 따서 올립니다.

답장

보내주신 앵두[3]를 잘 받았습니다. 저는 부끄럽게도 새로 합격한 진사가 아닌데 어찌 감히 이것을 감당하겠습니까?[당唐나라 조정에서 새로 합격한 진사는 특히 앵도연櫻桃宴[4]을 중시하였다.] 절하고 이를 받았는데, 유락乳酪에서

---

2 동쪽 울타리: 원문은 '동리(東籬)'이다. 진(晉)나라 도잠(陶潛)의 시에, "동쪽 울타리 아래에서 국화 꽃잎을 따다가, 유연히 남쪽 산을 바라보노라.[采菊東籬下 悠然見南山]"라는 시구가 있다. 《陶淵明集 飲酒》

3 앵두: 원문은 '함도(含桃)'인데, 앵두 열매를 가리킨다.

4 앵도연(櫻桃宴): 당나라 희종(僖宗) 때부터 진사(進士)에 급제한 사람들에게 베풀었던 잔치를 가리킨다. 『당척언(唐摭言)』에 따르면, 유담(劉覃)이란 사람이 처음 과거 급제를 하고 나서 공경(公卿)들을 모아 놓고 앵두를 많이 가져다가 잔치를 크게 베풀었던 데서 시

풍기는 향기 같았습니다.[옛글에 "유리그릇 속의 유락 향기 퍼지네."[5]라고 하였
다.] 감사합니다.

살구를 보내며 송행자送杏子

담장 밖에 과실이 있는데, 거의 동봉의 숲보다 낫습니다.[동봉董奉은 사람들
의 질병을 치료해 주었는데, 병이 나으면 그 사람에게 살구나무 한 그루를 심게
하였다.[6]] 정중히 살구 한 광주리를 족하에게 보냅니다. 훗날 장안長安으로
말 달려오면 행원杏園에서의 잔치가 이곳에서 시작될 것입니다.[7]

답장

살구가 매우 맛있으니 그 종자가 아마도 태양 가에서 온 것인지요?[고시古
詩에, "태양 가의 붉은 살구나무는 구름에 의지해 자라네."[8]라는 구절이 있다.]

작되었다.

5 유리그릇……퍼지네: 송(宋)나라 신기질(辛弃疾)이 지은 〈좌중부앵도(坐中賦櫻桃)〉라는
   사(詞)의 한 구절이다. 그 내용은 다음과 같다. "유리그릇 속의 유락 향기 퍼지고, 해마다
   취해 새로운 것 익히 감상하네. 무엇을 봄바람에 견주리오. 노래 부르는 입술에 하나의 붉
   은빛이라네.[香浮乳酪玻璃碗 年年醉里賞新慣 何物比春風 歌唇一點紅]"라는 구절이 있다.

6 동봉은……하였다: 동봉은 중국 삼국시대 오(吳)나라 사람으로 의술에 정통하였다. 일찍
   이 여산(廬山)에 은거하면서 수많은 사람의 질병을 치료해 주었는데, 치료비를 받지 않고
   다만 그들에게 자신의 원림(園林)에 살구나무를 심게 하여 살구나무가 무려 10만 그루에
   이르렀다. 한편 그 행림(杏林) 속에 작은 창고 하나를 지어 놓고, 살구를 사고자 하는
   사람이 있으면 곡식 한 그릇을 그 창고에 갖다 두고 대신 살구 한 그릇을 가져가도록 하
   여 그것으로 생활했다고 한다. 《神仙傳 董奉》

7 장안으로……것입니다: 당(唐)나라 때 황제가 진사시에 합격한 자들을 섬서성(陝西省)
   장안(長安)의 곡강(曲江) 서쪽에 있는 행원(杏園)에 초대하여 탐화연(探花宴)이라는 잔치
   를 베풀었다고 한다. 《秦中歲時記》

8 태양가의……자라네: 당(唐)나라의 문신 고섬(高蟾)이 지은 〈과거에 떨어진 후 영숭 고
   시랑에게 올리다[下第後上永崇高侍郎]〉라는 시의 한 구절이다. 시의 전문은 다음과 같

살구를 씹어 먹으면 침이 입 안 가득 고이고, 그 향기 입안에 퍼져 곡강연曲
江宴[9]의 궁중 음식보다 못하지 않습니다. 감사합니다.

복숭아를 보내며 송도자送桃子

복숭아가 아주 잘 익어 담황색 씨앗과 자줏빛 무늬가 선명하니,[모두 상품上
品의 선도仙桃이다.] 금마선객金馬仙客[동방삭東方朔]이 이 말을 듣고 문득 훔
쳐 갈까 염려됩니다. 정중히 복숭아 수십 개를 마련하였으니 그대와 함께
맛보려 합니다.

답장

그대가 보내준 신선 세계[10]의 맛있는 열매를 받았습니다. 선계仙界의 종자種
子는 얻기 어려운데 하물며 또한 이렇게 많이 보내주셨으니, 수산綏山으로
쫓아 올라가려 애쓰지 않을 것입니다.[갈유葛由[11]가 나무로 만든 양을 타고 촉
蜀 땅으로 들어가자 왕후와 귀인이 그를 쫓아갔다. 갈유가 수산綏山에 올라가 복
숭아를 먹고 신선이 되어 날아올라 갔다.]

다. "하늘 위의 푸른 복사나무는 이슬에 적셔 심고 태양 가의 붉은 살구나무는 구름에 의
　지해 자라지만, 연꽃은 가을 물 위에 나서 자라는 것이라 봄바람 향해 피지 못함을 원망
　하지 않는다오.[天上碧桃和露種　日邊紅杏倚雲栽　芙蓉生在秋江上　不向東風怨未開]"

9　곡강연(曲江宴): 진사시(進士試)에 합격한 자들에게 베풀어주던 축하연을 가리킨다. 당
　(唐)나라 때 과거 급제자를 발표한 뒤에 급제자들에게 곡강정(曲江亭)에서 축하 연회를
　열어 주었던 데에서 유래하였다.

10　신선 세계: 원문은 '천태(天台)'인데, 중국 절강성에 있는 천태산(天台山)을 가리키는 듯
　하다. 이 천태산 벼랑에는 신선이 왕래한다는 전설이 있다. 동한(東漢) 영평(永平) 연간
　에 유신(劉晨)과 완조(阮肇)가 천태산(天台山)으로 약초를 캐러 갔다가 신선을 만났다는
　이야기가 있다. 《太平廣記》

11　갈유(葛由): 전설상에 나오는 서주(西周) 성왕(成王) 때의 목공(木工)이다.

수박을 보내며 송서과送西瓜

동산의 수박 몇 개를 노복을 시켜 서둘러 보냅니다. 비록 감히 소평邵平의
오색 빛깔 외[瓜]와 비슷하지는 않지만, 얼음 알갱이 씹듯이 차갑고 달달한
빙수처럼 달콤합니다. 술에 취해 너럭바위에 비스듬히 기대어 몇 조각을 마
음껏 맛보신다면 술 마신 뒤에 생기는 갈증이 싹 사라질 것입니다.[진秦나라
소평邵平은 동릉후東陵侯의 작위를 사양하고 청문靑門에 은거하면서 외를 심었는
데, 그 빛깔이 오색이고 맛이 좋았다.]

답장

보내주신 밀통蜜筩[12]이 이르렀는데, 수정水晶처럼 차갑고 푸른 옥 빛깔이니
참으로 청문靑門의 오색 종자입니다. 쪼개어 먹어보니, 달콤함이 빙수 맛을
돋우고 시원함이 가슴 속에서 생겨나서, 신선의 손바닥 위에서 금경로金莖
露[13]를 마시는 것과 무엇이 다르겠습니까? 감사합니다.

포도를 보내며 송포도送蒲萄

포도는 자잘한 것이 맛있는데, 이 품종이 비록 자잘하지는 않지만 달콤한
맛은 매우 뛰어납니다. 아침에 이슬 머금고 있는 것을 조심스럽게 따서 한
광주리 보냅니다.

---

12 밀통(蜜筩): 참과(甛瓜)의 일종으로 귀한 것이다. 수박과 참외, 멜론 등은 과(苽)에 속하
　는 것으로 여기서는 수박을 받고 감사의 뜻으로 귀한 밀통을 받은 것과 같은 마음을 표현
　한 것으로 보인다.
13 금경로(金莖露): 금경은 구리 기둥[銅柱]을 가리키는데, 한(漢)나라 무제(武帝)가 불로장
　생을 위해 건장궁(建章宮)에 구리 기둥을 세워 놓고 감로(甘露)를 받을 수 있게 만든 승
　로반(承露盤)의 이슬을 가리킨다.

보내주신 푸른 구슬[綠珠]을 받아보니 참으로 금곡金谷의 품종[14]입니다. 명주明珠로 보답하지 못한 것이 부끄러워 그저 마음에 새길 따름입니다. 감사합니다.

석류를 보내며 송석류送石榴

작은 동산의 석류는 안석류安石榴[15]를 나누어 심은 것인데, 지금 몇 개가 이미 익었습니다. 붉은 껍질 속의 구슬 같은 열매는 입술 속의 치아가 반쯤 드러난 듯하니, 미인이 아름답게 웃을 때보다 훨씬 낫습니다. 웃으면서 받아주십시오.

보내주신 서역西域의 맛있는 과일은 거북의 등딱지같이 단단한 껍질 옷을 만들어 그 안에 단사丹砂처럼 붉은 낱알을 쌓아 간직하고 있으니, 인간 세상의 기이한 물건입니다. 이를 쪼개어 먹어보니, 알맹이가 옥처럼 윤기 나고 별처럼 박혀 있었습니다. 무한히 감사드립니다.

---

14 푸른 구슬[綠珠]……품종: 금곡은 진(晉)나라의 부호였던 석숭(石崇)이 만든 정원 이름이고, 녹주(綠珠)는 석숭의 애첩 이름이다. 여기서는 상대방이 보내준 청포도가 석숭의 애첩 녹주처럼 예쁘다는 의미인듯하다.

15 안석류(安石榴): 안석류는 일반적인 석류를 가리킨다. 한편 석류꽃과 비슷한 꽃이 피는 진달래과에 속하는 영산홍(映山紅)을 산석류(山石榴)라 일컫기도 한다. 석류의 원산지는 이란 지역인데, 이란의 옛 이름이 페르시아이고 중국식으로 표기하면 안석국(安石國)이다. 이 때문에 석류를 '안석류'라고도 하는 것이다. 옛 문헌에는 한(漢)나라 무제(武帝) 때 서역에 사신으로 갔던 장건(張騫)이 가지고 왔다고 한다.

밤을 보내며 송율送栗

작은 동산에 밤나무가 있어서 고슴도치 털 같은 겉껍데기를 벗겨내고 붉은 밤알을 꺼내었습니다. 이것을 정중히 바치니, 아드님들이 기둥에 던지는 경험을 하게 하십시오.[옛날 어떤 고을의 목사牧使가 기둥 위의 작은 구멍을 가리키며 말하길, 과일을 던져 구멍을 맞히는 자가 이 고을을 손에 넣을 수 있다고 하였다.] 열매가 꽃보다 나으니 어여삐 여겨 주시길 바라며 표나게 내치지 않으면 다행이겠습니다.

답장

연燕과 진秦 땅의 천 그루 밤나무는 제후에 봉한 것과 맞먹으니,[16] 과실 중에 밤이 귀한 것은 분명합니다. 마침 족하께서 넉넉히 보내주셨으니, 정중히 받아 제기祭器에 담아 현인을 예우하는 데 사용할 것이니 매우 기쁩니다. 감히 기둥에 던질 수 있겠습니까?

배를 보내며 송이자送梨子

동산의 배를 처음 따서 삼가 몇 개를 보냅니다. 비록 한漢나라 동산의 맛좋은 함소含消[17]는 아니지만[한漢나라 무제武帝 때 내원內苑에 크기가 한 말이

---

16 연(燕)과⋯⋯맞먹으니: 『사기(史記)』「화식열전(貨殖列傳)」에, "안읍의 천 그루 대추나무와 연·진 지방의 천 그루 밤나무와 촉·한·강릉 지방의 천 그루 귤나무는⋯⋯이것을 가진 사람들은 모두 천호후와 맞먹는다.[安邑千樹棗 燕秦千樹栗 蜀漢江陵千樹橘⋯⋯此其人皆與千戶侯等]"라고 하였다.

17 함소(含消): 배의 일종인 함소리(含消梨)의 준말이다. 『낙양가람기(洛陽伽藍記)』「보덕사(報德寺)」에 따르면, 함소의 무게는 10근(斤)이나 되며 땅에 닿으면 모두 물로 변해 버린다고 한다.

나 되는 배가 있었는데, 이를 함소라고 이름하였다.] 번뇌를 없애고 화기火氣를 내리는 데 제법 신통한 효험이 있습니다. 행여 배가 오장五臟을 벤다고 하여 물리치지 마십시오.[이건훈李建勳이 예장豫章으로 출진出鎭했을 적에 배를 먹었는데, 빈료賓僚가 배는 칼과 도끼로 오장五臟을 베는 듯하니[18] 많이 먹으면 좋지 않다고 하였다.]

답장

보내주신 가을 열매[배]는 또렷또렷 그 덩어리 옥처럼 윤이 나고 눈 같은 과즙이 마음을 적셔 주니, 장곡張谷의 배가[낙양洛陽 장공張公의 해리海梨는 천하에서 최고이다.] 또한 이와 같겠습니까? 이를 받는 것이 마땅하지 않지만, 감히 물리치지도 못하겠습니다. 감사드립니다.

귤을 보내며 송감자送柑子

황감귤黃柑橘이 때마침 익으니, 수주隋珠[19]처럼 찬란합니다. 삼가 심부름꾼을 보내 기실記室[20]에 바칩니다. 족하께서 읊조리다 나른해질 적에 이를 쪼

---

18 칼과……듯하니: 원문은 '오장도부(五臟刀斧)'이다. 도끼와 칼로 오장을 벤다는 의미로, 배의 별칭이다. 당(唐)나라 때 승상(丞相) 이건훈(李建勳)이 갈증이 나서 배를 연거푸 먹자, 빈료(賓僚)가 배를 많이 먹으면 해롭기 때문에 '오장도부'라 한다고 하였다. 이 말을 들은 노인이 『갈관자(鶡冠子)』를 인용하여, "오장도부는 이별하다의 '이(離)'를 가리키는 것이지 '리(梨, 배)'를 가리키는 것이 아니다. 이별이 사람의 가슴을 찌르는 듯 아파서 나온 말이다.[五臟刀斧 乃離別之離 非梨也 蓋離別牀胸懷 有若刀斧然]"라고 했다는 고사가 있다. 《古今事文類聚》

19 수주(隋珠): 수후(隋侯)의 구슬을 가리킨다. 수후가 외출 중에 큰 뱀이 다쳐서 괴로워하는 것을 보고 치료해 주게 하였는데, 나중에 그 뱀이 밤에도 달처럼 환히 비치는 구슬을 바쳐 은혜를 갚았다는 고사가 있다. '명월주(明月珠)' 혹은 '영사주(靈蛇珠)'라고도 한다. 《搜神記》

개 드시면 정신이 한층 상쾌해지는 데 일조할 것입니다. 탱자로 보지 마시
길 바랍니다.[귤은 강남江南 지방에서 자라면 귤이 되지만 강북江北 지방에서 자
라면 탱자가 된다.]

답장

동정호洞庭湖의 풍미[21]를 목말라하고 그리워한 지 오래되었습니다. 나누어
주신 귤을 멀리서 받았는데, 어찌 구지緱氏[22][신선 이름]에게서 얻은 것이겠
습니까? 이를 쪼개어 맛보니 시원함이 마음과 뼛속까지 스며들어 도리어
귤중지락橘中之樂[23]을 떠올리게 하니 참으로 신선을 만나게 될 것입니다. 감
사드립니다.

---

20 기실(記室): 조선시대 때 기록에 관한 사무를 맡아보는 직책, 또는 그 일을 맡은 사람을
   가리킨다.
21 동정호(洞庭湖)의 풍미: 동정호 지역에서 생산되는 동정귤(洞庭橘)을 가리킨다. 감귤에
   는 동정귤·금귤(金橘)·청귤(青橘)·산귤(山橘)·왜귤(倭橘) 등 다섯 종류가 있는데, 동
   정귤은 상품(上品)에 속한다고 한다.
22 구지(緱氏): 간주(間註)에서 구지는 신선의 이름이라고 했지만, 일반적으로 구지는 도를
   닦아 신선이 되는 곳, 즉 구지산(緱氏山)을 가리키며 구산(緱山)이라고도 한다. 『열선전
   (列仙傳)』「왕자교(王子喬)」에 따르면, 주(周)나라 영왕(靈王)의 태자 진(晉), 즉 왕자교
   (王子喬)가 도술을 닦아 신선이 되었는데, 이후 백학(白鶴)을 타고 구지산(緱氏山)에 내
   려왔다고 한다.
23 귤중지락(橘中之樂): 옛날에 파공(巴邛)의 어떤 사람이 자신의 귤원(橘園)에 대단히 큰
   귤이 열려 있어서, 이를 이상히 여겨 따서 쪼개어 보았다. 그 귤 속에 수염과 눈썹이 하얀
   두 노인이 서로 마주 앉아 바둑을 두면서 즐겁게 담소를 나누고 있었는데, 그중에 한 노
   인이 말하기를, "귤 속의 즐거움은 상산의 노닒에 뒤지지 않으나, 뿌리가 깊지 못하고
   꼭지가 튼튼하지 못해서 어리석은 사람이 따 내릴 수가 있습니다.[橘中之樂不減商山 但
   不得深根固蒂 爲愚人摘下耳]"라고 하였다. 《玄怪錄》

음식을 보내는 편지류 궤식물류饋食物類

술을 보내며 궤주饋酒

집에서 빚은 술이 새로 익었는데, 모시주茅柴酒[1]의 맛보다 못할까 부끄럽습니다. 부족하나마 받들어 보내니 갑자기 필요할 때 쓸 수 있을 것입니다. 맛이 싱거울 뿐이요, 한단邯鄲이 포위될 정도로 형편없지는 않습니다.[노魯나라와 조趙나라에서 초楚나라에 술을 바치려 하였는데, 초나라 관리가 뇌물로 술을 요구하자 조나라에서 이를 주지 않았다. 이에 관리가 조나라의 맛 좋은 술을 노나라의 맛없는 술로 바꾸어 초왕楚王에게 바쳤다. 그러자 초왕이 분노하여 드디어 조나라의 수도인 한단을 포위하였다.]

답장

보내주신 죽엽춘竹葉春을 받았는데, 이슬처럼 맑고 경장옥액瓊漿玉液[2]처럼 훌륭했습니다. 시험 삼아 한 번 맛보니 문득 훨훨 날아 신선이 되고 희황羲皇

---

1 모시주(茅柴酒): 띠나 섶의 불은 일시에 활짝 다 타고 바로 꺼진다는 뜻으로, 얼른 술이 깨는 박주(薄酒)를 가리킨다.
2 경장옥액(瓊漿玉液): 고대 전설에서 신선이 마시는 미주(美酒)를 가리키는데, 맛 좋은 술이나 감미로운 음료를 비유적으로 일컫는다.

때의 사람[3]이 된 듯 하였습니다. 술에 취한 채 감사하는 마음을 표합니다.

음식상을 차려 보내며 궤연석饋筵席

저는 채소나 뜯어 먹으면서 뱃속을 채워도 마음이 편안하고 기쁩니다. 그런데 뜻하지 않게 광평상객廣平上客께서[왕모중王毛仲이 광평공廣平公 송경宋璟을 청하고 싶었는데, 송경이 오지 않을까하여 황제에게 부탁하였다. 이에 황제가 직접 송경에게 모중에게 가도록 하였다. 송경은 모중에게 가서 술 한 잔 마시고 바로 가버렸다.] 끝내 이르지 않으셨습니다. 이에 특별히 당신의 서재에 탁자를 옮겨놓고 아울러 평원독우平原督郵[4][나쁜 술]를 보냈으니, 벌주기를 청합니다. 물리치며 유감을 갖지 마시길 바랍니다.

답장

총애하여 부름을 받았는데 세속의 잡다한 일에 얽매였으니 어찌 하겠습니까? 거듭 저에게 맛있는 음식[5]을 베풀어주셔서 제가 정석正席에서 금제옥회金虀玉膾[6]와 백타白墮[7]의 청주靑州[좋은 술을 말한다.]를 맛보았습니다. 제가

---

3 희황(羲皇) 때의 사람: 복희(伏羲)씨 시대인 태고적 사람이라는 뜻으로, 속세를 떠나 한가하게 지내는 사람을 가리킨다.

4 평원독우(平原督郵): 『사문유취(事文類聚)』「연음부(燕飲部) 주(酒)」에 "진(晉)나라 환온(桓溫)에게 술맛을 잘 아는 주부(主簿)가 있었는데, 그는 좋은 술은 청주종사(靑州從事)라 하고, 나쁜 술은 평원독우(平原督郵)라 하였다. 청주에는 제군(齊郡)이 있고 평원에는 격현(鬲縣)이 있으니, 제군을 맡는 청주종사는 배꼽[臍] 아래로 내려간다는 뜻이고, 격현을 맡는 평원독우는 가슴[膈] 위에 머물러 있다는 것이다."라고 하였다. 제군의 제(齊)와 격현의 격(鬲)은 제(臍)나 격(膈)과 음과 모양이 같으므로 한 말이다.

5 맛있는 음식: 원문은 '순주(郇廚)'이다. 당(唐)나라 현종 때 위척(韋陟)이 순공(郇公)에 봉해졌는데, 그의 주방에 온갖 맛있는 음식을 다 갖추어 사람들이 모두 포식했다는 이야기가 있다.

오후청五侯鯖[8]을 대접받은 것이 얼마나 행운입니까? 베풀어주신 덕에 배부르고 마음에 취해 심부름꾼 앞에서 감사히 받았습니다.

쌀을 보내며 궤미饋米

벼가 비로소 익어 곱게 찧은 흰 쌀을 서둘러 보내니, 햅쌀밥을 지으십시오. 형께서 비록 안노공顔魯公처럼 쌀을 요구하지는 않았지만, 저는 도노호陶胡奴의 마음이 있었습니다.[안노공顔魯公에게는 〈걸미첩乞米帖〉이 있고,[9] 오정현령烏程縣令 도호노陶胡奴는 왕수王修의 가난함을 보고 그에게 쌀을 보냈다.[10]]

---

6 금제옥회(金虀玉膾): 가늘게 썬 생선회에 감귤을 껍질째 짓이겨서 함께 섞어 버무린 것을 금제옥회(金虀玉膾), 또는 금제작회(金虀斫膾)라고 한다. 감귤은 황금같이 노랗고, 생선회는 백옥같이 하얗다는 뜻에서 그렇게 말한 것이다.

7 백타(白墮): 진(晉)나라 때 술을 잘 만들기로 유명했던 유백타(劉白墮)를 가리킨다. 또한 좋은 술을 가리키기도 한다.

8 오후청(五侯鯖): 고기와 생선을 합쳐서 만든 요리를 청(鯖)이라고 하는데, 서한(西漢) 성제(成帝) 때 누호(樓護)가 권세가인 왕씨(王氏) 집안의 다섯 제후들이 준 진귀한 음식을 한데 합쳐서 요리를 만들고는 오후청이라고 칭했다는 고사가 있다. 《西京雜記》

9 안노공(顔魯公)에게는……있고: 안노공은 노군공(魯郡公)에 봉해진 당(唐)나라의 충신이자 서예가로 유명한 안진경(顔眞卿)을 가리킨다. 그는 이태보(李太保)에게 쌀을 빌려 달라고 청하는 〈걸미첩(乞米帖)〉을 지었다. 〈걸미첩〉에는 "생활 능력이 졸렬한 탓으로 집안 식구들이 죽을 먹은 지가 벌써 몇 달이나 되었는데 지금은 그것마저도 못 먹고 있는 형편이다."라는 내용이 나온다. 《古今事文類聚後集 乞米帖》

10 오정 현령(烏程縣令)……보냈다: 『세설신어(世說新語)』 「방정(方正)」에, "왕수령이 일찍이 동산에 살 때 매우 가난하였다. 도호노가 오정 현으로 있으면서 배 한 척의 쌀을 보내 주었으나 이를 물리치고 받지 않았다. 그리고 대답하기를, '내가 만약 굶주리게 된다면 기꺼이 사인조에게 얻어먹을 것이다. 하지만 도호노의 쌀은 필요하지 않다.[王脩齡嘗在東山甚貧乏 陶胡奴爲烏程令 送一船米遺之 卻不肯取 卻不肯取 直答語 王脩齡若飢 自當就謝仁祖索食 不須陶胡奴米]"라는 내용이 있다.

답장

이런 흉년을 당해 온 가족이 굶주림에 울부짖는데, 세상 사람들은 들판의
참새들이 먹다 남은 낟알도 기꺼이 나누어주지 않아서, 궁핍한 것을 어찌하
겠습니까? 구렁텅이 속에서 수척하지 않겠습니까? 문하門下께서 저의 뺨이
핼쑥해지는 것을 걱정하시어 태창太倉[11]의 곡식을 덜어내어 하수河水처럼
윤택하게 해주셨으니,[12] 하찮은 저도 주유侏儒처럼 배가 부르게 되었습니
다.[13]

고기를 보내며 궤육饋肉

나와 그대는 오랜 인연이 있으니 한 번 젓가락을 들더라도 감히 잊지 못할
것입니다. 마침 돼지 어깨살을 얻었으니 감히 보내드립니다. 제기祭器도 가
리지 못한다고[14] 던져버리지 말기 바랍니다.

답장

저는 밥상에 두 가지 반찬을 놓지 못합니다. 요즈음 고기를 구워 먹고 싶었

---

11 태창(太倉): 나라의 큰 곡물창고를 말한다.
12 하수(河水)처럼……해주셨으니: 『장자(莊子)』「잡편(雜篇)」에, "황하가 인근의 아홉 마
   을을 적시듯이 은택이 삼족에게 이르리라.[河潤九里 澤及三族]"라는 구절이 있다.
13 주유(侏儒)처럼……되었습니다: 주유처럼 하찮은 자신이 배불리 먹고 산다는 의미이다.
   주유는 기예(技藝)를 연출하던 난쟁이 광대를 가리킨다. 한나라 때 동방삭(東方朔)이 무
   제(武帝)에게 말하기를, "난쟁이 광대는 키가 작은데도 봉록이 일낭속(一囊粟)이고, 신은
   키가 큰데도 역시 일낭속을 받으므로, 난쟁이 광대는 배가 불러서 죽을 지경이고, 신은
   배가 고파서 죽을 지경입니다."라고 하였다. 《漢書 東方朔傳》
14 제기(祭器)도……못한다고: 돼지고기 어깨살의 양이 적다는 의미이다. 주(周)나라 사람
   들은 희생물의 어깨 부위를 귀중하게 여겼으므로, 어깨 부위는 조(俎, 제사 때 산적을 담
   는 그릇)에 올렸지 두(豆, 제기)에 담지 않았다고 한다.

는데, 족하께서 돼지 어깨살을 보내주시니 명아주와 비름나물로 채웠던 창
자에 아주 윤기가 흐를 것입니다. 공경하고 감사합니다.

물고기를 보내며 궤어饋魚

저는 못에서 부럽다는 말만 하다가 교자鮫者[어부]에게서 수사화水梭花[15][혹
은 파신波臣] 몇 마리를 얻었습니다. 감히 혼자서만 즐겁게 먹을 수 없어 삼
가 여러분의 부엌으로 보내드립니다. 생선을 끓이고 술을 마시며 한 번 즐
기시면 어떻겠습니까?

답장

맛있는 음식이 애타게 그리워서 칼자루 치며 노래 부르자 여남汝南의 물고
기를 홀연히 하사받았습니다.[16] 사랑해 주시고 후하게 베풀어주시니 감사한
마음 다할 수 없습니다.

닭을 보내며 궤계饋雞

다섯 마리의 암탉을 길러서 키웠는데, 누런 닭이 마침 토실토실 살이 올랐
습니다. 취금찬옥炊金饌玉[17]의 끝에 바치니 웃으면서 받아주십시오.

---

15 수사화(水梭花): 절에서 물고기를 일컫는 말이다. 파신(波臣)도 물고기를 가리킨다.

16 칼자루……하사받았다: 전국시대 제(齊)나라 풍환(馮驩)이 맹상군(孟嘗君)의 식객으로
   있을 적에, 밥상에 고기반찬이 없자 장검의 칼자루를 두드리면서 "장검이여 돌아가자,
   밥상에 고기가 없으니.[長鋏歸來乎 食無魚]"라고 노래하였다. 이를 들은 좌우의 사람들
   이 맹상군에게 알리자, 맹상군이 말하기를 '그에게도 다른 식객들처럼 물고기를 주어라.
   [孟嘗君曰 食之 比門下之客]'고 했다고 한다.

17 취금찬옥(炊金饌玉): 금으로 밥을 짓고 옥으로 반찬을 만든다는 뜻으로, 좋은 음식을 비

답장

덕금德禽[18]을 보내주셨으니 두터운 사랑을 충분히 보여주신 것입니다. 보내주신 닭을 포인庖人에게 요리하게 하여 맛있게 먹었습니다. 휑한 부엌이 이 때문에 갑자기 풍족해졌고, 식욕 넘치는 늙은이가 이 때문에 입 크게 벌리고 웃게 되었습니다. 감사합니다.

닭과 떡을 보내어 과장科場에서 사용하길 청하며

송계겸병이청용장중送雞兼餅餌 請用場中

닭의 날개 치는 소리는 웅대한 뜻을 도울 만하고, 게다가 합격[19] 소식을 알려줄 수 있습니다. 떡 한 그릇은 시험장 안에서 한 끼 식사를 대신할 수 있습니다. 혹시 곡강연曲江宴의 홍릉병紅綾餅을 먹을 수 있다면[당송唐宋 시대에 진사進士들이 곡강曲江의 궁중에서 잔치를 벌였는데, 이때 특별히 홍릉병을 만들어 진사들에게 하사하였다.] 예전의 맛있는 음식이 다시 생각나지 않겠습니까?

답장

격전激戰이 벌어지는 과거 시험장에서 선비의 무리는 모두 영웅입니다. 부끄럽게도 저는 하찮은 실력으로 또한 시험장에서 승부를 겨루고자 합니다. 다행스럽게도 족하께서 합격하라고 물품을 보내주셨지만 곡강연의 소식이 가당하겠습니까? 북채로 세 번 북을 쳐서 저 자신의 기운을 굳세게 할 것입

유적으로 이르는 말이다.

18 덕금(德禽): 덕이 있는 날짐승이라는 뜻으로, 닭이나 꿩과의 새를 가리킨다.

19 합격: 원문은 '계효(揭曉)'이다. 과거 시험 합격자 명단을 공포(公布)하는 것을 의미한다.

니다. 감사합니다.

물고기와 술을 보내며 궤어주饋魚酒

못의 물고기와 시골 막걸리는 참으로 시골 사람의 풍미風味이니 연회宴會
석상의 말단 자리도 차지하지 못할 것입니다. 하인을 수고롭게 하여 족하에
게 정중히 바쳤으니 성의를 저버리지 않으시길 바랍니다.

답장

입이 크고 비늘이 가는 물고기[20]와 향기로운 샘물 같고 설수雪水 같은 좋은
술을 받았습니다. 비록 적벽赤壁에서 노닐 수는 없지만, 이것을 얻었습니다.
물고기를 손질하고 술단지를 여니, 즐겁기도 하고 그립기도 합니다. 삼가
이것으로 감사드립니다.

돼지를 보내며 송저送猪

애가艾豭[음音은 '가加'이고 수태지이다.] 두 마리를 특별히 바치니 부엌에서
쓰십시오. 부끄럽게도 누저䝴猪가 아니라서 대노大老를 봉양할 수는 없습니
다.[누저는 어미돼지이다. 다섯 마리의 어미 닭과 두 마리의 어미 돼지는 문왕文
王이 노인을 봉양하는 제도이다.] 접빈연接賓筵에서 선비들이 연회를 할 때 저
또한 골고루 술을 나누어주시는 은혜를 입었습니다.[초楚나라 왕이 영윤슈尹

---

20 입이……물고기: 원문은 '거구세린(巨口細鱗)'이다. 농어[鱸魚]의 아칭(雅稱)이다. 소식
(蘇軾)의 〈후적벽부(後赤壁賦)〉에, "오늘 저물녘에 그물을 걷어서 고기를 잡았는데, 입은
크고 비늘은 가는 것이 송강의 농어처럼 생겼소.[今者薄暮 擧網得魚 巨口細鱗 狀如松江
之鱸]"라고 하였다.

자문子文에게 술 항아리를 하사하였는데, 자문은 이를 상류上流에서 던져 군사들이 하류에서 이를 끌어다 먹게 하여 삼군三軍이 모두 왕의 혜택을 누리게 하였다.]

답장

위쪽 궤육조餽肉條의 답장을 보시오.[돼지 어깨살을 두 마리의 애가艾猳로 바꾸시오.]

가축을 보내는 편지류 궤금축류傀禽畜類

말을 보내며 송마送馬

옥규玉虯 장식[1]이 밤을 밝히고, 오화五花 장식[2]이 구름처럼 흩어지는데, 제 말이 감히 아낄 만한 명마名馬라고 말하지 못하겠습니다. 삼가 이 말을 몇 달 동안 타실 수 있게 빌려드리지만, 소 등처럼 편안할지 모르겠습니다. 둔한 말이라고 채찍질하지 마시길 바랍니다.

답장

천리마를 빌려주셨는데, 안개 같은 말갈기에 풍상風霜이 일어나고 발굽은 철과 같으니 참으로 명마입니다. 부끄럽고 보잘것없는 선비가 어떻게 감당하겠습니까? 삼가 감사드립니다.

---

1 옥규(玉虯) 장식: 옥으로 만든 굴레로 말을 장식하는 데 쓰인다.
2 오화(五花) 장식: 말갈기를 잘라 만든 5개의 판상(瓣狀)으로 말을 장식하는 데 쓰인다. 당나라 사람들은 준마의 갈기를 가위질하여 다듬어 판상(瓣狀)을 만들어 장식하는 것을 좋아하였는데, 5개의 판상으로 나눈 것을 오화마라고 일컬었다. 당나라 두보의 시 〈고도호총마행(高都護驄馬行)〉에, "다섯 꽃무늬 구름처럼 흩어져 온몸에 가득하고[五花散作雲滿身]"라는 구절이 있다. 또는 털빛에 청색(靑色)이나 백색(白色) 등의 반문(斑文)이 있는 말을 지칭하기도 한다.

소를 보내며 송우送牛

마침 누런 암소가 있는데, 빛깔이 불그스름하고 뿔이 있으며 발굽이 튼실하고 빠릅니다. 삼가 당신에게 빌려드리니 봄비에 쟁기질 하실 수 있을 것입니다. 어찌 감히 흑목단黑牡丹에 견주겠습니까?[당唐나라 유훈劉訓이 꽃을 감상하자고 손님들을 초청해 놓고는 물소 수백 마리를 앞에 묶어 놓고, "이것이 유씨의 흑목단입니다."라고 하였다.]

답장

밭을 갈 수 있는 송아지를 빌려주신 것은 시골집에 매우 도움이 됩니다. 도검刀劍을 팔더라도 형님의 은혜에 보답할 수 없어 아쉽습니다.[공수龔遂가 발해渤海를 다스릴 적에 백성들에게 검을 팔아 소를 사고 칼을 팔아 송아지를 사도록 하였다.[3]] 소를 끌고서 남의 논을 밟으며 지나가는 행동[4]을 저는 감히 하지 않을 것입니다.

나귀를 보내며 송려送驢

느린 걸음이 안거安車[5]를 대신하는 것은 건위蹇衛[6]가 천리마를 대신하는 것

---

3 공수(龔遂)가……하였다: 한(漢)나라 선제(宣帝) 때 발해 태수(渤海太守) 공수(龔遂)가 백성들이 허리에 찬 칼을 팔아 소를 사게 한 뒤 농사를 지으며 근검절약하도록 교화를 펼쳐 모두 부유한 생활을 하게 되었다는 고사가 있다. 《漢書 龔遂傳》

4 소를……행동: 원문은 '견우혜전(牽牛蹊田)'이다. 『춘추좌씨전』 선공(宣公) 11년 조에, "소를 끌고서 남의 논을 밟으며 지나가면 벌로 그 소를 빼앗는다.[牽牛以蹊人之田 而奪之牛]"라는 구절이 있다.

5 안거(安車): 한 필의 말이 끄는 작은 수레로, 노약자가 앉아서 타고 갈 수 있게 만들었다.

6 건위(蹇衛): 약하고 못생긴 당나귀를 가리킨다.

만 못합니다.[옛사람들은 나귀를 건위라 불렀다.] 이 나귀는 다리에 힘이 있어 제법 튼튼합니다. 정중히 족하에게 빌려드리니 파교灞橋[7]의 봄빛을 찾으십시오.

답장

걸어 다니는 가난한 선비의 일상은 다만 이리저리 바쁘게 돌아다니느라 피곤합니다. 그런데 인형仁兄께서 나에게 범양范陽을 보내 주셔서[『괄이기括異記』에 나귀를 일컬어 범양공주范陽公主라 하였다.] 걸어 다니는 것을 대신할 수 있게 해주었습니다. 천하가 이것 때문에 편안해졌지만, 화산처사華山處士처럼 나귀 등에서 떨어지는 것[8]을 면하지는 못할 것입니다.

매를 보내며 송응送鷹

매가 힘차게 하늘을 날고 명마名馬가 떨쳐 일어나니 교활한 토끼와 요망한 여우가 종적을 감추게 될 것입니다. 용맹스럽게 하늘을 나는 매는 대장군의 위엄을 갖추었고, 푸른 매는 어사대御史臺[9]의 강직함을 드러내었습니다. 정

---

7 파교(灞橋): 장안의 동쪽에 있던 다리로, 버드나무가 많고 경치가 아름다웠다. 당(唐)나라 정계(鄭綮)가 시를 잘 지었는데 어떤 사람이 "상국(相國)은 요즈음 새로운 시를 얻었는가?"라고 묻자, 그는 "시흥(詩興)은 파교에서 풍설(風雪)을 맞으며 나귀를 몰아가는 때라야 떠오른다. 어찌 이런 데서 될 법이나 한 말인가."라고 한 고사가 있다.

8 화산처사(華山處士)처럼……것: 화산처사는 후주(後周) 말엽의 인물인 진단(陳摶)을 가리킨다. 그는 『주역』에 능했는데, 일찍이 자신의 사주를 짚어 보니 천자가 될 운명이었다. 그래서 100일 동안 잠을 자며 기회를 기다리다가, 흰 나귀를 타고 변주(汴州)에 들어갔다. 그런데 중도에 자신과 사주가 같은 송(宋)나라 태조(太祖)가 천자에 등극했다는 소식을 들었다. 진단이 어이없어 크게 웃다가 나귀 등에서 떨어져서는 "천하가 이제야 정해졌다.[天下於是定矣]"라고 하였다. 이윽고 그 길로 화산에 들어가 도사가 되었다고 한다.

9 어사대(御史臺): 원문은 '백대(栢臺)'로, 사헌부(司憲府)를 가리킨다. 한(漢)나라 때 어사

중히 막하幕下에 바치오니 그 기르는 방법을 조심스럽게 살펴서 매가 먹고 마시는 것을 조절하여 굶주리면 따라붙고 배부르면 날아가도록 하지 마시기 바랍니다.

답장

매는 새매보다 크지만 신이함과 빠르기가 새매를 능가합니다. 지금 보내주신 매를 받으니 은혜가 평원에까지 이르렀습니다. 매가 날개를 떨쳐 하늘 높이 날며 새들을 뒤쫓아 가게 한다면 어찌 감히 난새와 봉새만 못하다고 하여 가볍게 볼 수 있겠습니까?

대에 잣나무를 많이 심었으므로 '백부(柏府)' 또는 '백대'라고 일컬었다.

생일을 축하하는 편지류 수탄류壽誕類

생일을 축하하며 하생일賀生日

남극노인성[1] 빛이 흐르고 동화제군東華帝君[2]이 나이를 더해주셨습니다.[3] 좋은 날 아름다운 기운이 집안에 가득하여, 이에 따라 오래 사시게 되었습니다. 저는 외람되이 친한 친구로 의당 술잔을 올려 먼저 축하드립니다. 영광스럽습니다.

청하는 답장

덧없는 인생 부질없이 지내어 뛰어난 절개도 없으니, 진실로 이 세상에 버려진 한 사람입니다. 저의 생일을 맞아 부끄러움만 더하였으니, 감히 축하받을 수 있겠습니까? 작은 술자리를 마련하오니 꼭 참석해주시기 바랍니다.

---

1 남극노인성: 원문은 '남극(南極)'이다. 남극노인성을 말한다. 인간의 장수를 담당하는 별이다.

2 동화제군(東華帝君): 도가(道家)에서 말하는 천상의 선천진성(先天眞聖)이다. 삼계십방(三界十方)에서 선경에 올라 도를 얻은 남자들을 전부 맡아 관장한다 한다. 《搜神記》

3 나이를 더해주셨습니다: 원문은 '증산생신(增筭生申)'이다. 생신(生申)은 신백(申伯)의 생일인데, 후에 생일을 축하하는 말로 쓰인다. "산악이 신을 내려 보후(甫侯)와 신후(申侯)를 내었도다.[維岳降神 生甫及申]"라는 말이 있다. 《詩經 大雅 崧高》

60세 생신을 축하하며 하육십수賀六十壽

나이 60이 되어 향리에서 예장禮杖을 짚게 되었습니다. 또 형께서는[존장尊
長인 경우는 오장吾丈이라고 한다.] 품행이 순수하고 고아하시니, 성조聖朝에
서 큰 노인이라는 명망을 받은 자가[한漢나라 천자가 노인을 공양하였는데,
오경삼로五更三老에게 공경을 다했다. 오경五更은 오행五行이 변하는 것을 안다
는 것이고, 삼로三老는 하늘 땅 사람을 안다는 것이다.] 공이 아니면 그 누구이
겠습니까? 정중히 오래 사실 것[4]을 축원드립니다.

청하는 답장

그럭저럭 덧없이 살다 보니 이미 화갑花甲이 돌아왔습니다. 거울을 들고 살
펴보니 허약한 모습[5]에는 허연 머리가 가득합니다. 술 한 잔하며 이야기하
려 하니, 주저하지 말고 오시기 바랍니다.

70세 생신을 축하하며 하칠십수賀七十壽

고희古稀까지 오래 사시어 경성庚星[6]이 빛나니, 진실로 마복파馬伏波[7]처럼

---

4 오래 사실 것: 원문은 '대춘(大椿)'이다. 『장자(莊子)』 「소요유(逍遙游)」에 "상상 속의 나
   무로, 8천 년을 봄으로 삼고, 다시 8천 년을 가을로 삼는다[上古有大椿者 以八千歲爲春
   以八千歲爲秋]"라고 하였다.

5 허약한 모습: 원문은 '포류지자(蒲柳之姿)'이다. 창포와 버들 같은 모습인데, 약한 체질
   을 말한다.

6 경성(庚星): 생일을 뜻한다. 장경성(長庚星)이라고도 한다. 당(唐) 나라 이백(李白)의 어
   머니가 꿈에 장경성을 삼키고 이백을 낳았다고 한다.

7 마복파(馬伏波): 후한(後漢) 광무제(光武帝) 때 복파장군(伏波將軍) 마원(馬援)을 말한
   다.

튼튼한 노인[8]이라는 것을 알겠습니다. 모름지기 영계기榮啓期가 거문고 연주하며 세 가지 즐거움 노래했던 것을 배우겠습니다.[9] 마땅히 북해北海의 술잔[10]을 들어, 「남산지십南山之什」[11]을 읊겠습니다.

청하는 답장

늙도록 졸렬하고 어리석다가 지금 70세가 되었습니다. 진실로 오래 살았고 욕된 일도 많았습니다. 술자리에 모시고자 삼가 길을 쓸고 기다리겠습니다.

80세 생신을 축하하며 하팔십수賀八十壽

어르신께서 화갑花甲을 지난 지 20년이 되었습니다. 바로 신공申公과 위노渭老[12]가 조서詔書에 응했던 나이입니다. 술병 속의 해와 달, 가지에 서린 복숭아는 무궁한 장수의 상징입니다. 공경히 사람을 보내어 한 광주리 선물을 바칩니다. 웃으시며 간직하여 주시기 바랍니다.

---

8 튼튼한 노인: 원문은 '확력옹(矍鑠翁)'이다. 확력(矍鑠)은 노인이 눈빛이 맑고, 정신이 건강한 것을 말한다. 마원(馬援)이 안장에 앉아 둘러보며 쓸 만하다는 것을 보이자, 황제가 웃으며 "좋구나, 이 노인이여"라고 하였다. 《後漢書 馬援傳》

9 영계기(榮啓期)가……배우겠습니다: 영계기(榮啓期)는 춘추시대 사람으로, 공자가 그에게 즐거움을 묻자, 사람으로 태어난 것과 남자가 된 것과 나이 90이 되도록 장수한 것이라고 대답하였다. 《列子 天瑞》

10 북해의 술잔: 원문은 '북해준(北海尊)'이다. 한(漢)나라 때 문인 공융(孔融)이 북해 태수(北海太守)를 지낼 적에 술자리에 항상 손님이 많고 술통 속에 술이 늘 비지 않았다고 한다. 《後漢書 孔融傳》

11 남산지십(南山之什): 『시경』의 편명이다. 덕을 찬양하고 장수를 기원하는 내용이다.

12 신공(申公)과 위노(渭老): 신공(申公)은 한 무제 때 명유였고, 위노(渭老)는 강태공을 말한다. 모두 적지 않은 나이에 등용되어, 큰 공을 세웠다.

귀밑털과 머리는 허옇게 되었는데, 나이 80이 된 줄도 몰랐습니다. 이후 세월은 그저 아침에 꽃을 보고 저녁에 달을 보며 그때그때 즐길 뿐입니다. 어찌 감히 포륜蒲輪[13]을 바라겠습니까? 일단 술 한잔 하시면서 나이든 회포를 풀겠습니다. 꼭 참석해주시기 바랍니다.

다른 사람의 할아버지 생신을 축하하며 하인조수賀人祖壽

당신 할아버님의 생신은 금당錦堂[14]에 거듭된 경사입니다. 삼대의 인륜과 천륜의 즐거움이 이에 성대해졌습니다. 작고 미약한 선물을 드리고, 부족하나마 남산南山 같은 축원[15]을 올립니다.

청하는 답장

할아버님 생신에 친한 벗의 축하하는 술잔을 받게 되면, 복성福星[16]의 빛이 넉넉히 감싸줄 것입니다. 술은 넉넉하니 수레를 타고 와서 자리를 빛내 주시기 바랍니다.

---

13 포륜(蒲輪): 수레바퀴에 풀을 두른 수레를 말한다. 귀한 사람을 모셔올 때 사용했고, 예우한다는 의미를 담고 있다.

14 금당(錦堂): 상대방의 집안을 높여 일컫는 미칭이다.

15 남산(南山) 같은 축원: 「남산지십(南山之什)」을 지칭하며, 장수를 기원하는 내용이다. 《詩經 小雅》

16 복성(福星): 목성(木星)을 말한다. 목성은 세성(歲星)으로서 복을 주관한다.

다른 사람의 할머니 생신을 축하하며 하인조모수賀人祖母壽

당신 할머님께서는 보배롭고 높은 무성婺星[17]이시니,[숙녀淑女는 무성婺星에 상응한다.] 요지瑤池에서 잔치를 열게 되었습니다. 이 생신을 맞아[남자의 생일을 현호懸弧[18]라 하고, 여자의 생일을 설세設帨[19]라 한다.] 할머님께서 건강하시니, 참으로 상서로운 기운이 집안에 가득합니다. 달려가 작은 선물을 드리니, 살펴주시기 바랍니다.

청하는 답장

저희 할머니에게 하늘이 장수를 내려주셨습니다. 이미 고희古稀[20]가 되는 해를 맞아 술자리를 마련하였습니다. 수레로 찾아주시어 초라한 자리를 빛내주시기 바랍니다.

다른 사람의 아버지 생신을 축하하며 하인부수賀人父壽

당신 아버지 생신에 상서로운 기운이 금당錦堂에 가득하며, 〈남해南陔〉[21] 시

---

17 무성(婺星): 무녀성(婺女星)이라고도 하며 직녀성(織女星)을 가리킨다. 여성을 상징하는 별인데, 이 별이 빛나면 부인(婦人)이 장수(長壽)한다는 의미이다.

18 현호(懸弧): 활을 걸어놓는다는 의미로, 남아(男兒)의 출생을 가리킨다. 옛날, 사내아이가 태어나면 문 왼편에 호(弧, 나무 활)를 걸어두어 앞길을 축하하는 관습에서 유래한 말이다. 《禮記 郊特牲》

19 설세(設帨): 수건[帨]을 대문 오른편에 걸어둔다는 뜻으로, 여아(女兒)의 출생을 가리킨다. 옛날에 여자아이가 태어나면 문 오른편에 수건을 걸어놓았던 풍속에서 유래한 말이다. 《禮記 內則》

20 고희(古稀): 70세를 가리킨다. 두보(杜甫)의 〈곡강(曲江)〉 시 중의 구절인 "인생 칠십은 예로부터 드물다네[人生七十古來稀]"라는 구절에서 유래하였다.

21 남해(南陔): 『시경』의 편명이다. 어버이를 그리워하는 마음을 읊었다.

를 읊는 사람들이 구름과 같이 모였습니다. 족하께서 색동옷을 입고[22] 앞에서 장수를 칭송하니, 참으로 지극한 즐거움입니다. 차가운 복숭아와 연뿌리[23]없이 장수 기원 술잔을 올리려니 부끄럽습니다. 보잘것없는 선물로 장수를 축원합니다.

청하는 답장

저는 가난하고 하찮은 선비로 부모님 모시는 것도 부족하여 부끄럽습니다. 저희 아버지의 생신에 비단 자리를 펼쳐 멋진 손님을 맞을 수는 없습니다만, 일단 되는대로 술자리를 마련하였습니다. 당신의 후덕한 말에 힘입어 술잔을 들겠습니다.

다른 사람의 어머니 생신을 축하하며 하인모수賀人母壽

대부인大夫人께서 좋은 때에 태어나시어, 오래 사시게 되었습니다.[24] 저도 남산南山의 기이한 봉우리[25]처럼 대부인大夫人이 더 오래 사시고, 동해東海

---

22 색동옷을 입고: 원문은 '착채의(着綵衣)'이다. 춘추시대 초나라의 은사(隱士)인 노래자(老萊子)가 칠십의 나이에도 부모님을 기쁘게 해드리기 위하여 색동옷을 입고 재롱을 떨었다고 한다. 《小學 稽古》

23 차가운 복숭아와 연뿌리: 원문은 '빙도설우(冰桃雪藕)'이다. 모두 장수를 기원하는 상징이다. 반방(潘妨)의 〈수우인(壽友人)〉의 시에 "차가운 복숭아와 눈 같은 연뿌리로 잔치에 모시리니[桃雪藕將陪宴]"라는 구절이 있다.

24 오래 사시게 되었습니다: 원문은 '훤당일영(萱堂日永)'이다. 훤당(萱堂)은 다른 사람의 어머니를 높여 일컫는 말이다. 훤(萱)은 원추리꽃이다. 옛날 어떤 효자가 집 뒤편에 별당을 지어 나이 드신 어머니를 모셨는데, 마당에 어머니가 좋아하는 원추리꽃을 가득 심은 데서 유래하였다.

25 남산(南山)의 기이한 봉우리: 『시경』의 「남산지십(南山之什)」을 지칭한다. 덕을 칭송하고 장수를 기원하는 내용이다.

큰 파도처럼 대부인의 복이 더할 것을 바랍니다. 족하께서는 어떻게 생각하시는지요.

청하는 답장

어머니께서 이번에 생신을 맞았습니다. 저는 원추리 꽃이 무성히 자란 것을 축하하게 되었습니다. 친구들 덕분에 제가 더욱 빛나고 싶기에 정갈한 안주와 술을 마련했습니다. 한 번 방문하여 마음을 펼쳐주시기 바랍니다.

벼슬길 관련 편지류 사진류仕進類

회시 보러 가는 것을 축하하며 하부회시賀赴會試

공의 수레가 북쪽으로 올라가 천하 사람들과 재주를 다툰 것을 알고 있습니다. 족하께서 채색 붓을 한 번 휘두르시면, 뛰어난 여러 선비들도 마땅히 십사十舍[1]를 물러날 것이며, 붉은빛 자주빛 인끈[2]은 말할 것도 없습니다. 말을 달려 돌아오면 관복이 빛날 것이고, 이를 마을 어르신들이 길에서 구경한다면 멋진 모습일 것입니다. 약소한 전별금은 질타하며 받아주십시오.

청하는 답장

짐을 챙겨 북궐北闕로 달려가지만, 스스로 재주가 부족한 것을 알고 있습니다. 안탑雁塔에 이름을 적을 수 있으면[3] 되었지, 감히 제일가는 신선을 바라

---

1 십사(十舍): 사(舍)는 옛날 중국의 군제(軍制)에서 군사들이 하루 동안 가야 하는 삼십 리를 이르던 말이다. 여기서는 거리가 멀다는 의미로 사용하였다.

2 붉은빛 자주빛 인끈: 원문은 '우주타자(紆朱拖紫)'로, 지위가 높은 사람을 가리킨다. 붉은빛과 자줏빛은 고관(高官)들이 차는 인끈의 색이다.

3 안탑(雁塔)에……있으면: 진사 시험에 합격한 것을 의미한다. 당나라 때 진사과(進士科)에 합격한 사람들은 곡강(曲江)의 연회를 마친 후에 장안 자은사(慈恩寺)의 대안탑(大雁塔) 아래에다 자신의 이름을 써넣는 풍습이 있었다. 《唐摭言 慈恩寺題名游賞賦詠雜記》

겠습니까?⁴ 보내주신 것은 부끄럽지만 잘 받았습니다. 이번 행차로 몇 개월 뵙지 못합니다. 그저 술 한 잔으로 감히 이별의 정을 펼치려 합니다.

문과 합격을 축하하며 하중문과賀中文科

금문金門⁵에서 시험을 봐서 뛰어난 글 3천 쪽을 아뢰어, 명성이 은하수에 닿았으니, 붕새가 구만리를 날아가는 여정입니다. 연등蓮燈은 빛나는 채색 깃발을 일제히 이끌고, 버들 빛은 관복과 초록빛을 다툴 것입니다. 다른 날 정승이 되시는 것도 여기에서 시작됩니다. 정중히 작은 선물을 마련하여 축하드립니다.

청하는 답장

과거 시험⁶에서 저는 여러 군자들 뒤에 이름이 붙었습니다. 행림杏林⁷에서 짝하여 잔치하는 것은 실로 뜻밖의 일이었습니다. 돌아가 친척과 친구들을 만나 기쁘게 술잔을 나눌 것입니다. 족하께서 자리에 참석해주시기 바랍니다.

무과 합격을 축하하며 하무과賀武科

병법을 펴고 호장虎帳⁸에서 이름을 드날리시니, 꿈에서 곰이 날아드는 조

---

4 감히……바라겠습니까: 원문은 '감망제일선재(敢望第一仙哉)'이다. 제일선(第一仙)이란 장원급제를 의미한다.

5 금문(金門): 한(漢)나라 때 궁문(宮門)인 금마문(金馬門)의 준말로, 문인 학사들이 황제의 조서(詔書)를 기다리던 곳이다. 나중에는 조정을 일컫는 말로 쓰이기도 하였다.

6 과거 시험: 원문은 '춘위지역(春闈之役)'이다. '춘위(春闈)'는 봄에 과거 시험을 거행했던 장소로, 봄에 회시(會試)를 보았기 때문에 '춘위'라고 일컬은 것이다.

7 행림(杏林): 행원(杏苑)이라고도 한다. 과거에 급제한 진사들이 잔치를 벌이던 곳이다.

짐[9]이 있었습니다. 이미 뛰어난 선비 중에 붉은 기를 세우시고,[10] 이름은 인각麟閣[11]에 드러났으니, 장차 청사靑社[12]에서 공후로 봉해줄 것입니다. 작은 선물을 마련하여 축하드립니다. 살펴주시기 바랍니다.

청하는 답장

외람되이 총애를 받아 무관의 항렬을 채우게 되었습니다. 칭송하는 말이 넘쳐나 더욱더 두렵고 부끄럽습니다. 작은 공이라도 세워, 곡식을 축낸다고 쫓겨나지만 않아도 충분합니다. 성대한 선물은 삼가 잘 받았습니다. 후의厚誼에 깊이 감사드립니다. 조촐한 술자리를 마련합니다. 찾아주시어 한 말씀 부탁드리겠습니다.

입각을 축하하며 하입각賀入閣

가만히 들으니, 특별히 성간聖簡[13]에 부응하고, 시망時望[14]에 딱 부합하신다

---

8 호장(虎帳): 장군의 장막을 말한다.

9 꿈에서……조짐: 원문은 '몽조웅비(夢兆飛熊)'이다. 군주가 인재를 얻는 것을 의미한다. 주(周)나라 문왕(文王)이 곰이 날아드는 꿈을 꾸고 나서 여상(呂尙)을 만나 그를 스승으로 맞이했다. 《識小類編》

10 붉은 기를 세우시고: 한 분야에서 일가를 이룬 것을 말한다. 한(漢)나라의 장수 한신(韓信)이 조(趙)나라를 공격할 때 조나라의 군사를 유인하여 성벽을 비우고 나와 싸우게 한 뒤에 재빠른 기병(騎兵)을 가려 성벽으로 달려 들어가 조나라의 깃발을 뽑고 한나라의 붉은 깃발을 세워 전쟁을 승리로 이끌었던 데서 유래하였다. 《史記 淮陰侯列傳》

11 인각(麟閣): 기린각(麒麟閣)을 말한다. 한나라 때 공로가 있는 사람의 모습을 그려 보관하였다. 후에 탁월한 공이 있는 사람을 칭송하는 말로 사용되었다. 《漢書 李廣蘇建傳》

12 청사(靑社): 옛적에 사방의 제후를 봉할 때에 각각 그 방위의 색에 해당하는 흙을 주어서 사(社)를 세웠다. 청색은 동쪽을 가리키며, 청사(靑社)는 동쪽 지역에 있는 사직(社稷)이라는 뜻으로, 동방의 왕조를 비유적으로 일컫는 말이다.

13 성간(聖簡): 임금이 특별히 인재를 가려 등용하는 것을 말한다.

고 하니, 존경하는 마음이 어찌 다른 사람에 뒤처지겠습니까? 삼가 축하드립니다. 황공한 마음 감당할 수 없습니다.[15]

답장

사람은 변변찮은데 영광은 넘치니, 바야흐로 고마우면서도 두렵습니다. 축하 편지가 문에 도달했지만, 도리어 부끄럽고 송구스럽습니다.

승급陞級을 축하하며 하가급賀加級

명성과 영예가 오래도록 막혔다가 지금 비로소 뽑혀 제수除授되셨습니다. 비록 여러 사람의 추천에 의한 것이라 해도, 실제로는 성상聖上의 밝으신 선택 덕분이었습니다. 기쁘게 축하드리는 마음이 다른 사람의 배가 됩니다. 감히 편지를 올려 마음을 펼칩니다.

답장

집안은 기울고 재주는 졸렬하여 기꺼이 숨어 살아야 할 처지인데, 뜻하지 않게 영광스럽게 뽑혔으니, 분수에 넘치게 되었습니다. 외람되어 축하하는 말을 받고 두려움을 감당할 수 없습니다.

통용通用

유월에도 얼음과 서릿발 같아 사람들이 철면鐵面이라 칭합니다. 구중궁궐의

---

14 시망(時望): 당시 사회에서의 신망(信望)을 의미한다.

15 황공한……없습니다: 원문은 '무임주신(無任主臣)'이다. "주(主)는 격(擊)이요, 신(臣)은 복(服)이니 그 격복(擊服)하고 황공함을 말한 것이다.[主擊也 臣服也 言其擊服 惶恐之辭]"라고 하였다. 《史記 陳丞相世家》

강직한 신하이시니, 황제께서도 어두魚頭[16]로 알아보셨습니다. 조정의 기강을 떨쳐 엄숙히 하시고, 황로皇路를 맑고 깨끗하게 하십시오.[어사御史 ○조변趙抃은 철면어사鐵面御使[17]라 불렸다. 노종도魯宗道는 매우 강직하여, 힘 있고 귀한 사람들을 피하지 않았다. 황제가 그 성이 노魯씨여서 "어두魚頭가 정치를 한다."라고 하였다. 강직한 신하를 말하는 것이다.]

수의繡衣 차림에 부월斧鉞[18]을 들고 청총마를 타니 서릿발 같은 기세를 떨치고, 탄핵하는 글[19]은 검은 비단 자루[20]에 있습니다. 봉황이 울고[21] 햇볕이 비추니, 단심丹心은 조정에 힘입고, 엄숙하고 맑은 마음은 황제에 의지합니다. 충심으로 아룁니다.[간관諫官의 경우]

현명한 신하[22] 덕분에 훌륭한 정치가 이루어지니 임금께서 찬란히 빛나게

---

16 어두(魚頭): 강하고 정직하게 일을 처리하는 인물을 비유하는 말이다. 《宋史 魯宗道列傳》

17 철면어사(鐵面御使): 철면은 얼굴색이 검붉다는 뜻인데, 성품이 강직해서 사적인 감정에 얽매이지 않는다는 의미를 내포하고 있다. 중국 송(宋)나라 인종(仁宗) 때 조변(趙抃)이 전중시어사(殿中侍御史)로 있으면서 권력자와 황제의 총애를 받는 이들까지 과감하게 탄핵하자, 사람들이 그를 철면어사(鐵面御使)라 불렀다고 한다. 《宋史 趙抃列傳》

18 수의(繡衣) 차림에 부월(斧鉞): 황제가 특별히 파견하여 법을 집행하는 높은 벼슬아치를 가리킨다. "한(漢) 무제(武帝) 천한(天漢) 2년에 직지사자(直指使者) 포승지(暴勝之) 등을 각 지역에 파견하였는데, 그들이 수의 차림에 부월을 들고 각 지방에 이르러 순행하며 도적들을 체포하였다.[暴胜之爲直指使者 衣繡持斧 逐輔盜賊 威震州郡]"라고 하였다. 《漢書 武帝紀》

19 탄핵하는 글: 원문은 '백간(白簡)'이다. 관리의 잘못을 적어 탄핵하는 글을 말한다.

20 검은 비단자루: 원문은 '조낭서(皁囊書)'이다. 조낭(皁囊)은 비밀스러운 일을 임금에게 아뢸 때 밀봉한 소(疏)를 싸서 올리던 검은 보자기이다. 후한(後漢) 말에 임금이 채옹(蔡邕)에게 재변을 막을 계책을 검은 보자기에 싸서 올리라고 한 데서 유래한 말이다.

21 봉황이 울고: 원문은 '명봉(鳴鳳)'이다. 봉황은 어진 임금이 나오면 나타난다는 길조(吉鳥)이다. 『시경』「대아(大雅) 권아(卷阿)」에, "봉황이 우니, 저 높은 언덕이로다. 오동나무가 자라니, 저 산 동쪽이로다.[鳳皇鳴矣 於彼高岡 梧桐生矣 於彼朝陽]"라는 구절이 있다.

되었습니다. 효도의 도리로 임금님을 섬기니, 충성은 어버이를 섬기는 마음과 어그러지지 않았습니다.[대신大臣이 어버이를 봉양할 경우]

삼천예악三千禮樂[23]이 쌓여 오래도록 감추어졌고, 갑옷 입은 10만 병사들이 무기고를 둘렀습니다.[무신武臣의 경우]

봄의 따스한 기운처럼 가을의 엄숙한 기운처럼 은혜와 위의를 베푸시니, 산빛이 높고 강물 소리 당당합니다.[번신藩臣의 경우]

문하門下의 명령은 산악山嶽을 흔들고, 위엄은 동남쪽을 진동시킵니다. 왕의 가까운 무신이며, 나라의 심장과 허리[24] 같습니다.[곤수閫帥의 경우]

깃발은 바다와 구름을 끌고, 인신印信은 변경의 달을 흔듭니다. 유영柳營[25]의 호령號令은 풍뢰風雷와 같이 엄격하니, 참으로 장군이십니다.[위와 같다.]

---

22 현명한 신하: 원문은 '염매(鹽梅)'이다. 소금과 매실(梅實)은 음식을 만들 때 짠맛과 신맛을 조화시켜 알맞게 간을 맞출 수 있다. 현명한 신하는 이러한 두 가지를 조화시켜 군주의 덕치(德治)를 보좌해야 한다. 은나라 무정(武丁) 임금이 재상인 부열(傅說)에게 "여러 가지 양념을 넣고 국을 끓일 때면, 그대가 간을 맞출 소금과 매실이 되어 주오.[若作和羹 爾惟鹽梅]"라고 부탁하였다. 《書經 說命 下》

23 삼천예악(三千禮樂): 원래는 예악에 정통한 공자(孔子)의 삼천 제자(三千弟子)를 가리켰는데, 이후로는 태평성대의 잘 갖추어진 예악 문물을 가리키는 의미로도 사용된다.

24 나라의 심장과 허리: 원문은 '심려(心膂)'이다. 나라의 중추적인 역할을 하는 인물을 말한다. "지금 그대에게 당부하노니, 그대는 나를 도와 다리와 팔, 심장과 허리가 되어라. 옛일을 이어 그대의 조상을 욕되게 하지 말라.[今命爾翼 作股肱心膂 纘乃舊服 無忝祖考]"라고 하였다. 《書經 周書 君牙》

25 유영(柳營): 세류영(細柳營)을 말한다. 한(漢)나라 문제(文帝) 때 흉노가 크게 변방을 침입하자 주아부(周亞夫)에게 세류(細柳)에 진을 치게 하였는데, 순시하던 문제가 이 진영의 군율(軍律)이 엄한 것을 보고는 크게 칭찬하였다. 《漢書 周亞夫傳》

주렴에 밝은 달이 걸렸고, 두 소매에서는 맑은 바람 불어옵니다. 밝고 사심이 없으시니, 따스한 봄에도 다리가 있는 듯합니다.[26][군읍郡邑 수재守宰의 경우]

백성들이 오고가五袴歌[27]를 부르고, 보리 이삭은 양 갈래[28]가 되었습니다. 구중궁궐에서 이에 편안히 누울 수 있게 되었고, 큰 계책으로 다스리시니, 조정과 재야在野에서 서로 바라보고 사민士民들은 모두 경사스럽게 생각합니다.[위와 같다.]

왕교王喬는 쌍오리를 탔고,[29] 노공魯恭의 어진 정치에 꿩도 기이함을 보여주었습니다.[30] 하양현河陽縣에는 꽃이 가득하고,[31] 거문고는 선보單父에 울립니

---

26 봄에……듯합니다: 원문은 '양춘유각(陽春有脚)'이다. 어진 정치를 하는 지방 수령을 가리킨다. 당(唐)나라 현종(玄宗) 때 송경(宋璟)이 백성을 사랑하는 정사를 펼치자, 조야(朝野)의 사람들이 "그의 발길이 닿는 곳마다 따뜻한 봄빛이 만물을 비춰주는 것 같다.[所至之處 如陽春煦物也]"라고 하였다. 《開元天寶遺事》

27 오고가(五袴歌): 오고는 다섯 벌의 바지라는 뜻으로, 선정(善政)을 칭송하는 백성의 노래를 가리킨다. 동한(東漢)의 염범(廉范)이 촉군 태수(蜀郡太守)로 부임하여, 법규를 개혁하는 등의 선정을 펼쳤다. 이에 백성들이 "염숙도여, 왜 이리 늦으셨나. 불을 금하지 않으시어 백성이 편하게 되었나니, 평생에 저고리 하나도 없다가 지금은 바지가 다섯 벌이라네.[廉叔度 來何暮 不禁火 民安作 平生無襦 今五袴]"라는 노래를 불렀다고 한다. 《後漢書 廉范列傳》

28 보리……갈래: 원문은 '맥수양지(麥秀兩岐)'이다. 보리에 두 갈래의 이삭이 팬 것을 말하는데, 풍년의 조짐이며, 관리의 탁월한 치적을 상징한다.

29 왕교는 쌍오리를 탔고: 지방관으로 나가 있는 사람이 경사(京師)를 오고가는 것을 의미한다. 후한(後漢) 때 왕교(王喬)가 섭현(葉縣)의 수령으로 있으면서 수레도 없이 초하룻날과 보름날에 조정에 나왔다. 그를 이상하게 여겨 엿보게 한 결과, 그가 올 무렵에 한 쌍의 오리가 동남쪽에서 날아오므로 그물을 쳐서 이를 잡아 놓고 보니, 신 한 짝이 들어 있었다고 한다. 《後漢書 卷83》

30 노공(魯恭)의……보여주었습니다: 지방관이 선정(善政)을 펼치는 것을 의미한다. 한(漢)나라 때 노공(魯恭)이 지방을 다스릴 적에 하남윤(河南尹) 원안(袁安)이 종사관을 시켜 노공의 정사를 엿보게 하였다. 그 종사관이 노공이 다스리는 지역에 가서 어린아이가 곁에 앉아있는 어린 꿩을 가련히 여기며 잡지 않는 광경을 지켜본 후에, 이곳의 어린아이에

다.[32] 황제께서 선량한 관리를 뽑으셨으니 백성들이 즐거운 노래를 부릅니다.[현관縣官에게 쓴다.]

문하門下께서는 기서棋墅에서 높이 수양하시고[33] 울타리 아래에서 거리낌 없이 길게 휘파람 부시니, 동산東山에 은거했던 사안謝安[34]과 율리栗里로 돌아갔던 도연명陶淵明[35]의 풍치를 겸하고 계십니다.[재야에 있는 사람에게 보낼 경우]

문하門下께서는 치적이 빼어나고 가르침이 빛나십니다. 벼슬길에서도[36] 눈길을 모으시어[상관上官의 주목을 받는 것이다.] 영예롭게 뽑히신 것입니다.
[외직外職으로 나가는 사람에게 보낼 경우]

게 인애(仁愛)하는 마음이 있음을 깨달았다. 이에 자신이 오래 머물러 있으면 현자(賢者)만 방해할 뿐이라고 여기고 떠나갔다고 한다. 《後漢書 魯恭傳》

31 하양현(河陽縣)에는 꽃이 가득하고: 진나라 반악(潘岳)이 하양현을 다스릴 때에 복숭아와 오얏을 두루두루 심었다고 한다. 《晉書 潘嶽傳》

32 거문고는 선보(單父)에 울립니다: 원문은 '금명선보(琴鳴單父)'이다. 복자천(宓子賤)이 선보(單父)를 다스릴 때 거문고를 치면서 잘 다스렸다고 한다. 이후에 지방관으로서 치적을 칭송하는 말로 쓰인다. 《呂氏春秋 察賢》

33 기서(棋墅)에서 높이 수양하시고: 위기 상황에서도 두려움 없이 태연자약한 모습을 말한다. 전진(前秦)의 왕 부견(苻堅)이 백만 대군을 거느리고 동진(東晉)을 침입하였을 때, 사안(謝安)은 조카 사현(謝玄)을 보내 격파하게 하고, 자신은 산중 별장에서 손님과 함께 한가하게 바둑을 즐겼다는 고사가 있다. 《晉書 謝安傳》

34 동산(東山)에 은거했던 사안(謝安): 동산은 사안이 은거한 곳이다. 사안은 젊어서부터 덕망이 있어 여러 번 임금의 부름을 받았으나, 나아가지 않고 동산(東山)의 기서(棋墅)에 은거하였다. 《晉書 謝安傳》

35 율리(栗里)로 돌아갔던 도연명(陶淵明): 동진(東晉)의 도연명은 하급 관리로 지내다가 율리(栗里)로 돌아가 울타리에 버드나무와 국화를 심고 은거하였다. 《晉書 陶淵明傳》

36 벼슬길에서도: 원문은 '당도(當塗)'이다. 양웅(揚雄)의 〈해조(解嘲)〉에 "벼슬길에 오른 자는 청운에 들어가고, 벼슬길이 떨어진 자는 구렁에 빠진다.[當塗者入靑雲 失路者委溝渠]"라는 구절이 있다. 《漢書 揚雄傳》

혼인에 관한 편지류 혼인류婚姻類

혼서식婚書式

모군某郡, 성姓 모謀[어버이 이름을 쓰지 않는 것은 바야흐로 혼사婚事를 의논하고 있고 아직 이루어지지 않았기 때문이다.]가 모군某郡 모관某官 집사執事에게 아룁니다.[칭호는 알맞게 부른다.] 자애로운 마음으로 한미寒微한 것을 비루하다 하지 않고, 중매를 따르시어 영애令愛를 며느리로 주셨습니다. 저의 아들 모某[부친 모某의 자제 모某와 같다.]는 선인先人의 예禮가 있어 삼가 전인專人[1]을 통해 납채納采[2]를 합니다. 존자尊慈께서는 굽어 살펴보시기 바랍니다. 이만 줄입니다.
모년某年 모월일某月日 모군某郡 성모姓某가 아룁니다.

며느리 맞이하는 것을 축하하며 하취식賀娶媳

영랑令郎께서 채색 병풍 속 공작의 눈을 쏘아 맞추고[3] 수놓은 장막 안의 실

---

1 전인(專人): 편지만을 보내기 위해 고용한 사람을 말한다.
2 납채(納采): 혼인 때 신랑 집에서 신부 집으로 예물을 보내는 것이다.

을 끌어당겨[4] 훌륭한 아드님과 며느리가 진실로 좋은 시절에 원만하게 혼인하게 되었습니다.[5] 고요하고 아름다운 덕을 노래합니다.[6] 저는 예전부터 사랑을 받았지만, 달려가 축하드리지 못하였습니다. 삼가 변변찮은 예의를 갖추고, 음식 접대에 조금이나마 도움이 되었으면 합니다.[다른 사람 아들이 장가들 경우에 선물 보내는 것을, '손님 접대[賓廚]를 돕는다.'라고 한다.] 꾸중하시며 받아주시기 바랍니다.

답장

저의 아들이 혼인[7]을 하였으니, 가정을 이루고 대代를 이어 제사를 지내기 위해서입니다. 몸소 융숭히 높여 주시고, 특별히 진실로 축하하는 말씀을 내려주셨습니다. 아울러 총애해 주시니, 어떻게 감당할 수 있겠습니까?

---

3 영랑께서……맞추고: 두태후(竇太后)의 부친 두의(竇毅)는 병풍에 공작 두 마리를 그려 놓고 구혼하러 온 자들에게 화살 두 발을 쏘아 공작의 눈을 명중시키면 혼인을 허락하겠다고 했다. 모두 실패하고 당 고조(高祖) 이연(李淵)이 맨 나중에 공작의 두 눈을 쏘아 맞히자 두태후를 고조에게 시집 보냈다. 후에 사위를 선택하는 고사로 사용된다. 《舊唐書 后妃傳上 高祖竇皇后》

4 실을 끌어당겨: 원문은 '견사(牽絲)'이다. 사위 혹은 아내를 맞이한다는 의미이다. 당(唐)나라 장가정(張嘉貞)이 곽원진(郭元振)을 사위로 삼고자 하여 다섯 딸은 휘장 속에서 붉은 실을 잡고 있게 하고, 곽원진은 밖에서 그 중 하나의 실을 잡아당기게 하였다. 그 결과 곽원진은 셋째 딸을 아내로 맞이하게 되었다. 《開元天寶遺事 牽紅絲娶婦》

5 좋은……되었습니다: 원문은 '도요지기(桃夭之期)'로, 혼인한다는 의미이다. 복사꽃 피는 좋은 시절에 남녀가 혼인하여 집안이 화목하다는 내용을 읊었다. 《詩經 周南 桃夭》

6 고요하고……노래합니다: 원문은 '가정호(歌靜好)'이다. 부부의 금슬이 좋아서 화합이 잘 되는 것을 의미한다. 『시경』「정풍(鄭風) 여왈계명(女曰雞鳴)」에, "금슬이 자리에 있어 고요하고 아름답지 않음이 없네[琴瑟在御 莫不靜好]"라는 구절이 있다.

7 혼인: 원문은 '필인(畢姻)'으로, 남녀가 결혼하는 것을 말한다.

아들 장가갈 때 초청하며 자취청子娶請

아이들이 드디어 가정을 이루게 되어, 저는 자식에 대한 빚을 갚을 수 있게 되었습니다. 술잔 들어 귀한 손님들을 공경히 맞이하고자 하오니, 즐겁게 오시어[8] 혼례를 빛내주시기 바랍니다.

답장

남전藍田에 심어진 옥[9]이 수놓은 장막 안의 실을 당기게 되어,[10] 영랑令郎께서[다른 사람의 손자는 영손令孫이라고 한다.] 좋은 인연을 맺게 되었습니다. 저는 성대한 일을 기쁘게 우러러보았습니다. 이미 총애하여 불러주셨으니 감히 달려가지 않겠습니까?

다른 사람의 딸이 시집가는 것을 축하하며 하가녀賀嫁女

봄이 되어 떨어지는 매화 꽃잎[11]에 미리 응하였습니다. 아름다운 창가의 선

---

8 즐겁게 오시어: 원문은 '혜연긍래(惠然肯來)'이다. 손님이 올 때 환영한다는 의미이다. 『시경』 「패풍(邶風) 종풍(終風)」에, "하루 내내 바람 불고 또 흙비가 내리는데, 은혜롭게 즐겨 찾아오실까[終風且霾 惠然肯來]"라는 구절이 있다.

9 남전(藍田)에 심어진 옥: 원문은 '옥종남전(玉種藍田)'이다. '남전종옥(藍田種玉)'이라고도 한다. 상대방 아들이 훌륭한 가문 출신의 뛰어난 인재라고 칭찬하는 말이다. 중국 섬서성 남전현(藍田縣)은 좋은 옥의 생산지로 유명한데, 삼국시대 오(吳)나라 손권(孫權)이 제갈근(諸葛瑾)의 아들 제갈각(諸葛恪)을 보고서 "남전에서 옥이 나온다더니, 참으로 헛말이 아니다.[藍田生玉 眞不虛也]"라고 감탄하였다. 《三國志 吳書 諸葛恪傳》

10 실을 당기게 되어: 앞의 '며느리 맞이하는 것을 축하하며[賀娶媳]' 항목의 주석을 참고할 것.

11 떨어지는……꽃잎: 원문은 '표매(摽梅)'이다. 혼기(婚期)를 놓쳐 버릴까 두려워하는 여자의 탄식을 의미한다. 『시경』 「소남(召南) 표유매(摽有梅)」에, "잎이 떨어진 매화나무여 그 열매가 겨우 일곱이로다.[摽有梅 其實七兮]"라는 구절이 있다.

녀 같은 따님께서 마침 훌륭한 남자와 인연을 맺게 되었습니다.[12] 간단한 예물로 상자를 채웠습니다. 기꺼이 난새가 끄는 수레 끝에 받아주실 수 있겠는지요.

녹창綠窓[13]의 가난한 집 여식女息이 때 맞춰 시집갑니다. 대나무 상자에 연포 치마로[14] 그저 자평子平의 책임을 끝냈을 뿐입니다.[15] 훌륭하게 격식을 갖추고 총애하여 선물을 보내주셔서 혼수婚需를 더욱 빛나게 해주시니 고마운 마음 감당할 수 없습니다.

사위 맞이할 때 초청하며 납서청納婿請

제가 모일某日에 사위[16]를 맞이하게 되었습니다. 친구 분들이 서로 짝하여 꼭 와주시어, 한미한 집안을 빛내주시기 바랍니다. 이것으로 아룁니다.

작은 집에 진번陳蕃의 걸상이 있고,[17] 사위[18]는 과거에 합격하셨습니다. 장

---

12 훌륭한……되었습니다: 원문은 '종벽지연(種璧之緣)'으로, 옥같이 훌륭한 남자와 혼인의 인연을 맺게 되었다는 의미이다. 바로 앞의 '남전(藍田)에 심어진 옥'의 주석을 참고할 것.

13 녹창(綠窓): 녹창은 녹색(綠色)의 비단 창가라는 뜻으로, 여자가 거처하는 곳을 말한다.

14 대나무……치마로: 집이 가난하여 딸들을 시집보낼 때에 연포로 만든 치마와 무명 이불과 대나무 상자와 나막신을 마련하여 보낸 고사가 있다. 《古今事文類聚 練裳遣嫁》

15 자평(子平)의……뿐입니다: 자평(子平)은 동한(東漢)의 상자평(向子平)을 말한다. 상자평은 자식들을 모두 혼인시킨 뒤에, 집을 떠나 오악(五岳)의 명산을 두루 유람하다가 생을 마쳤다고 한다. 《後漢書 向長列傳》

16 사위: 원문은 '생관(甥舘)'이다. "요(堯) 임금이 사위인 순(舜)을 이실에 머물게 하였다. [帝館甥于貳室]"라는 말이 있다. 이후에 사위를 일컫는 말로 사용되었다. 《孟子 萬章下》

인과 사위[19]가 모두 빛나 이미 집안의 품격이 장대하신데, 또 저희들에게 의지할 것이 있겠습니까? 이미 불러주셨으니, 감히 기쁘게 자리 끝에 참석하지 않겠습니까?

손주 며느리 맞이하는 것을 축하하며 하취손식賀娶孫媳

영손令孫께서 채색 병풍 속 공작의 눈을 쏘아 맞추고,[20] 수놓은 장막 안의 실을 끌어 당겼습니다.[21] 내년 이날에는 어르신께서 기쁘게 증손자를 보시어 고당高堂에 경사가 있을 것입니다. 한껏 축하드립니다. 꾸짖으며 보살펴 주시면 다행이겠습니다.

답장

손자가 혼인[22]하여 아들이 근심을 덜었습니다. 제사[23]를 맡길 수 있겠지만,

---

17 진번(陳蕃)의 걸상이 있고: 현사를 잘 대접한다는 뜻이 있다. 후한(後漢)의 진번이 다른 손님은 일절 맞지 않다가, 현인인 서치(徐穉)가 오면 특별히 걸상 하나를 내려놓고 환담을 하고는 그가 가면 다시 올려놓았다고 한다. 《後漢書 徐穉列傳》

18 사위: 원문은 '교객(嬌客)'으로, 다른 사람의 사위를 높여서 일컫는 말이다.

19 장인과 사위: 원문은 '빙옥(氷玉)'이다. '빙청옥윤(氷淸玉潤)'의 약칭으로, 장인과 사위를 말한다. 진(晉)나라 때 위개(衛玠)는 용모가 옥같이 깨끗하게 생긴 데다 말솜씨도 아주 뛰어났다. 그의 장인인 악광(樂廣) 또한 명망이 천하에 알려졌다. 이에 사람들이 "장인은 얼음처럼 깨끗하고, 사위는 옥같이 윤택하다.[婦公氷淸 女婿玉潤]"라고 하였다. 《晉書 衛玠列傳》

20 영손(令孫)께서⋯⋯맞추고: 앞의 '며느리 맞이하는 것을 축하하며[賀娶媳]' 항목의 주석을 참고할 것.

21 실을 끌어 당겼습니다: 앞의 '며느리 맞이하는 것을 축하하며[賀娶媳]' 항목의 주석을 참고할 것.

22 혼인: 원문은 '수실(受室)'이다. 아내를 맞이하는 것을 말한다.

23 제사: 원문은 '빈번(蘋蘩)'으로, 『시경(詩經)』 「소남(召南)」의 〈채빈(采蘋)〉과 〈채번(采

감히 경사라고 자랑하겠습니까? 손자를 얻고 또 손자를 낳을 수 있다면, 산을 옮길 수 있다는 기대로 우공愚公을 위로할 수 있겠습니다.[24] 많은 예물이 도착하였는데, 어떻게 보답해야 할지요.

손자가 장가갈 때 초청하며 손취청孫娶請

손자가 이미 장성하여 혼인하게 되었습니다. 혼례[25]가 성사된 것은 모두 크게 보살펴주신 덕분입니다. 화촉花燭을 밝히는 자리에 참석해주시기 바랍니다.

답장

위의 '아들 장가갈 때 초청함[子娶請]의 답장'에 보인다.[영랑令郞은 영손令孫으로 바꾼다.]

蘩))을 가리킨다. 채빈은 대부(大夫)의 처가 부평초를 캐어 제사를 받드는 것을, 채번은 제후의 부인이 나물을 캐어 제후를 받들어 제사 일을 돕는 것을 노래하였으니, 모두 제사의 의례를 따르는 것이다.

24 산을……있겠습니다: 우공이산(愚公移山)을 변형해서 표현한 구절로, 손주 며느리가 자손을 많이 낳기를 바라는 마음이 담겨있다.

25 혼례: 원문은 '대례(大禮)'이다. 엄정하고 장중한 의례를 말하는데, 여기에서는 혼례를 지칭한다.

탄생 관련 편지류 탄육류誕育類

다른 사람의 아들이 태어난 것을 축하하며 하생자賀生子

상서로운 기운이 문에 어리어 아들을 낳는[1] 좋은 일이 있으셨습니다. 아이
의 어머니가 신령스런 봉황이 몸에 들어오는 꿈을 꾸셨습니까? 옥 제비가
품에 들어오는 꿈[2]을 꾸셨습니까? 후일 날개 치며 날아오르다 내려오면 의
당 아버지보다 뛰어나게 될 것입니다.[3]

답장

우연히 사내아이를 낳았지만, 감히 집안의 충만한 경사[4]라고는 말할 수 없

---

1 아들을 낳는: 원문은 '농장(弄璋)'으로, 아들을 얻은 기쁨을 표현한 말이다. 『시경(詩經)』
「소아(小雅) 사간(斯干)」에, "아들을 낳아 침상에 재우고 옷을 지어 입히고, 구슬을 가지
고 놀게 하네.[乃生男子 載寢之床 載衣之裳 載弄之璋]"라는 구절이 있다.

2 옥 제비가……꿈: 원문은 '옥연투회(玉燕投懷)'이다. 당나라 때 장열(張說)의 어머니가
임신했을 때 옥제비 한 마리가 동남쪽에서 날아와 품속으로 들어오는 꿈을 꾸고 장열을
낳았다. 후에 장열은 과연 재상이 되었다고 한다. 《開元天寶遺事》

3 의당……것입니다: 원문은 '당파연루(撞破煙樓)'이다. 연루(煙樓)는 아궁이 위에 설치한
연통이다. "아궁이를 뛰어넘어 연통을 부수고 나가는 것[跨竈撞破煙樓]"으로 아들이 아
버지보다 나을 때의 비유로 쓰인다. 《書言故事》

4 집안의 충만한 경사: 원문은 '충려지경(充閭之慶)'으로, 다른 사람의 득남을 축하하는 말

습니다. 승경景升의 아들처럼 개·돼지와 비슷할까[5] 두려울 뿐입니다. 하물
며 재주 없고 하찮은 저[6]는 작은 언덕이어서, 소나무와 잣나무처럼 의지할
아들은 없을 것[7]입니다.

다른 사람의 딸이 태어난 것을 축하하며 하생녀賀生女

집안에 딸을 낳은[8] 경사가 생겼으니 상서로운 일입니다. 어찌 이것이 당신
만을 위한 기쁨이겠습니까? 낭군[9]을 만나면 장차 영광스럽고 기쁘게 될 것
이니, 이는 해당화海棠花가 먼저 핀 조짐[10]일 것입니다.

답장

웅몽熊夢[11]이 영험하지 않아, 여자아이[12]를 낳게 되었습니다. 탄식해도 소용

로 쓰인다. 진(晉)나라 가규(賈逵)가 만년에야 가충(賈充)을 낳고 스스로 말하길, "뒤에
의당 여문에 충만한 경사가 있을 것이다.[後當有充閭之慶]"라고 하였다.

5 승경(景升)의……비슷할까: 조조(曹操)가 손권의 군사 작전을 칭찬하면서 "마땅히 손중
모 같은 아들을 낳아야 하나니, 유표(劉表)의 아들은 그저 개돼지 같다고 하겠다.[生子當
如孫仲謀 劉景升兒子若豚犬耳]"라고 하였다. 《三國志 吳主傳》

6 재주 없고 하찮은 저: 원문은 '불영(不佞)'이다. 재주가 없다는 의미로 자기를 겸손히 이
르는 말이다.

7 작은……없을 것: 아버지가 변변치 못해 훌륭한 자식을 둘 수 없다는 의미이다. 왕승상
(王丞相)이 오나라 육대위(陸太尉)에게 청혼하려고 하니, "작은 언덕에는 소나무 잣나무
가 없으니, 향초와 누린 풀의 그릇이 다른 것이다.[培塿無松柏 薰蕕不同器]"라고 하였다.
《世說新語 方正》

8 딸을 낳은: 원문은 '호세(戶帨)'이다. '대문에 걸어둔 수건'이란 뜻으로, 여아(女兒)의 출
생을 가리킨다. 옛날에 여자아이가 태어나면 문 오른편에 수건을 걸어놓았던 풍속에서
유래한 말이다. 《禮記 內則》

9 낭군: 원문은 '계자(桂子)'이다. 다른 사람의 아들을 칭찬하며 일컫는 말이다.

10 해당화가……조짐: 딸을 해당화에 비유한 듯하다. 아들보다 딸을 먼저 낳은 것은 훌륭한
사위를 맞이하는 영광과 기쁨을 누리려는 조짐이라는 뜻이다.

없습니다. 어찌 축하한다고 하십니까?

늦둥이가 태어난 것을 축하하며 하생만자賀生晚子

계수나무 향기로운 늦은 계절에 난초가 처음으로 싹을 틔웠습니다. 이는 오래된 조개 속의 진주와도 같습니다. 울음소리를 들으니 이미 뛰어난 인물임을 알겠습니다. 또한 족하께서도 오래 사시길[13] 축원합니다. 이 아이를 보니 골짜기에서 솟구쳐 하늘에 오를만한 자질[14]이 있습니다.

답장

늙어서 아이를 얻었습니다. 하늘이 저의 후사를 끊지 않아 기쁩니다. 더욱이 족하의 도움으로 남은 목숨이 조금 더 늘었습니다. 혼인할 짝을 만난다면 만족할 것입니다.

양자 세운 것을 축하하며 하립계자賀立繼子

족하께서 오랫동안 웅몽熊夢을 꾸지 못하셨지만, 뛰어난 아이[15]가 기쁘게

---

11 웅몽(熊夢): 아들 낳는 꿈을 말한다. "좋은 꿈은 무엇인가? 검은 곰과 큰 곰이라네[吉夢維何 有熊有羆]"라고 하였다. 《詩經 小雅 斯干》

12 여자아이: 원문은 '손색(巽索)'으로 큰딸을 낳는 것을 말한다. 『주역(周易)』「설괘전(說卦傳)」에, "손(巽)은 첫 번째로 구하여 딸을 얻었으므로, 장녀라고 이른다.[巽 一索而得女 故謂之長女]"라고 하였다.

13 오래 사시길: 원문은 '기이(期頤)'로, 백년을 말한다. 『예기(禮記)』「곡례 상(曲禮 上)」에, "백년을 기이(期頤)라고 한다.[百年日期頤]"라는 구절이 있다.

14 골짜기에서……자질: 원문은 '용학앙소(聳壑昂霄)'이다. 집안 자제들이 앞으로 많은 경사가 있을 것이란 말이다. 여기서는 편지를 받는 사람의 늦둥이가 장차 훌륭한 인물이될 것이라는 말이다. 《劉景玄墓銘》

뒤를 잇게 되었습니다. 이 아이를 잘 가르쳐 현명한 사람을 만든다면, 아름다운 이름이 후세에 전해지게 될 것입니다. 비록 가지를 옮겨 잎을 바꾸었다 해도, 실제는 물갈래가 달라도 근원은 같은 것입니다. 사람을 보내어 축하드리며, 조금이나마 미미한 정성을 표합니다.

답장

제가 선조의 유업을 계승하기 어려워, 양자로 뒤를 잇게 되었습니다.[16] 등유鄧攸의 행적[17]을 밟을까 두려울 뿐입니다. 축하의 말씀에 고마운 마음 끝이 없습니다.

다른 사람의 손자가 태어난 것을 축하하며 하생손賀生孫

조상의 선행善行이 후세에 아름다운 향기를 전해 빼어난 손자들이 울창하게 서 있는 나무와 같으니, 사씨謝氏 집안의 보배로운 나무[18]입니다. 우공于

---

15 뛰어난 아이: 원문은 '인아(麟兒)'로 지혜와 재능이 남다르게 빼어난 아이를 가리킨다. 당 나라 두보(杜甫)의 시 〈徐卿二子歌〉에 "공자 · 석가가 친히 보내주었기에 모두 천상의 기린아로세.[公子釋氏親抱送 併是天上麒麟兒]"라고 하였다. 《全唐詩 徐卿二子歌》

16 양자로……되었습니다: 원문은 '축명계후(祝螟繼後)'이다. 명령(螟蛉)은 뽕나무벌레의 유충인데, 나나니벌이 데려가 새끼로 삼는다고 한다. 이후에 양자 들이는 것을 표현하는 말로 쓰인다. 《詩經 小雅 小宛》

17 등유(鄧攸)의 행적: 원문은 '등유지철(鄧攸之轍)'이다. 진(晉)나라 하동 태수(河東太守) 등유(鄧攸)가 석륵(石勒)의 병란 때에 아들과 조카를 데리고 피난하다가 둘을 모두 살릴 수 없게 되었다. 이에 등유는 자신의 아들을 버리고 죽은 동생의 아들을 대신 살렸는데, 끝내 후사를 얻지 못하였다. 이에 사람들이 "하늘이 무지해서 백도에게 아들이 없게 했다.[皇天無知 使伯道無兒]"라고 탄식하였다. 《晉書 良吏傳 鄧攸》

18 사씨(謝氏) 집안의 보배로운 나무: 원문은 '사가지보수(謝家之寶樹)'이다. 귀한 집안의 우수한 자제(子弟)를 예찬하는 말이다. 진(晉)나라 사현(謝玄)이 숙부인 사안(謝安)에게 "비유하자면 아름다운 난초와 나무가 집안의 뜰과 섬돌에서 자라나게 하겠습니다.[譬如

公의 집안처럼 덕이 쌓여 분명한 징험을 즐기게 될 것이니, 이른바 가문을 일으킬 사람이란 반드시 이 아이일 것입니다.[우공于公은 옥사獄事를 다스리면서 음덕陰德을 쌓았다. 그가 말하기를 "우리 자손 중에 반드시 가문을 일으킬 자가 있을 것이다."라고 하였다.¹⁹]

답장

아들이 장가를 가서²⁰ 다행히 손자에게 이어졌습니다. 한 말[斗]처럼 작은 저의 집안²¹에서, 엿이나 오물거리며 손자와 놀면²² 참으로 위로될 뿐입니다. 눈앞에서 감히 우리 집안 일으키는 것을 바라겠습니까?

芝蘭玉樹 欲使其生於庭階耳"라고 하였다. 《晉書 謝安列傳》

19 우공(于公)은……하였다: 한나라 우공(于公)이 옥사(獄事)를 공정하게 처리하여 억울한 사람들을 많이 구제하였다. 우공은 집을 수리하면서 "내가 음덕을 많이 쌓은 만큼 우리 자손 중에 고관이 많이 나올 테니 좁은 문을 개조해서 사마(駟馬)의 수레가 드나들 수 있도록 크게 만들어야 하겠다."라고 하고는 대문을 높이 세웠다. 우공의 말대로 아들 우정국(于定國)은 승상이 되었다. '우공고문(于公高門)'이라고도 한다. 《漢書 于定國傳》

20 아들이 장가를 가서: 원문은 '보상아책(甫償兒債)'이다. 부모가 자식에 대해서 가르치고 결혼시키는 것은 피할 수 없는 부채와도 같다는 것이다. 고명(高明)은 "혼인은 일찍 해야 좋으니, 상공께서 빨리 자식들의 책임을 면하시길 권합니다.[婚姻事要早諧 勸相公早畢兒女之債]"라고 하였다. 《琵琶記 牛相教女》

21 한 말[斗]처럼……집안: 원문은 '문대여두(門大如斗)'이다. 한 말 정도의 크기는 아주 작다는 뜻이다.

22 엿이나……놀면: 원문은 '함이(含飴)'이다. '함이농손(含飴弄孫)'이라고도 하는데, 늙어서 엿을 입에 넣고 오물거리며 손자를 데리고 논다는 뜻이다. 《後漢書 卷10 皇后紀》

추천하는 편지류 천인류薦引類

의원을 추천하며 천의사薦醫士

족하께서 병으로 고생하시는데, 모某는 일찍이 상지수上池水[1]를 마셨습니다. 시험 삼아 이것으로 치료해보시면, 틀림없이 깊은 병이 바로 나을 것입니다. "저 사람은 세 번 팔뚝을 꺾어 보았던[2] 좋은 의원이 아니다"라고 비난하지 마시기 바랍니다.

답장

제 병은 여러 차례 약을 써도 효과가 없었습니다. 나라에서 최고의 의원을 추천받았으니, 의술이 장상군長桑君[3]보다 뛰어납니다. 한 번 더 치료를 받는

---

1 상지수(上池水): 댓가지에 맺힌 이슬방울을 말한다. 신인(神人) 장상군(長桑君)이 일찍이 자기 품속에 간직했던 약을 편작(扁鵲)에게 주면서 이르기를 "이 약을 상지수(上池水)로 30일 동안 복용하고 나면 눈이 밝아져서 모든 것을 환하게 보게 될 것이다."라고 하였다. 《史記 扁鵲列傳》

2 세 번……보았던: 원문은 '삼절굉(三折肱)'이다. 옛말에, 세 번 팔뚝을 꺾어 봐야 훌륭한 의원이 될 수 있다고 하였다. 즉 경험이 풍부해야 노련한 의원이 된다는 말이다.

3 장상군(長桑君): 전국시대 때 살았던 신인(神人)으로, 편작의 스승으로 전해진다. 그는 편작을 범상치 않게 여겨 편작에게 신약(神藥)을 먹게 하고, 자신의 비방(秘方)을 모두

다면 효과를 볼 것입니다. 걸어 다닐 수 있게 되면, 바로 족하의 집 계단으로 달려가 사례하겠습니다.

지사를 추천하며 천지사薦地師

모군某君은 풍수지리[4]에 뛰어나 안목이 높고 신묘합니다. 요우廖瑀[5]와 곽박郭璞[6]의 비결을 터득하였기에 추천 드립니다. 우면지牛眠地[7]를 얻을 수 있을 것입니다. 보통의 지관地官으로 일컫지 마십시오.

답장

추천해주신 지관은 참으로 혜안을 갖춘 사람입니다. 마땅히 짚어주는 장소를 따를 뿐입니다.

전해주고선, 홀연히 사라졌다고 한다. 이후로 편작은 사람의 오장육부를 투시할 수 있게 되어 몸속에 있는 병을 훤히 볼 수 있게 되었다. 《史記 扁鵲倉公列傳》

4 풍수지리: 원문은 '청오사(靑烏士)'로, 풍수지리가(風水地理家)의 별칭이다. 후한(後漢) 시대에 편찬된 풍수지리서(風水地理書)인 『청오경(靑烏經)』에서 비롯된 듯하다.

5 요우(廖瑀): 당나라 때 저명한 풍수사이다.

6 곽박(郭璞): 중국 남조(南朝)사람으로, 지술(地術)의 창시자이다. 그는 『청오경(靑烏經)』을 인용하여 풍수지리서인 『금낭경(錦囊經)』을 편찬하였다.

7 우면지(牛眠地): 묘소를 쓰기에 좋은 명당을 가리킨다. 진(晉)나라 도간(陶侃)이 미천했을 때 친상(親喪)을 당하여 장사를 준비하던 중, 갑자기 집에 있던 소를 잃어버렸다. 그 때 한 노인이 도간에게 "앞 산등성이에서 보니 소 한 마리가 산기슭에서 자고 있는데, 그 땅에 장사를 지내면 대신의 지위에 오를 것이다.[前岡見一牛眠山汙中 其地若葬 位極人臣矣]"라고 하였는데, 그 소를 찾아서 소가 잠자던 곳에 장사를 지냈다고 한다. 《晉書 周訪列傳》

복사[8]를 추천하며 천복사薦卜士

복가卜家 모某는 허중虛中[이허중李虛中은 오행五行과 운세풀이에 정통하여 사람들의 운수와 목숨을 헤아렸는데, 하나의 실수도 없었다.]을 따라 배워 맑고 푸른 물에서 물고기를 구별하듯 하나의 실수도 없었습니다. 시험해보십시오. "군자君子는 운명을 말하지 않는다."[9]며 물리치지 않기를 바랍니다.

답장

추천받은 복사卜士는 조화造化를 담론하고 천기天機를 말해주니, 참으로 사사로움이 없는 사람입니다. 제가 어려서 추론하고 풀어낼 수 없었는데, 품평을 받으니 부끄럽고 겸연쩍습니다. 보내드리는 것이 많지 않지만 살펴주시기 바랍니다.

관상가를 추천하며 천상사薦相士

모군某君은 관상[10]을 잘 봐서 당거唐擧[11]와 같은 명성이 있습니다. 저는 그를 늦게 만난 것이 아쉽습니다. 삼가 문하門下에 천거하오니 배령공裴令公[12]의

---

8 복사(卜士): 음양, 복서, 점술에 능통한 사람을 말하는데, 술사術士라고도 한다.

9 군자(君子)는……않는다: 원문은 "군자불언명(君子不言命)"이다. 소태래(蕭泰來)가 지은 "뛰어나고 모자란 것은 사람에 달린 것이니, 군자는 운명을 말하지 않는다.[賢不肖在人 君子不謂命]"라는 시구가 전한다. 《贈星學張月台》

10 관상: 원문은 '풍감(風鑑)'으로, 관상 보는 것을 말한다.

11 당거(唐擧): 전국시대 양(梁)나라 사람으로 당거(唐莒)라고도 하며, 관상술(觀相術)에 뛰어났다. "지금 세상에서 양나라의 당거(唐擧)는 사람의 모습과 얼굴을 보고서 길흉(吉凶)과 요상(妖祥)을 알아서, 세속에서 일컬어졌다.[今之世 梁有唐擧 相人之形狀顏色 而知其 吉凶妖祥 世俗稱之]"라고 하였다. 《荀子 非相》

12 배령공(裴令公): 당나라 때의 재상인 배도(裴度)를 가리키는데, 그는 중서령(中書令)의

비격秘格을 청하여 시험해보심이 어떠신지요.[손추학孫秋壑은 관상을 잘 보아서 배도裴度가 재상으로 들어갈 것을 알았다.]

답장

저는 세속의 한미한 선비로, 복사卜師의 예리한 감식[13]을 받아보았습니다. 그의 혀는 봄 우레를 감춘 듯하고 눈은 가을 달을 매달아 놓은 것 같아서 한번 살펴보고도 충분히 알아내었습니다. 당거唐擧와 허부許負[14]도 이 사람보다 뛰어나지 않을 것입니다.

화가를 추천하며 천화사薦畵士

모군某君은 그림을 잘 그리고 금속영金粟影의 필법筆法[15]을 갖춘 사람입니다. 이 사람은 진실로 그림 그리는 학사學士가 될 수 있습니다. 산음山陰 골짜기의 아름다운 경치를 구경하느라 겨를이 없으시겠지만,[16] 족하께서 한번 살펴주는 것이 어떨지요.

벼슬을 지냈다.

13 예리한 감식: 원문은 '빙감(氷鑑)'이다. 빙감은 얼음처럼 투명하게 비추는 거울이라는 뜻으로, 환하게 꿰뚫어 보는 감식안을 말한다.

14 허부(許負): 주나라 말기의 관상가이다. 그는 주발(周勃)의 아들인 주아부(周亞夫)의 관상을 보고는 "당신은 3년 뒤에 후(侯)에 봉해지고 8년 뒤에 장수와 정승이 되어 최고의 부귀를 누릴 것이나, 9년 뒤에는 굶어 죽을 것이다."라고 하였는데, 과연 그 말처럼 되었다.《史記 絳侯周勃世家》

15 금속영(金粟影)의 필법(筆法): 금속영(金粟影)은 진(晉)나라의 고개지(顧愷之)가 그린 유마힐(維摩詰)의 화상(畵像)이다. 후대에는 생생하게 묘사된 불상을 지칭한다.

16 산음(山陰)……없으시겠지만: 중국 회계(會稽)의 산음은 경치가 좋기로 이름난 곳이다. 진(晉)나라 왕휘지(王徽之)가 벗 대규(戴逵)를 찾아갈 때 항상 산음 길로 다녔는데, 말하기를, "산음 길을 가노라면, 산천의 경치가 좌우에서 반짝반짝 빛을 발하여 이루 다 구경할 겨를이 없다.[從山陰道上行 山川自相映發 使人應接不暇]"고 하였다.《世說新語 言語》

답장

추천받은 화가의 소매 속에서 그림이 나오는데, 먼 곳은 담박하게 가까운 곳은 짙게 표현하여 완연한 진경眞景입니다. 정성스레 당신의 가르침에 따라 후대에 전할 그림을 그리게 하였으니, 결코 감히 평범한 화공畫工이라고 할 수 없습니다.[화공을 중사衆史라고 한다.]

부탁하는 편지류 탁매류託浼類

다른 사람을 위해 대신 부탁하며 탁대관절託代關節

저는 옛날 버릇을 피하지 못하고,[1] 모생某生을 모공某公에게 말씀드리게 되었습니다.[2] 거듭 말씀드리기에는 부족하지만, 족하의 작은 힘으로[3] 마른 고기가 하수河水를 지나는 것처럼 해주신다면,[4] 감히 명주明珠로 보답하는 것

---

1 옛날……못하고: 원문은 '불피풍부(不避馮婦)'이다. 진(晉)나라 풍부(馮婦)라는 사람이 호랑이를 잘 때려잡았는데 뒤에 마음을 바꾸어 선비가 되었다. 어느 날 들을 지나가는데 사람들이 호랑이를 산모퉁이에 몰아 놓고서 아무도 접근하지 못하고 있다가 풍부가 수레를 타고 오는 것을 보고 달려가 맞이하니, 풍부가 팔뚝을 걷어붙이고 수레에서 내리자 사람들은 기뻐하였으나 선비들은 옛날 버릇을 버리지 못했다고 비웃었다. 《孟子 盡心下》

2 말씀드리게 되었습니다: 원문은 '완협(緩頰)'이다. 한왕(漢王)이 형양(滎陽)에 가서 역이기(酈食其)에게 "위왕(魏王) 표(豹)에게 가서 부드러운 낯빛과 온건한 말씨로 그를 달래어 항복시킬 수 있다면, 내가 만호후에 봉하겠다.[緩頰往說魏豹 能下之 吾以萬戶封若]"라고 하였다. 이후에 다른 사람을 대신해서 완곡하게 말하는 것을 의미한다. 《史記 魏豹彭越列傳》

3 족하의 작은 힘으로: 원문은 '충풍지말(衝風之末)'로, 맹렬하게 부는 강한 바람도 그 끝자락은 기세가 꺾여 아주 미약하다는 의미이다. "강한 활로 발사한 화살도 사정거리의 끝부분에 가서는 노호를 뚫지도 못하고, 맹렬하게 부는 바람도 그 힘이 다하는 끝 부분에 가서는 기러기 털도 날리지 못한다.[強弩之極 矢不能穿魯縞 衝風之末 力不能漂鴻毛]"라고 하였다. 《史記 韓長孺列傳》

4 마른……한다면: 자신의 능력으로 할 수 없는 일을 다른 사람의 힘을 빌려 이루고자 한

을 잊겠습니까?

답장

모생某生의 행동은 위로 권력자에게 저촉되어, 논쟁할 수는 없습니다. 저는 외람되이 포숙아鮑叔牙와 같은 분의 인정을 받았으니, 감히 미약한 힘이나마 사양하겠습니까? 마땅히 만전을 기하여 명命에 보답할 것입니다.

다는 의미이다. 한(漢)나라 때 무명작가의 "하수 위 흐느끼는 마른 고기여, 후회한들 이 제는 때를 놓쳤네. 글 보내 방어 연어 경계하거니, 출입 거취를 부디 삼가시길.[枯魚過河 泣 何時悔復及 作書與魴鱮 相教愼出入]"이라는 고시(古詩)를 인용하였다. 《古詩賞析》

약속을 구하는 편지류 요약류邀約類

친구에게 함께 시험 보러 갈 것을 요청하며 요우응시邀友應試

시험 기일이 다가왔습니다. 저는 날짜를 선택하여 서책을 끼고[1] 상경上京하게 되었습니다. 감히 족하를 맞이하여 나란히 말고삐를 잡고 가서, 가을바람 부는 여사旅舍에서 술을 마시며 글을 논하는 것 역시 멋진 일일 것입니다. 흔쾌히 출발해 주십시오.

답장

가을바람 부는 여정旅程에 바로 바쁘게 짐을 챙겼습니다. 약속을 받들어 같이 가겠습니다. 마부에게도 이미 알렸으니, 감히 뛰어올라 따르지 않겠습니까? 모일某日에 출발하여 함께 가기를 약속합니다.

---

1 서책을 끼고: 원문은 '협책(挾策)'으로, '협책독서(挾策讀書)'의 준말이다. 죽간을 끼고 공부한다는 말로, 오직 한마음으로 공부에 집중한다는 의미이다.

친구에게 만나서 시를 짓자고 청하며 요우작시邀友作詩

비 온 후 갠 봉우리가 짙푸른 빛으로 흐르려 하니, 시흥詩興이 꿈틀거립니다. 내일 아침 술동이를 가져갈 것이며 잠필簪筆²까지 특별히 초청하였습니다. 족하께서 운韻을 뽑아 부르면, 산신령이 점검해줄 것입니다. 소나무 아래에 졸졸 흐르는 샘물, 떨어지는 꽃잎과 지저귀는 새는 시의 재료가 될 것입니다.

답장

높은 곳에 올라 부賦를 짓고 시내 앞에서 시詩를 짓는 일은 참으로 상쾌한 일입니다. 비단 같은 마음과 말³이 붓과 문장으로 나오지 않는다면, 어떻게 원결元結과 백거이白居易를 압도하겠습니까? 그저 시를 짓지 못해 금곡벌주金谷罰酒⁴를 받을까 두려울 뿐입니다. 한껏 웃어주십시오.

---

2 잠필(簪筆): 관원이 관(冠)이나 홀(笏)에 붓을 꽂아서 서사(書寫)에 대비하는 것이다. 여기서는 시를 지으면 옆에서 필사해주는 사람을 가리킨다.

3 비단……말로: 시문에 뛰어난 재능이 있어 아름다운 시를 지을 수 있다는 의미이다. 금심수장(錦心繡腸)이라고도 한다.

4 금곡벌주(金谷罰酒): 금곡(金谷)은 진(晉) 나라 때 부호로 유명했던 석숭(石崇)의 정원을 가리킨다. 석숭은 일찍이 이곳에 빈객들을 모아 연회를 베풀고, 시를 지어서 회포를 펼치게 하였다. 혹 시를 짓지 못하면 술 서 말을 벌주로 마시게 하였다. 《晉書 石崇列傳》

경계하는 편지류 규계류規戒類

바둑과 장기를 경계하며 규박혁規博奕

바둑과 장기는 현인賢人과 성인聖人이 특별히 마음 쓰는 곳이 없는 것을 경계[1]한 것이지, 이를 취하신 것은 아니었습니다. 때를 버리고 일을 놓친다면, 비록 날마다 이긴다고 해도 마음 쓰는 곳이 없는 것입니다. 족하께서는 고금古今의 일에 정통하시니 이름을 대대로 전하시기 바랍니다.

답장

바둑과 장기를 두며 노는 것이 참으로 무익하다는 것을 알고 있습니다. 일 없이 한가히 지내기보다는 이를 빌려 긴 시간을 보내는 것일 뿐입니다. 조언을 받아들이지 않으면 헤매는 상황[2]을 거의 면치 못할 것입니다. 삼가 띠

---

1 마음……경계: 원문은 '무소용심자계(無所用心者戒)'이다. 『논어(論語)』「양화(陽貨)」에, "배부르게 먹고는 하루가 다 지나도록 마음을 쓰는 곳이 하나도 없다면 곤란한 일이다. 장기나 바둑이라도 둘 수 있지 않겠는가. 그렇게 하는 것이 그냥 시간을 보내는 것보다는 그래도 나을 것이다.[飽食終日 無所用心 難矣哉 不有博奕者乎 爲之猶賢乎已]"라고 하였다.

2 헤매는 상황: 원문은 '망양(亡羊)'으로, '다기망양(多岐亡羊)'의 준말이다. 갈림길이 너무 많아서 잃어버린 양을 찾지 못한 것처럼 학문의 길 역시 너무 많아서 진리에 도달하기

에 적어 놓겠습니다.[3]

어렵다는 의미이다. 양자(楊子)의 이웃 사람이 양을 잃어버려서 많은 사람들을 시켜 찾게
했지만, 갈림길이 많아서 결국 찾지 못했다는 고사가 있다. 《列子 說符》

3 　띠에……놓겠습니다: 원문은 '서저신(書諸紳)'이다. 자장(子張)이 스승인 공자의 가르침
을 잊지 않으려고, 띠에 적었다. 《論語 衛靈公》

감사하는 편지류 수사류酬謝類

스승에게 감사하며 사업사謝業師

눈 쌓인 문하에서 공부하며[1] 이끌어 주시는 가르침을 지극히 받았습니다.
큰 은혜를 갚지도 못했는데, 어찌 감히 바로 늙을 수가 있겠습니까?[2] 다만
몇 해 동안 뵙지 못하여 끝내 효과를 얻지 못하였습니다. 제자의 직분으로
스승님 곁에서 분주했지만 허물만 많아졌습니다.

답장

그대와 이별한 지 몇 년이니, 그대는 진실로 지난날의 아몽阿蒙이 아닙니
다.[3] 매번 함께 공부했던 아취雅趣를 생각하면, 어찌 떨어질 수 있겠습니까?

---

1 눈……공부하며: 원문은 '입설문하(立雪門下)'로, 스승의 가르침을 간청하는 제자의 태
   도를 가리킨다. 선종(禪宗)의 2대조인 혜가(慧可)가 스승 달마(達摩)에게 배움을 청할
   때, 큰 눈이 내리는데도 계속 서 있었다. 새벽이 되어 눈이 혜가의 무릎까지 차오른 것을
   본 달마가 크게 감동하였다고 한다. 《景德傳燈錄 慧可大師》
   송(宋)나라 유조(游酢)와 양시(楊時)가 처음 정이(程頤)를 뵈었을 때, 마침 정이가 눈을
   감고 오랫동안 명상에 잠겨 있었고, 두 사람은 기다리며 떠나지 않았다. 정이가 눈을 떴
   을 때 문밖에 눈이 이미 한 자나 쌓여 있었다. 《宋史 道學傳二 楊時》
2 바로 늙을 수가 있겠습니까: 원문은 '편노(便老)'이다. 정자(程子)가 말하기를 "배우지 않
   으면 곧 늙고 쇠해진다.[不學 便老而衰]"라고 하였다. 《近思錄》

보내준 편지에 예전의 즐거운 광경이 펼쳐지는 듯합니다. 하물며 두터이 마음을 써주시니, 삼의三誼를 잊을 수 있겠습니까?

동가東家[4]에 나아가 배우게 된 것을 감사하며 진학동가사進學東家謝

저희 아이[5]가 선생님[6]을 모시고, 좋은 계도에 힘입어 예전의 미치광이 행태[7]가 없어졌습니다. 정중히 속백束帛과 척포尺脯의 예물을 보냅니다. 조금이라도 단비와 봄바람 같은 가르침[8]을 내려 주십시오. 받아주시기 바랍니다.

3　지난날의 아몽(阿蒙)이 아닙니다: 상대방의 식견이 예전보다 높아졌다고 칭찬하는 말이다. 아몽(阿蒙)은 중국 삼국시대 오나라의 장수인 여몽(呂蒙)을 가리킨다. 그는 비록 뛰어난 무공(武功)을 세웠지만 어린 시절 가난하여 교육을 제대로 받지 못해 학문이 깊지 못했다. 오나라의 학자인 노숙(魯肅)이 이런 여몽을 무시하자 여몽은 열심히 공부하여 높은 식견을 갖추게 되었다. 나중에 노숙이 여몽과 담론하다가 그의 학식에 탄복하여 "예전에 보던 오하의 아몽이 아니다.[非復吳下阿蒙]"라고 칭찬하자, 여몽이 "선비는 사흘만 헤어져 있어도 눈을 비비고 다시 보게 되는 법입니다.[士別三日 卽更刮目相待]"라고 대답하였다. 《三國志 吳書 呂蒙傳》

4　동가(東家): 원래는 공자의 집을 가리키는데, 여기서는 자신의 아들을 가르쳐준 선생님 댁이나 그 선생님을 가리킨다. 옛날 공자의 집 서편에 어느 어리석은 자가 살고 있으면서 공자가 성인(聖人)인 것을 모르고, 다만 '동쪽 켠 집의 공구[東家丘]'라고 하였다고 한다. 《傳習錄》

5　저희 아이: 원문은 '돈아(豚兒)'이다. 자신의 아들을 낮추어 부르는 용어이다.

6　선생님: 원문은 '함장(函丈)'으로, 선생님을 높여 부르는 용어이다.

7　미치광이 행태: 원문은 '광노고태(狂奴故態)'이다. 후한(後漢)의 광무제(光武帝)가 고사(高士)인 엄광(嚴光)의 방달불기(放達不羈)한 태도를 전해 듣고 한 말이다. 엄광은 광무제의 어린 시절 친구이다. 《後漢書》

8　단비와……가르침: 단비는 원문에 '화우(化雨)'로 되어 있다. 교화(敎化)가 사람에게 미치는 것을 때에 맞추어 내리는 비에 비유한 말이다. 『맹자(孟子)』「진심(盡心) 상(上)」에 군자의 가르침을 "제때에 내리는 비처럼 교화되는 것이다.[如時雨化之]"라고 하였다. 춘풍(春風)은 '춘풍좌상(春風座上)'으로도 쓰이는데, 스승의 가르침을 따스한 봄바람에 비유한 말이다. 정호(程顥)의 제자 유정부(游定夫)가 스승 정호가 있던 곳에서 와서 양구산(楊龜山)을 방문했을 때, 양구산이 어디서 왔느냐고 묻자, 유정부가 "봄바람의 온화한 기

답장

아드님께서는 영리하여 보통 아이들보다 특출납니다. 저는 서숙西塾에 있으면서 아이들의 성품에 따라 그 성품을 회복시켜주었을 뿐이지, 털끝만큼도 보탬이 되지 못하였습니다. 보내 주신 후한 예물은 너무 많은 듯하니[9] 심히 부끄러울 따름입니다. 감사합니다.

악사樂師에 천거해주신 것을 감사하며 사취천謝吹薦

초라한 서생을 따뜻하게 보살펴 주시어 청묘淸廟에서 거문고[10]를 연주하게 되었습니다. 말로 표현할 수 없는 큰 은혜에 제 마음 그저 아련할 뿐입니다. 짧은 편지라도 정성스럽게 써서 미약한 정성을 바칩니다. 초야草野에 숨어 살기를 바랐으니, 어찌 영광과 총애를 감당하겠습니까?

답장

족하께서는 예원藝苑의 청전靑錢[11]이시며, 사림詞林의 적치赤幟[12]이시니, 중랑

운 가운데 석 달 동안 앉았다가 왔다."라고 대답하였다. 《宋元學案 明道學案》

9　너무 많은 듯하니: 원문은 '부식(浮食)'으로, 덕에 비해 식록(食祿)이 너무 많다는 뜻이다. "군자는 자기의 식록이 남보다 많기보다는 차라리 남이 내 식록보다 많기를 바란다. [君子與其使食浮於人也 寧使人浮於食]"라고 하였다. 《禮記 坊記》

10　거문고: 원문은 '찬동(爨桐)'이다. 채옹(蔡邕)이 만들었다는 '초미금(焦尾琴)'을 가리킨다. 후한(後漢) 때 오(吳) 땅의 어떤 사람이 오동나무를 땔감으로 하여 밥을 짓고 있었는데, 마침 채옹이 지나다가 그것이 불타는 소리를 듣고는 좋은 목재(木材)임을 알아 그 오동나무를 구하여 거문고를 만들었더니 과연 좋은 소리가 났다. 거문고의 끝부분이 불에 탔다하여 거문고 이름을 '초미금'이라 하였다. 《後漢書 蔡邕列傳》

11　청전(靑錢): 재능이 출중한 급제자를 말한다. 당나라 장작(張鷟)이 진사(進士)에 등제(登第)하자, 고공원외랑(考功員外郞) 건미도(騫味道)가 그의 문장을 마치 청동전(靑銅錢) 같다고 칭찬하였고, 이후 그를 '청전학사(靑錢學士)'라고 불렀다. 《新唐書 張鷟列傳》

12　적치(赤幟): 스스로 어떤 분야에 일가를 이룬 것을 말한다. 앞의 '무과 합격을 축하하며

中郞이 한번 살펴보고 바로 음률이 자연스럽지 않다는 것을 아는 것[13]과 같습니다. 제가 추천한 것은 사사로이 천거한 것이 아니며, 실로 당신의 문덕文德이 이른 것입니다. 제가 무슨 힘이 있겠습니까?

지사에게 감사하며 사지사謝地師

족하께서 돌아가신 제 아버님의 장지葬地를 정해주셨습니다. 우면牛眠[14]입니까? 학저鶴翥[15]입니까? 마명馬鳴[16]입니까? 이 모두 제가 원하여도 반드시 얻을 수 있는 곳이 아닙니다. 지금 선인先人의 유골을 땅에 모셨는데, 살아 있는 사람도 편안하고 돌아가신 분도 편안합니다. 약간의 사례謝禮를 올려 점지해주신 것에 조금이나마 보답합니다.

답장

제가 풍수지리 살피는 것을 업으로 하고 있습니다만, 안목이 높지는 않습니다. 지금 장사 지낼 곳을 정하여 선군先君께서 아름다운 산수山水를 얻은 것은 진실로 족하 덕분입니다. 마음을 두는 땅이 바로 복이 있는 땅입니다.

[賀武科]' 항목의 주석을 참고할 것. 《史記 淮陰侯列傳》

13 중랑(中郞)이……아는 것: 원문은 '중랑일고(中郞一顧)'이다. 중랑(中郞)은 건위중랑장을 지낸 삼국시대 오(吳)나라의 장수 주유(周瑜)를 가리킨다. 그는 젊어서부터 음악에 매우 밝아서 아무리 술에 취했더라도 음악 곡조 중에 잘못된 부분이 있으면 반드시 알아챘고, 알면 반드시 돌아보곤 했으므로, 당시 사람들 사이에 "곡조에 잘못된 곳 있으면 주랑이 돌아본다.[曲有誤 周郞顧]"라는 민요가 생기기까지 했던 데서 유래한 말이다. 《三國志 周瑜傳》

14 우면(牛眠): 묘소를 쓰기에 좋은 명당을 가리킨다. 우면지(牛眠地) 또는 우면지천(牛眠之阡)이라고도 한다. 앞의 '지사를 추천하며[薦地師]' 항목의 주석을 참고할 것.

15 학저(鶴翥): 학이 날아오르는 듯한 명당을 말한다.

16 마명(馬鳴): 말이 우는 듯한 명당을 말한다.

후의厚儀를 받기에는 부끄럽습니다.

의원에게 감사하며 사의謝醫

병이 오래되어 살과 피부가 마른 포와 같습니다. 명약을 받으니 마른 물고기가 포말을 일으키는 것[17] 같습니다. 진실로 다시 살게 해주신 은혜를 입었습니다. 얼마 되지 않는 예물은 보답이라 하기에 부끄럽습니다. 그렇지만 왕손王孫을 애처롭게 여기주시는 분이[18] 어찌 보답을 바라겠습니까? 웃으면서 받아주시기 바랍니다.

답장

살구나무를 심었어도 숲을 이루지 못했으니[19] 뛰어난 의원의 솜씨라고 하기에는 부족하고 부끄럽습니다. 제가 어찌 감히 하늘의 공로를 탐하여 저의 공으로 하겠습니까? 많은 선물을 성대히 보내와서 심부름꾼을 마주하여 절하고 받았습니다. 그저 병이 조금 나아진 것입니다. 힘쓰는 일을 줄이시고

---

17 마른……것: 어려움에 처한 상대방을 서로 돕는다는 의미이다. "물이 바짝 말라 물고기들이 땅바닥에 처하게 되면, 서로들 김을 내뿜어 축축하게 해주고 서로 거품으로 적셔준다.[泉涸魚相與處於陸 相呴以濕 相濡以沫]"라고 하였다. 《莊子 大宗師》

18 왕손(王孫)을……분이: 한신(韓信)이 가난해서 끼니를 잇지 못할 때 빨래터의 아낙네가 밥을 먹여 주었다. 이에 한신이 감격해서 언젠가 반드시 크게 보답하겠다고 하자, 그 아낙네가 "대장부가 끼니도 해결 못 하기에, 내가 왕손을 불쌍히 여겨서 밥을 주었을 뿐이니, 어찌 보답을 바라겠는가?[吾哀王孫而進食 豈望報乎]"라고 하였다. 《史記 淮陰侯列傳》

19 살구나무를……못했으니: 원문은 '종행무성(種杏無成)'이다. 의원이 많은 환자들을 치료해 보지 못했다고 자신의 능력을 겸손히 표현한 말이다. 중국 삼국시대 오(吳)나라 사람 동봉(董奉)은 의술(醫術)에 정통하여 수 많은 사람들의 질병을 치료해 주고 대가를 받지 않았다. 다만 자신의 정원에 살구나무를 심게 하였는데, 살구나무가 무려 10만 그루에 달하였다. 《神仙傳 董奉》

몸을 아끼시기 바랍니다.

물건을 보내준 친구에게 감사하며 사우궤유謝友饋遺

추운 날 썩은 풀[20]로 남은 광채를 얻었으니, 어찌 영광스럽게 베풀어주신 것이 아니겠습니까? 진귀한 선물을 받으니 너무나도 감격스럽습니다. 아름다운 은혜를 많이 받았는데, 좋은 물건으로 보답해주시니[21] 부족하여 부끄럽습니다. 삼가 고마운 마음 표하니, 따스하게 두루 살펴주시기 바랍니다.

답장

며칠간 보살펴주셨지만, 친구의 정을 아쉽게 펴지 못하였습니다. 작고 가벼운 선물은 야인野人이 미나리를 올리는 정도[22]일 뿐입니다. 감사하다 할 게 있겠습니까? 이 편지로 삼가 답장 올립니다.

---

20 썩은 풀: 원문은 '부초(腐草)'로, 매우 하찮은 물건을 의미한다.

21 좋은 물건으로 보답해주시니: 원문은 '경요지보(瓊瑤之報)'인데, 경요는 상대방이 보내준 훌륭한 선물을 가리킨다. 『시경』「목과(木瓜)」에, "나에게 목도(木桃)를 보내 주었는데 내가 경요(瓊瑤)로 보답하고도 보답했다고 여기지 않는 것은 길이 우호롭게 생각하기 때문이라네.[投我以木桃 報之以瓊瑤 匪報也 永以爲好也]"라고 하였다.

22 야인(野人)이……정도: 시골 사람이 혼자만 미나리 맛을 즐길 수 없어서 윗사람에게 바쳤다가 핀잔을 받고 부끄러워했다는 이야기가 있다. 《列子 楊朱》

물건을 빌리는 편지류 차대류借貸類

서책을 빌리며 차서책借書冊

집은 가난하고 돈은 없어 책을 바꾸어 보는데, 눈은 아프고 가슴은 심히 답답합니다. 당신의 많은 장서[1]에서 모서某書를 빌려 볼 수 있겠는지요. 사치四癡[세속에서 말하기를 "책을 빌리는 것이 바보이고, 빌려주는 것이 바보며, 가지는 것이 바보이며, 돌려주는 것이 바보"라고 하였다.]라고 하여 인색하게 굴지 마시기 바랍니다.

답장

제 책 몇 권은 책장에 꽂혀 있는데 건들지도 않고 있습니다. 족하께서 오거서五車書[2]를 배불리 읽으시고도 여전히 두루 모서某書를 찾으시는군요. 삼가 서재에 두겠습니다. 한 번 보시면, 또다시 보지 않아도 될 것입니다. 감히

---

1 많은 장서: 원문은 '업가(鄴架)'이다. 당나라 업현후(鄴縣侯) 이필(李泌)이 장서(藏書)가 많았다. 이에 장서가 많은 남의 서가를 업가(鄴架)라고 한다.

2 오거서(五車書): 다섯 수레의 책으로, 아주 많은 서책을 의미한다. 『장자(莊子)』 「천하(天下)」에, "혜시의 학술은 다방면에 걸쳐 있어서 그 저서가 다섯 수레에 쌓을 정도이다.[惠施多方 其書五車]"라고 하였다.

사치四癡를 핑계로 아끼겠습니까?

붓을 빌리며 차필借筆

붓끝이 무뎌졌는데, 화적畫狄[3]이 바꿀 시기를 놓쳐 감히 족하에게 빌리고자 합니다. 제가 비록 가난하다 해도 결코 이 사문斯文의 빚은 저버리지 않겠습니다.

답장

족하께서 붓[4]을 찾으시니, 장차 도사의 거위와 바꾸려 하시는지요.[5] 양흔羊欣의 바지에 쓰시려는 것인지요?[6] 아니면 장차 진림陳琳의 격문[7]을 지으려는 것인지요?

---

3 화적(畫狄): 정확한 의미는 알 수 없지만, 적(狄)에 '아전, 낮은 관리'라는 의미가 있으니, 그림에 관한 일을 담당하는 하급 관리의 의미로 보인다.

4 붓: 원문은 '관성자(管城子)'로, 붓의 별칭이다.

5 도사의……하시는지요: 평소 거위를 좋아하던 왕희지가 거위를 많이 기르고 있다는 산음(山陰)의 한 도사를 찾아갔는데, 그 도사가 왕희지에게 『도덕경(道德經)』 한 권을 써 주면 거위를 모두 다 주겠다고 하자, 왕희지가 흔쾌히 승낙하고 그 경문(經文)을 써 준 다음에 거위를 새장 속에 넣어 가지고 왔다고 한다. 《太平御覽 晉中興書》

6 양흔(羊欣)의……것인지요: 원문은 '욕서양흔군호(欲書羊欣裙乎)'이다. 양흔(羊欣)은 동진(東晉)의 서예가이다. 왕헌지가 현(縣)에 들어갔는데, 양흔이 새 비단 바지를 입고 낮잠을 자고 있다. 이에 왕헌지가 그의 비단 바지 두어 폭에 글씨를 써 놓고 돌아왔다고 한다. 《南史 羊欣列傳》

7 진림(陳琳)의 격문: 진림은 중국 삼국시대 위(魏)나라에서 건안 칠자(建安七子)의 한 사람으로 활동하던 인물이다. 그가 원소(袁紹)의 밑에 있을 적에 격문(檄文)을 지어 조조(曹操)의 죄상을 나열하며 신랄하게 꾸짖은 바 있다. 그런데 이후 조조에게 귀순하였을 때에 조조가 그의 문재(文才)를 아껴 처벌하지 않고 기실(記室)로 삼았던 고사가 있다. 《三國志 魏書 陳琳傳》

벼루를 빌리며 차연借硯

창가에 꼿꼿하게 앉아 있어 오래도록 허전하였는데, 내구붕耐久朋[8]이 감히 기실記室로 찾아와 저에게 원옥元玉[벼루이다.]을 주었습니다. 설령 종요鍾 繇[9]와 왕희지王羲之[10]의 글씨가 아니고, 가의賈誼[11]와 사마상여司馬相如[12]의 문 장은 아니어도, 노력하고 깨우쳐 몽당붓의 수준은 벗어났으니, 모두 문하門 下의 덕택입니다.

답장

위의 '궤연조餽硯條'에 보인다.

먹을 빌리며 차묵借墨

속상하게도 품질 좋은 먹[13]이 없으니 참으로 유감스러운 일입니다. 감히 문

---

8 내구붕(耐久朋): 장기간 우정을 나눈 붕우를 말한다. 당나라 위현동(魏玄同)과 배염(裴 炎)이 우정을 맺고서 끝까지 변하지 않자 당시 사람들이 내구붕이라고 불렀던 고사가 있 다. 《舊唐書 魏玄同列傳》

9 종요(鍾繇): 위(魏)나라의 저명한 서예가이다. 서예에서 3체에 고루 뛰어났고, 조휘 · 채 옹 · 유덕 등을 본받으며 여러 사람의 장점을 폭넓게 수용했다. 서법사에 있어서 예서(隸 書)에서 해서(楷書)로 발전해가는 새로운 시대를 개척함으로써 왕희지와 더불어 종왕(鍾 王)으로 불렸다.

10 왕희지(王羲之): 서성(書聖)으로 칭송되는 동진(東晉)의 서예가이다. 초서 · 행서 · 해서 의 실용적 서체를 예술적인 경지로 완성시켰다는 평가를 받는다.

11 가의(賈誼): 한나라 문제 때의 문사이자 정치가이다. 당시 고관들의 시기로 좌천되자 자 신의 불우한 운명을 굴원에 비유해 지은 〈도굴원부(悼屈原賦)〉 등이 유명하다.

12 사마상여(司馬相如): 한나라 무제 때의 문사이다. 그의 부(賦)는 문장이 아름답고 기운이 호탕하다는 평가를 받는다. 〈자허부(子虛賦)〉 등이 유명하다.

13 먹: 원문은 '묵송사자(黑松使者)'로, 먹의 별칭이다.

단에서 먹을 빌려 며칠 일을 함께하여 아교와 옻칠처럼 친밀한 사이로 의기투합하면,[14] 하늘을 찌를 듯 한 문장 솜씨[15]가 여기에서 나올 것입니다.

답장

친구가 백옥白嶽에서부터 소나무 먹 몇 개를 보내주어 받았습니다. 비록 아주 좋은 것은 아닐지라도, 동제東齊에서 주신 것과 비교해보아도 분명 품질은 떨어지지 않습니다. 문방文房에 드리며, 빌려 달라는 명을 따르겠습니다.

종이를 빌리며 차지借紙

오랫동안 종이[16]와 멀어져 벼루[17]와 붓[18]은 쓸 데가 없게 되었습니다. 감히 빌리려 하니,[19] 그대는 팍팍한 인정을 본받지 마십시오. 100장張만 빌려주

---

14 아교와……의기투합하면: 원문은 '교칠지역(膠漆之投)'인데, '아교상투(膠漆相投)'라고도 한다. 교칠(膠漆)은 먹을 가리키기도 하지만, 친구 간의 변치 않는 우정을 비유한 말이기도 하다. 부레풀과 옻나무의 칠처럼 뗄 수 없는 인간관계를 맺게 되는 것을 비유한 말이다. 후한(後漢)의 진중(陳重)과 뇌의(雷義)가 돈독한 우정을 발휘하자, 사람들이 "교칠이 굳다고 하지만, 진중과 뇌의의 우정만은 못하다.[膠漆自謂堅 不如雷與陳]"라고 칭찬했던 고사가 전한다. 《後漢書 獨行列傳》

15 하늘을……솜씨: 원문은 '능연지조(凌烟之藻)'이다. 능연(凌煙)은 '능운(凌雲)'으로도 쓰인다. 앞의 '편지지와 종이 묶음을 보내며[送簡幅及紙束]' 항목의 〈능운부(凌雲賦)〉 주석을 참고할 것.

16 종이: 원문은 '저선생(楮先生)'로, 종이의 별칭이다.

17 벼루: 원문은 '석향후(石鄕侯)'로, 벼루의 별칭이다. 석향후(石鄕侯)에 대해서는 앞의 '벼루를 보내며[餽硯]' 항목의 답장을 참고할 것.

18 붓: 원문은 '모영자(毛穎子)'로, 붓의 별칭이다. 앞의 '먹을 보내며[餽墨]' 항목의 중산(中山)의 모영(毛穎) 주석을 참조할 것.

19 빌리려 하니: 원문은 '상하(上下)'이다. 상하는 이두(吏讀)로서, 관아에서 돈이나 물품을 내어 주는 일을 말한다.

시면, 감히 덕을 받들지 않겠습니까?

답장

종이[20]가 민閩땅에서 왔는데, 마침 족하께서 방문해주셨으니, 정중히 보내드립니다. 붓을 잡고 움직이면 오봉루五鳳樓와 같은 작품[21]을 만들게 될 것이니, 이것이 조그마한 도움이 될 것입니다. 살펴주시기 바랍니다.

거문고를 빌리며 차금借琴

마침 손님이 저를 방문하는데, 그는 거문고[22] 연주를 잘합니다. 저는 평소 거문고에 대해 잘 알지 못해 가지고 있지 않았습니다. 당신 집에 있는 녹기綠綺[23]를 저에게 하루만 빌려주신다면, 마땅히 남훈南薰의 가락[24]으로 덕을 기릴 것입니다. 족하께서는 소리를 잘 아시니 같이 와서 들어주십시오.

답장

편지에 거문고[25]를 언급하셨습니다만, 채중랑蔡中郞[26]이 불에 탄 오동나무

---

20 종이: 원문은 '저군(楮君)'으로, 종이의 별칭이다.

21 오봉루(五鳳樓)와 같은 작품: 거장(巨匠)의 솜씨라는 뜻이다. 송(宋)나라 한계(韓洎)가 자기 형인 한부(韓溥)의 글 솜씨는 겨우 비바람을 막는 초가집을 짓는 실력인 데 비해, 자신의 문장 솜씨는 오봉루를 지을 만하다고 자찬(自讚)한 바 있다. 《類說 談苑》

22 거문고: 원문은 '사동(絲桐)'이다. 옛사람들이 오동나무를 깎아 거문고를 만들고 명주실을 누벼 현(弦)을 만들었다.

23 녹기(綠綺): 거문고 이름이다. 앞의 '거문고를 보내며[餽琴]' 항목의 녹기금(綠綺琴) 주석을 참고할 것.

24 남훈(南薰)의 가락: 순(舜)임금이 지은 〈남풍(南風)〉 시를 표현한 성대한 가락의 음악이다. 앞의 '부채를 보내며[餽扇]' 항목의 〈남훈가(南薰歌)〉 주석을 참고할 것.

25 거문고: 원문은 '초동(焦桐)'이다. 채옹(蔡邕)은 중국 후한(後漢)시대의 학자이자 뛰어난

로 만든 것을 얻었던 것이 아니어서 부끄럽습니다. 삼가 당신 집으로 보냅니다. 저는 종자기錘子期[27]가 아니니 어찌 높은 산과 흐르는 물의 홍취를 알겠습니까? 문이나 닫지 마시기 바랍니다.

바둑을 빌리며 차기借棋

하루가 1년 같이 길어 달콤한 잠[낮잠을 말한다.]이 깨지 않습니다. 감히 당신의 바둑판을 한 번 빌려, 바둑 두는 즐거움을 누리고자 합니다.[28] 저의 처소에는 도형주陶荊州가 없으니 감히 강에 던지는 일은 없을 것입니다.[29]

답장

바둑판[30]을 명에 따라 보냅니다. 족하의 친구는 틀림없이 모두 국수國手일

거문고 연주자였다. 그가 오(吳)나라에 갔을 적에, 어떤 사람이 밥 짓는 부엌에서 오동나무가 타는 소리를 듣고 그것이 좋은 나무라는 것을 알아채고는 타다 남은 나무를 얻어 거문고를 만들었다. 이 거문고의 꼬리 부분이 타다 남은 흔적이 있어 초미금(焦尾琴)이라고 불렀다. 《後漢書 蔡邕列傳》

26 채중랑(蔡中郎): 채옹(蔡邕)을 가리키는데, 좌중랑장(左中郎將) 벼슬을 지낸 적이 있다.

27 종자기(鍾子期): 초나라의 나무꾼으로, 거문고 연주를 제대로 감상할 줄 아는 인물이다. 춘추시대 진(晉)나라의 대부 백아(伯牙)가 거문고를 잘 연주하였는데, 그가 흐르는 물에 뜻을 두고 연주를 하면, 그의 지음(知音)인 종자기(鍾子期)가 듣고는 "멋지다, 거문고 솜씨여. 호호탕탕 유수와 같구나.[蕩蕩乎若流水]"라고 알아주었다. 《呂氏春秋》

28 바둑……합니다: 원문은 '귤중지락(橘中之樂)'이다. 옛날 파공(巴邛)의 귤원(橘園)에 큰 귤이 열려 있었는데, 그 귤 속에 수염과 눈썹이 하얀 두 노인이 서로 마주 앉아 바둑을 두면서 즐겁게 담소를 나누고 있었다. 한 노인이 "귤 속의 즐거움은 상산에 뒤지지 않네.[橘中之樂不減商山]"라고 했다. 《玄怪錄 巴邛人》

29 저의 처소에는…… 없을 것입니다: 도형주는 동진(東晉)의 도간(陶侃)이다. 도간이 형주자사(荊州刺史)가 되었을 때, 여러 가지 일을 빠짐없이 처리하였다. 그를 보좌하는 여러 사람 가운데 혹 잡담과 희롱으로 일을 하지 않는 사람이 있으면, 곧 명하여 그의 술잔과 저포(樗蒲)·바둑의 기구를 가져다가 모두 강에 던지게 하였다. 《晉書 陶侃列傳》

것이며, 도끼자루를 문드러지게 하는 신선일 것입니다.[옛날에 나무꾼이 산에 갔다가 두 노인이 바둑 두는 것을 보았다. 옆에서 바둑 두는 것을 지켜보았는데, 바둑 두기가 끝나니 도끼자루가 이미 문드러져 있었다.] 조금 있다가 바로 달려가 바둑이 어떤가를 보도록 하겠습니다.

의복을 빌리며 차의복借衣服

누더기를 백번이나 꿰매 입으면서 기꺼이 두문불출하고 있었는데, 귀한 손님께서 왕림하였으니 어쩌겠습니까? 예의상 마땅히 답방答訪을 해야 하는데, 옷과 신발이 해지고 터져 문지기가 천하게 여길까 두렵습니다. 감히 당신 옷을 빌려 한번 착용하여 한미하고 비루한 용모를 꾸미려는 것이지, 감히 화려하게 꾸며 식자識者들에게 비웃음을 당하려는 것이 아닙니다. 다만 형의 평상복 역시 충분히 멋집니다. 우두커니 서서 기다리겠으니, 은혜로이 베풀어주실 것을 정중히 바랍니다.

답장

비단 솜옷을 벗어 주는 것[31]은 친구끼리의 변치 않는 떳떳한 도리입니다. 아울러 친구 간에 옷을 번갈아 빌려 입는 것도 지극한 우정입니다. 저 역시 가난한 선비입니다. 비록 갖옷과 말을 공유할 수는 없어도 또 어찌 감히 잠시 빌려주는 것을 사양하겠습니까? 해진 옷이 깨끗하지 않지만 힘껏 빌려

---

30 바둑판: 원문은 '추평(楸枰)'으로, 바둑판의 별칭이다. 예전에 가래나무로 바둑판을 많이 만들었다.

31 비단……것: 원문은 '제포해증(綈袍解贈)'이다. 제포(綈袍)는 두꺼운 명주로 만든 솜옷이다. 전국시대 위(魏)나라의 수가(須賈)가 그의 옛 친구 범수(范雎)가 추위에 떠는 것을 보고 제포를 주었다. 《史記 范雎蔡澤列傳》

드리겠습니다. 특별히 은록銀鹿[다른 사람의 노복奴僕]에게 보내니 좋은 옷이 아니라고 벌하지 마십시오.

쌀을 빌리며 차미借米

척박한 밭 몇 묘가 모두 물[32]에 잠겨버려, 집안사람들이 빠끔빠끔 먹을 것을 기다리고 있습니다. 흉년의 곡식은 주옥珠玉과 같이 귀한데, 족하께서는 기꺼이 되와 말로 빌려주실 수 있는지요? 고마운 마음 적지 않을 것입니다. [가뭄이면 '풍이군馮夷君'을 '한발旱魃'[33]로 바꾼다.]

답장

손수 쓰신 편지를 받고, 존부尊府[34]께서 추수하지 못하셨다는 것을 알게 되었습니다. 급한 일을 돕는 것[35]은 친구 사이의 도리입니다. 제 주변에도 사람들이 많아서 곡식을 많이 구할 수 없었습니다. 쌀 몇 석을 삼가 드리니 웃으면서 받아주시길 바랍니다.

---

32 물: 원문은 '풍이군(馮夷君)'으로, 물을 주관하는 신의 이름이다.

33 한발(旱魃): 전설상 가뭄을 관장하는 귀신이다.

34 존부(尊府): 상대방의 부친을 일컫는 말이다.

35 급한 일을 돕는 것: 원문은 '주급(周急)'이다. 공자(孔子)의 제자인 공서적(公西赤)이 공자의 사자(使者)가 되어 제(齊)나라로 갈 적에 옷차림이 사치스러웠다. 이 때문에 공자는 그의 모친에게 부(釜 6두 4승) 아니면 유(庾 16두)의 식량만을 주도록 허락하면서, "군자는 급한 사람을 두루 돕지, 부자가 계속 여유 있도록 돕지는 않는다.[君子周急 不繼富]"고 하였다. 《論語 雍也》

말을 빌리며 차마借馬

제가 내일 모某 대감을 뵈러 가려 하는데, 가난하여 타고 갈 말이 없습니다. 가만히 생각해보건대 당신의 마구간에 준마가 한가로이 서서 힘차게 울고 있으니, 빌려주어 한 번 타는 것에 무슨 해가 되겠습니까? 후의厚誼만을 믿고 다른 것은 구하지 않겠습니다. "사관들이 글을 빼놓고 기록하지 않는다거나 말을 가진 사람은 남에게 말을 빌려주지 않는다"[36]고 말하지 마시기 바랍니다.

답장

살진 말과 가벼운 갖옷[37]은 친구들과 함께하는 것입니다. 제가 비록 갖옷은 없지만 다행히 말이 있는데, 감히 지금 말이 없다고 하겠습니까? 삼가 마부에게 명하여 끌고 가서 명을 기다리게 하겠습니다.

---

36 사관들은……보았다: 인정(人情)이 사라진 야박한 시대를 의미한다. "공자 말하길, '나는 다행히 사관이 의심스러운 일을 기록하지 않는 모습과, 말을 가진 이가 남에게 빌려주어 타게 하는 인정을 볼 수 있었는데, 이런 면들이 지금은 없구나.[子曰 吾猶及史之闕文也 有馬者借人乘之 今亡矣夫]'"라고 하였다. 《論語 衛靈公》

37 살진……갖옷: 원문은 '비마경구(肥馬輕裘)'이다. 앞의 '쌀을 빌리며[餽米]' 항목의 주석을 참조할 것.

재물을 주고받는 편지류 교재류交財類

돈을 빌릴 경우 차은借銀

제가 형편을 헤아리지 않고 부담을 무릅쓰고 일 하나를 하려는데, 아직 그 금액을 채울 수가 없습니다. 간절히 족하에게 약간의 은량銀兩[돈을 "공방孔 方"이라고 한다.]을 빌리고자 합니다. 기일이 되면 이자까지 갚을 것이며, 결코 믿음을 저버리지 않을 것입니다. 간절히 바라며 글을 씁니다. 저의 바람을 물리치지 마시기 바랍니다.

답장

당신께서 보내주신 편지를 받았습니다. 마침 주머니가 비어 명命에 응하기 어렵습니다. 저를 포숙아鮑叔牙처럼 생각해주시는데, 감히 물리칠 수 없어서 여기저기서 구하여 요청하신 금액을 올립니다. 살펴주시기 바랍니다.

빌려준 돈을 받아야 할 경우 취은取銀

지난번 약간의 이자는 약속한 기일이 지나버렸습니다. 저를 내치지 않을 분이니, 어찌 이를 잊었겠습니까? 족하께서는 평소에 신중히 허락하시는 분[1]

이시니, 진실로 이 주제朱提가 저 황학黃鶴을 본받게 하지 않으실 것입니다. [주제朱提는 은銀의 이름이다. "황학이 한 번 떠나 다시 돌아오지 않는다.[黃鶴一去不復返]"²라고 했으니, 돌려받지 못한 은銀을 말한다.]

답장

지난번에 당신의 돈을 받았는데, 저는 다른 사람에게 빌려준 돈을 아직 받지 못했습니다. 그 사람이 저에게 늦게 주어, 제가 족하에게 돌려 드리는 것이 늦어졌습니다. 분명히 거두어들여, 삼가 빌린 금액대로 올립니다. 족하께서는 기일이 지났다고 허물하지 마시기 바랍니다.

친척을 위해 돈을 빌릴 경우 위족인차책爲族人借債

저는 평생 다른 사람을 위해 중간에 서지는 않았습니다. 지금 저의 친척 모某가 잠시 쓸 돈이 모자랍니다. 제가 어진 당신에게 약간의 돈을 빌리라고 알려주었습니다.[혹은 "어떤 재산을 저당잡고[何産爲質]"라고 한다.] 이 형은 신의 있는 사람입니다. 가까운 친척이 아니면 요청하지 않았을 것이며, 바른 사람이 아니라면 저 역시 감히 보증하지 않을 것입니다. 바라건대 어진 형께서 그 좋은 일을 성사시켜 주신다면, 저의 친척이나 저나 모두 깊이 감사드릴 것입니다.

---

1 신중히 허락하시는 분: 원문은 '계락(季諾)'이다. '계포일낙(季布一諾)'이라고도 한다. 명장 계포(季布)는 어떤 일을 섣불리 승낙하지 않았고, 일단 언약한 사항에 대해서는 기필코 신의를 지켰다. 이에 사람들이 "황금 100근을 얻기보다는 계포의 승낙 하나를 얻는 것이 훨씬 낫다.[得黃金百斤 不如得季布一諾]"라고 했다. 《史記 季布列傳》

2 황학이……않는다: 당(唐)나라 최호(崔顥)의 〈등황학루(登黃鶴樓)〉 시에, "누런 학은 한 번 떠나 다시 오지 않는데, 흰 구름만 천 년이나 부질없이 유유할 뿐.[黃鶴一去不復返 白雲千載空悠悠]"이라는 구절이 있다.

답장

친구 사이에는 재물을 융통하는 의리가 있습니다. 이 형께서 신의가 있다는 것은 저 역시 들었습니다. 하물며 당신과도 친하시니 감히 명을 따르지 않겠습니까? 다만 처음부터 끝까지 모든 과정은 모름지기 당신의 힘에 의지하겠습니다. 약속을 어기지 않으신다면, 저 역시 빌려드릴 수 있는 것이 진실로 많습니다.

답장 [따르지 못할 경우]

제가 마침 주머니가 비었습니다. 이미 어려운 일을 대비하기 위해 사용해버렸으니, 빌려 드릴 여윳돈이 있겠습니까? 비록 당신의 명이고, 저 역시 당신 친척분이 성실하고 믿음 있는 사람으로 재물을 주고받을 수 있다는 것을 알고 있으니, 감히 일부러 거절하겠습니까? 다만 제가 지금은 종이로 만든 법선法船[3]처럼 진창 길을 건너는 나한羅漢을 구제하기는 실로 어려운 상황입니다. 명을 어겼다고 허물하지 마시기 바랍니다.

돈빌리는 것을 중계해달라고 요청할 경우 구인거간차책求人居間借債

저는 융통성이나 대책도 없어 여덟 식구가 살기 어렵습니다. 모생某生은 형과 매우 돈독한 사이입니다. 어질면서도 부자이시니 빌리러 오는 사람들이 많을 것입니다. 제가 족하의 큰 힘으로 잠시 약간의 돈을 빌려[혹은 "땅문서와 집문서를 잠시 맡기고[田契房契 暫當]"라고 한다.] 급한 일을 처리한다면, 처량하게 먹을 것을 기다리는 식구가 모두 은혜롭게 생각할 것입니다.

3　종이로 바른 법선: 원문은 '지호법선(紙糊法船)'이다. 법선은 고해(苦海)에 빠진 중생을 건져주는 배라는 의미로, 부처의 가르침을 배에 비유한 말이다. 음력 7월 15일에 종이배에 불을 붙여 강물에 띄워서 영혼을 건너 주는 풍습이 있었다.

답장

형의 급한 일은 바로 저의 급한 일입니다. 좌시坐視하면서 시도해보지 않는다면, 어찌 친구의 도리이겠습니까? 다만 제가 일이 많아 바로 말씀드릴 수 없습니다. 조금만 기다려주시면 혹 좋은 소식이 있을 것입니다.

답장 [따르지 못할 경우]

제가 새벽에 바로 모생某生에게 가서 노형老兄을 위해 힘써 이야기했습니다. 그분도 마침 모사某事 때문에 요청에 응할 수 없으니, 너그럽게 헤아려 주시기 바랍니다. 달리 생각하셔야 할 것 같습니다.

도움을 구하는 편지류 간조류干助類

구제해줄 것을 요청하며 간인주제干人周濟

두성斗星과 우성牛星이 밝지 않아[1] 저는 너무나도 가난합니다. 아내와 자식
이 서로 책망하고 친척親戚들의 도움도 적습니다. 이는 천지가 나를 에워싸
서 죽이려는 것입니다. 족하께서는 평소에 옷을 벗어주고[2] 곳간을 보여주
는[3] 풍모가 있으시니, 약간의 물로 궁핍한 저를 살리지 않으시겠습니까?[4]
저는 이에 장차 족하를 또 다른 하늘로 생각할 것입니다.

---

1 두성(斗星)과 …… 밝지 않아: 두성이 밝은 않으면 세상이 혼란스러워지고, 우성이 밝지
   않으면 곡식이 잘 자라지 않고 소가 병들게 된다고 한다. 《天文類秒》

2 옷을 벗어주고: 원문은 '해의(解衣)'이다. 임금이 신하에게 각별히 은총을 쏟아 주는 것을
   말한다. 한(漢)나라 장수 한신(韓信)이 고조(高祖) 유방(劉邦)에게서 받은 은혜를 술회하
   면서 "옷을 벗어 나에게 입게 하고 먹을 것을 건네주어 나에게 먹게 하였다.[解衣衣我
   推食食我]"고 하였다. 《史記 淮陰侯列傳》

3 곳간을 보여주는: 원문은 '지름(指廩)'이다. 삼국시대 오(吳)나라의 주유(周瑜)가 대도독
   (大都督)이 되어 조조(曹操)와 대치할 때, 조조가 세객(說客)으로 보낸 장간(蔣幹)에게
   창고를 보여주면서 군량이 많다는 것을 과시한 바 있다. 《資治通鑑》

4 약간의……않으시겠습니까: 원문은 '득무이승두수 활궁린호(得毋以升斗水 活窮鱗乎)'이
   다. 곤궁한 처지를 구원해 달라고 완곡하게 청한 말이다. 수레바퀴 자국에 고인 얕은 물
   속에서 말라 들어가며 헐떡이는 붕어가 약간의 물[斗升之水]만 부어 주면 살 수 있겠다고
   하소연하는 이야기가 있다. 《莊子 外物》

들으니 가난이란 선비의 일상이라고 합니다. 예전에 안자顔子는 누추한 거리에 살았고,[5] 자하子夏는 누더기 옷을 걸쳤다[6]고 합니다. 고사高士들의 마음이 편안한 것을 보니, 비록 가난하다 해도 무슨 누累가 되겠습니까? 또 족하께서 어찌 오래도록 가난할 분이겠습니까? 진실로 마음을 활짝 열고 부질없이 울적한 마음을 갖지 마십시오. 응당 크게 등용되어 백록百祿이 따를 것입니다. 변변치 못한 성의 표시로 붓과 벼루 값을 조금 보탭니다. 살펴주시기 바랍니다.

그림 그려줄 것을 요청하며 구화求畵

족하께서는 그림을 잘 그리시어 조물주의 솜씨를 빼앗을 정도입니다. 감히 그림을 그려줄 것을 청합니다. 벽에 몇 폭을 걸어둔다면, 삼상三湘[7]·오악五嶽[8]·석실石室[9]·형산衡山[10]·여산廬山[11]은 문을 나서지 않아도 볼 수 있을 것입니다.

---

5 안자(顔子)는……살았고: 원문은 '안자누항(顔子陋巷)'이다. 공자가 안빈낙도(安貧樂道)하는 제자 안연(顔淵)을 두고 "어질다. 안회여! 한 그릇의 밥과 한 표주박의 마실 것으로 누추한 골목에 사는 것을, 다른 사람들은 그 근심을 견디지 못하는데 안회는 그 즐거움을 바꾸지 않으니, 어질다, 안회여!"라고 하였다. 《論語 雍也》

6 자하(子夏)는……걸쳤다: 원문은 '자하현순(子夏懸鶉)'이다. "자하는 가난해 옷이 메추라기 매달아 놓은 것 같다.[子夏貧 衣若懸鶉]"라고 하였다. 《荀子 大畧》

7 삼상(三湘): 중국 호남(湖南)에 있는 상향(湘鄕)·상담(湘潭)·상음(湘陰)을 가리킨다.

8 오악(五嶽): 중국의 5대 명산으로, 태산(泰山)·형산(衡山)·화산(華山)·항상(恒山)·숭산(嵩山)을 가리킨다.

9 석실(石室): 종묘(宗廟) 안의 조상 신주(神主)를 모신 제일 중요한 방을 가리킨다.

10 형산(衡山): 중국 5대 명산의 하나로 호남성(湖南省)에 있다.

11 여산(廬山): 중국 장시성(江西省) 북부에 있는 명산이다.

우연히 까마귀나 그릴 정도[12]의 솜씨로 그럭저럭 장난치며 노는 것입니다. 족하께서 흰 비단에 구릉과 골짜기를 그려 보라 하시지만, 편벽된 취향[13]이지 않겠습니까? 힘써 명命에 따를 것이니, 감히 잘한다 못한다 말할 수 없습니다. 족하께서 가르쳐주시길 바랍니다.

산소 자리를 사기 위해 중개인에게 부탁하며 구거간매분산求居間買墳山

선인先人께서 아직도 천토淺土[14]에 계시고, 우면지牛眠地[15]를 정하지 못하였습니다. 지금 모처某處를 보니 그 산의 풍수가 매우 적합합니다. 다만 주인主人이 팔아 주실지 모르겠습니다. 들으니 그분은 형과 매우 친하다고 하시니, 저를 대신해서 완곡하게 말하여[16] 그를 설득해주십시오. 만약 일이 이루어져 선인의 혼령을 편안하게 한다면, 진실로 돌아가신 분이나 살아있는 저나 모

---

12 까마귀나 그릴 정도: 원문은 '도아(塗鴉)'이다. 먹물을 더덕더덕 칠한다는 의미로, 여기서는 자신의 그림 그리는 솜씨가 보잘 것 없다고 겸손하게 표현한 말이다. 당(唐)나라 때 노동(盧仝)의 〈시첨정(示添丁)〉 시에 "갑자기 서안(書案) 위에 먹물을 섞어 시서(詩書)를 지우고 고친 것이 마치 늙은 까마귀 같네.[忽來案上飜墨汁 塗抹詩書如老鴉]"라고 하였다. 《玉川子集》

13 편벽된 취향: 원문은 '기가(嗜痂)'이다. 중국 삼국시대 촉(蜀)나라 사람 유옹(劉邕)이 부스럼을 맞난 복어처럼 먹기를 좋아하였다. 일찍이 맹영휴(孟靈休)를 찾아갔는데, 영휴가 얼마 전에 부스럼을 앓아 그 부스럼딱지가 떨어져 침상에 있었다. 유옹이 이것을 주워 먹자 영휴가 깜짝 놀랐다. 이에 유옹이 '내가 좋아하는 것이다'라고 했다는 고사가 있다. 《南史 劉邕傳》

14 천토(淺土): 임시로 매장한 무덤을 가리킨다.

15 우면(牛眠): 묘소를 쓰기에 좋은 명당을 말한다. '우면지(牛眠地)' 또는 '우면지천(牛眠之阡)'이라고도 한다. 앞의 '지사를 추천하며[薦地師]' 항목의 주석을 참고할 것.

16 저를……말하여: 원문은 '완협(緩頰)'으로, 다른 사람을 대신하여 완곡하게 말해주는 것을 의미한다. 앞의 '다른 사람을 위해 대신 부탁하며[託代關節]' 항목의 주석을 참고할 것. 《史記 魏豹彭越列傳》

두 고마울 것입니다.

답장

모군某君의 땅은 한가히 놀리는 곳입니다. 당신께서 묘소[17]를 조성하려 하시니, 제가 가서 말을 해보겠습니다. 다만 이 노인이 매우 부유하여 쉽게 팔지 않을까 염려됩니다. 당신께서 가격을 아끼지 않으신다면 어찌 구하지 못하겠습니까?

답장 [요청을 받아들이기 어려울 경우]

모지某地는 모某 할아버지 무덤의 우측에 있고, 풍수가들이 자주 길하다고 말해왔습니다. 이 노인 역시 마음에 둔 지 오래되었습니다. 장차 새로운 묘지를 정하려 한다면 당신은 따로 좋은 땅을 찾아보셔야 할 것입니다.

친구의 천거를 부탁하며 우천인友薦引

지렁이와 개미 같은 미천한 재주로는 기회를 얻어 벼슬할 수 없으니, 심히 속상하고 한스럽습니다. 하지만 족하께서는 조구생曹丘生[18]과 같은 분이시니, 절뚝거리는 말이 천금의 가격이 될 것입니다.[말이 비록 절뚝거려도 백락伯樂[19]이 돌아보면 천금千金의 가격이 되었다.] 바라건대 칭찬을 아끼지 마시

---

17 묘소: 원문은 '가성(佳城)'으로, 묘소를 비유적으로 표현한 말이다.

18 조구생(曹丘生): 한(漢)나라 때 조구생이란 사람이 가는 곳마다 계포(季布)에 대해 의협심과 용맹이 있다고 찬양하였으므로 계포가 그로 인해 더욱 큰 명성이 있었다. 이후 '조구(曹丘)' 또는 '조구생(曹丘生)'은 천거하고 찬양하는 말로 사용되었다. 《史記 季布欒布列傳》

19 백락(伯樂): 춘추시대 진(秦)나라 목공(穆公) 때에 준마를 잘 감별하는 것으로 유명했던 손양(孫陽)의 별명이다. 소대(蘇代)가 순우곤(淳于髠)에게 "준마를 팔기 위해서 사흘 동

기 바랍니다.[20]

답장

제가 부끄럽게도 조구생曹丘生이 아니니, 어찌 능히 당신의 친구를 계장군季將軍[21]처럼 드날려 드릴 수 있겠습니까? 비록 그렇긴 하지만 외람되게도 저를 알아주시니 감히 마음을 다하여 추천하지 않겠습니까? 만약 힘을 쓸 만한 곳이 있으면 정중히 편지를 보내 당신의 친구에 대해 알도록 하겠습니다.

안이나 시장에 내놓았지만 아무도 거들떠보지 않다가 백락이 한 번 돌아보자 하루아침에 그 말의 값이 10배나 뛰어올랐다.”고 말하였다. 《戰國策 燕策》

20 칭찬을……바랍니다: 원문은 ‘행무석치아여론(幸毋惜齒牙餘論)’이다. 『남사(南史)』 「사유열전(謝裕列傳)」에 임언승(任彦升)이 말하길 “선비로서 명성이 아직 수립되지 못한 사람에게는 응당 모두 함께 장려하여 성취시켜야 할 것이니, 치아 사이의 여론을 아껴서는 안 된다.” 하였다. ‘치아여분(齒牙餘芬)’으로도 쓰인다. 《南史 謝裕列傳》

21 계장군(季將軍): 명장 계포(季布)는 섣불리 승낙을 하지 않고서 일단 언약한 사항에 대해서는 기필코 신의를 지켰다. 이에 사람들이 “황금 100근을 얻기보다는 계포의 승낙 하나를 얻는 것이 훨씬 낫다.[得黃金百斤 不如得季布一諾]”라고 했다. ‘계포일낙(季布一諾)’으로도 쓰인다. 《史記 季布列傳》

위문하는 편지류 위문류慰問類

친구가 과거에 낙방한 것을 위로하며 위우하제慰友下第

족하께서는 뛰어난 인재입니다. 문형文衡을 맡은 분께서 무딘 칼로 잘못 보셨으니 어찌 된 일입니까? 하지만 태아검太阿劍이 상자에서 나오면 그 황홀한 빛이 사람들을 놀라게 할 것이고,[1] 마침내 장화張華와 뇌환雷煥을 만나면[2] 상방尙方[3]에서 정중하게 대우받을 것입니다. 원컨대 더욱 노력하시어 작은 좌절에 뜻을 꺾지 마시기 바랍니다.

---

1 태아검(太阿劍)이 …… 것이고: 태아검은 명검(名劍)의 대명사인데, 여기서는 편지를 받는 상대방이 태아검처럼 훌륭한 인물이라는 의미이다. 풍성(豐城) 땅에 묻힌 용천(龍泉)과 태아(太阿)의 두 보검이 밤마다 두수(斗宿)와 우수(牛宿) 사이에 자기(紫氣)를 발산하였다는 전설이 있다. 《晉書 張華列傳》

2 장화(張華)와 뇌환(雷煥)을 만나면: 여기서는 명검인 태아검과 용천검을 알아보는 장화와 뇌환처럼 인재를 알아보는 사람을 만난다는 의미이다. 오(吳)나라 때 두수와 우수 사이에 항상 자줏빛 기운이 있었는데, 장화가 예장(豫章) 사람 뇌환(雷煥)과 함께 누각에 올라가 바라보았다. 뇌환이 "보검의 기운이 하늘에 통한다."라고 하자, 장화가 "어디에 있는가?"라고 물으니, "풍성(豐城)에 있다."라고 했다. 장화가 즉시 뇌환을 풍성 수령으로 삼았고, 뇌환은 풍성에서 쌍검이 들어 있는 석함(石函) 하나를 얻었는데 '용천(龍泉)', '태아(太阿)'라고 새겨져 있었다고 한다. 《晉書 張華列傳》

3 상방(尙方): 궁궐에서 먹고 사용하는 음식이나 기물을 관리하는 부서이다.

답장

저는 버림을 받은 후로 씩씩했던 마음이 재처럼 식었습니다. 대개 돌을 바쳤기 때문에 돌이라 여겨 월형刖刑을 당한 것입니다.[4] 문형文衡을 맡은 분께서 무슨 잘못이 있겠습니까? 지금 위로 편지를 받았으니, 감히 스스로 너그러운 마음으로 족하의 아껴주시는 마음에 답하지 않겠습니까?

송사 당한 친구를 위로하며 위우피송慰友被訟

족하께서 횡역橫逆을 당해 무고誣告에 무릎을 꿇으셨습니다. 공정公庭에서 또 돈이 통한다고 하고, 잘 알고 있는 사람들은 모두 좋은 일 하는 것을 두려워합니다. 공도公道는 가리기 어려운 것이니, 결국 고대高臺에서 밝은 거울 같은 판결을 받게 될 것입니다.

답장

예전부터 "막혔어도 이로움을 본다"[5]라고 하였습니다. 점괘는 좋지 않지만 엎어진 동이에서도 하늘을 보게 되었으니 역시 다행입니다. 감히 검은 까마귀와 흰 고니를 비교하겠습니까? "굽은 자벌레가 펴기를 구한다.[6] [尺蠖求信]

---

4 대개…것입니다: 춘추시대 초나라의 변화(卞和)가 진귀한 옥을 초왕(楚王)에게 바쳤다가 돌을 옥이라고 임금을 속였다는 누명을 쓰고 두 차례나 발이 잘리는 월형(刖刑)을 당했다. 하지만 나중에 왕에게 그 진가를 인정받았고, 그가 바친 옥으로 천하제일의 보배인 화씨벽(和氏璧)을 만들게 되었다. 《韓非子 和氏》 여기서는 이 고사를 변형시켜 자신이 돌처럼 못났기 때문에 인재로 발탁되지 못했다고 자책하고 있다.

5 막혔어도 이로움을 본다: 『주역(周易)』 「송괘(訟卦)」에, "송(訟)은 성실함이 있지만 막혀서 두려우니 중도에 맞으면 길하다. 강(剛)이 와서 중도를 얻은 것이다.[訟有孚窒惕中吉 剛來而得中也]"라고 하였다.

6 굽은……구한다: 원문은 『주역(周易)』 「계사(繫辭) 하(下)」에 "자벌레가 굽히는 것은 펴기를 구하는 것이며, 용이 숨어 있는 것은 몸을 보존하기 위한 것이다.[尺蠖之屈 以求信

[신信의 음은 신伸이다.]"라고 하니, 원통함은 견디기 힘듭니다.

대신이 벼슬에서 물러난 것을 위로하며 위대신사사慰大臣謝事

들으니 합하閤下께서 갑자기 한가롭게 되었다고 합니다. 비단 저만 아쉽게 생각하는 것이 아니라, 또 안팎의 사람들이 아쉬워하였습니다. 물러난 이후 몸은 어떠하신지 모르겠습니다. 놀랍고 두려워 감당할 수 없습니다. 감히 아전을 보내어 안부를 여쭙습니다.

답장

저는 산만한 행동이 더욱 심해져, 하는 일마다 어그러졌습니다. 주상께서 도량으로 포용해주셔서 다만 체직遞職되었을 뿐입니다. 이에 따라 저절로 한가한 사람이 되었으니, 참으로 다행입니다.

탄핵당한 것을 위로하며 위인피탄慰人被劾

오늘 탄핵의 글을 꿈에서도 생각하지 못했습니다. 관직 하나를 얻고 잃는 것을 마음에 두는 바는 아닙니다. 이로 인해 세상의 공도公道가 쓸려버렸고, 신상身上의 영화로움과 욕됨도 이에 따라 드러납니다. 그저 개탄할 뿐 다시 드릴 말씀이 없습니다.

답장

비방의 바다에 파도가 뒤집힙니다. 미약한 저는 고통으로 거꾸러져 장차 죄

也 龍蛇之蟄 以存身也]"라고 하였다.

를 받게 되었습니다. 저의 우매하고 졸렬한 분수가 이로 인해 거의 영원히 버림받게 되었습니다. 이는 반드시 불행은 아닐 것입니다. 위로할 것이 뭐 있겠습니까?

옥에 갇힌 사람을 위로하며 위인피수慰人被囚

천리千里를 내달려 바로 옥[7]에 갇히셨으니, 차가운 곳에서의 생활이 편안하지 않을 것입니다. 걱정되어 구구한 마음 감당할 수 없습니다. 문밖에서 안부 인사를 하려 해도 만나 뵙고 위로할 길 없습니다. 송구한 마음만 더할 뿐입니다.

답장

지은 죄로 저는 지금 재앙의 그물에 걸려있습니다. 족하의 안부가 옥에 이르렀습니다. 무슨 말로 사례할 수 있겠습니까?

귀양 가는 사람을 위로하며 위인적행慰人謫行

비방의 바다에서 파도가 뒤집힌 끝에 이렇게 유배 가게 되었습니다.[8] 참으로 개탄스럽습니다. 뭐라 드릴 말씀이 없습니다. 다만 위로할 만한 것은 성군聖君의 시대에 자주 임금님의 은혜가 있다는 것입니다. 마음을 너그럽게 하고 신중히 행동하시기 바랍니다.

---

7 옥: 원문은 '복당(福堂)'으로, 감옥이나 유배지를 말한다. 앞의 휘언류(彙言類) 송옥(訟獄) 부분의 '복당(福堂)'에 대한 주석을 참고할 것.

8 유배를 가게 되었습니다: 원문은 '장사지행(長沙之行)'이다. 장사는 춘추전국시대 초(楚) 나라의 대부 굴원(屈原)의 유배지이다.

폄직 되어 쫓겨난 것은 우매하여 스스로 취한 것입니다. 죄는 크지만 형벌은 가벼우니, 은혜에 감사하고 허물을 생각하는 것 외에는 한마디도 낼 수 없습니다. 진실로 옛사람들이 이른바 "살아있어도 죽은 것이나 다름 없다." 는 것입니다. 죄인의 자취가 가련하지만 어쩌겠습니까?

아픈 사람에게 안부를 물으며 문질問疾

존체尊體는 근래에 편안하신지요? 대저 질병은 근심에서 생기고 다시 근심으로 위중해집니다. 모름지기 스스로 마음을 너그럽게 하시기 바랍니다. 비유하자면 흐르는 물과 떠가는 구름처럼 생각해야 편안해질 것입니다. 그렇지 않으면 부질없이 스스로 괴로울 뿐입니다.

답장

오랫동안 앓다 보니 피부와 살이 마른 포와 같습니다. 날마다 팔물八物 사군자四君子[9]와 사귈 뿐입니다. 지나가면서 욕되게도 저를 생각해주시니, 어느 때나 이 고통을 벗어버리고 다시 마음에 맞는 몇몇 친구들과 마주하여 술잔을 기울이며 함께 이야기할지요.

---

9 팔물(八物) 사군자(四君子): 팔물(八物)은 여덟 가지 익히는 방법에 따라 먹는 음식을 말하는데, 순오(淳熬) · 순모(淳母) · 포돈(炮豚) · 포양(炮牂) · 도진(擣珍) · 지(漬) · 오(熬) · 간요(肝膋)이다. 사군자(四君子)는 인삼(人蔘) · 백출(白朮) · 복령(茯苓) · 감초(甘草)를 가리킨다.

조문 편지 형식 조장식弔狀式

다른 사람의 부모님이 돌아가셨을 경우, 위로하는 편지

적손嫡孫과 승중承重[1]을 위로하는 경우도 동일하다.

모某가 머리를 조아리고 두 번 절하며 말씀드립니다.[頓首再拜言]

> 강등降等일 경우에는 돈수頓首라고 한다. 평교 간에는 다만 돈수언頓首言이라고 한다.

뜻하지 않은 흉변에[不意凶變]

> 돌아가신 분이 관직이 높으면 '나라의 불행으로[邦國不幸]'라 한다.

돌아가신 모위某位께서[先某位]

> 관직이 없으면 선부군先府君, 어머니는 선모봉先某封이라 한다. 무봉無封인 경우는 선부인先夫人이라 한다. 승중承重은 존조고모위尊祖考某位·존조비모봉尊祖妣某封이라고 한다.

갑작스레 자식의 봉양을 저버리셨습니다.[奄棄榮養]

> 돌아가신 분이 관직이 높으면 '갑자기 관사를 버리셨습니다.[奄捐館舍]'라고

---

1 승중(承重): 장자(長子)가 부모보다 먼저 죽고 그 부모가 나중에 죽으면 장손(長孫)이 죽은 장자를 대신하여 맡 상주(喪主) 역할을 하는 것을 말한다.

한다. 만약 살아있는 분이 관직이 없으면, '갑자기 봉양을 버리셨습니다.[奄違色養]'라고 한다.

소식을 듣고 놀라고 슬픈 마음 멈출 수가 없습니다.[承訃驚怛 不能已已]

생각건대[伏惟]

　　평교 간에는 공유恭惟라 하고, 강등降等에는 면유緬惟라고 한다.

효심이 지극히 순수하시고, 사모하는 마음에 애타게 우시는데, 어떻게 견디십니까?

시간이 흘러 순삭旬朔도 빨리 지나니[遽踰旬朔]

　　시간이 지나는 것을 '이미 시간이 지났다.[已忽經時]'라고 하고, 이미 장사를 지냈으면 '급하게 장사를 지냈다.[遽經襄奉]'라고 한다. 졸곡卒哭·소상小祥·대상大祥·담제禫除는 각각 때에 따른다.

애통한 마음 어떠시며, 망극罔極한 마음은 어쩌겠습니까?

스스로 슬픈 마음에 괴롭지는 않으신지요?[不審自罹荼毒]

　　아버지가 계시고 어머니가 돌아가신 경우는 우고憂苦라고 한다.

기력은 어떠하십니까?[氣力何如]

　　평교 간에는 하사何似라고 한다.

바라건대[伏乞]

　　평교 간에는 복원伏願이라 하고, 강등降等에는 유익惟冀이라 한다.

억지로라도 죽을 드시고[强加飱粥]

　　이미 장례를 지낸 경우는 소식疏食이라고 한다.

예제禮制를 따르십시오.

모某는 일에 얽매여[某役事所縻]

　　관직에 있으면 '하는 일이 있어[職業有守]'라고 한다.

달려가 위로할 길이 없습니다. 걱정되고 그리워함을 저의 미미한 마음으로는 감당할 수 없습니다.[末由奔慰 其於憂戀 無任下誠]

평교 간에는 '받들어 위로할 수 없어, 슬픔이 깊어집니다.[末由奉慰 悲係增深]'라고 한다.

삼가 편지 올립니다. 살펴주십시오.[伏惟鑑察]

평교 이하에는 이 4글자를 없앤다.

갖추지 못합니다. 삼가 편지 올립니다.[不備 謹疏]

평교 간에는 불선不宣·근장謹狀이라 하고, 어린 사람에게는 불구不具·불실不悉·불일不一이라고 한다.

○년 ○월 ○일[年月日]. 성명姓名. 편지 올립니다.

모관某官의 대효²의 거적자리 앞[大孝苫前]

어머니가 돌아가신 경우는 지효至孝라 한다. 평교 이하는 점차苫次라고 한다. 부모 돌아가신 날짜가 조금 지난 경우는 애전哀前이라 하고, 평교 간에는 애차哀次라고 한다.

겉봉투에는 모관某官, 대효점전大孝苫前, 성명姓名, 근봉謹封이라 쓴다.

중봉重封도 동일하다.

부모님이 돌아가셨을 경우, 조문 편지에 답장하는 글

적손嫡孫과 승중承重의 경우도 동일하다.

모某는 머리 조아리고 두 번 절하며 말씀드립니다.[再拜言]

강등降等일 경우에는 고수叩首라 하고 '언言' 자를 뺀다.

모某의 죄가 깊고 무거워 스스로 죽어 없어져야 하는데, 재앙이 선고先考에

---

2 대효(大孝): 지극한 효자를 일컫는 말로, 부상(父喪) 중에 있는 사람에게 편지를 보낼 때에 높여서 이르는 말이다.

게 미쳤습니다.[禍延先考]

> 어머니는 선비先妣, 승중承重인 경우는 선조고先祖考·선조비先祖妣라고 한
> 다.

울부짖고 가슴을 치며 오장五腸이 찢어지는 듯하였고, 땅을 치고 하늘에 울부짖어도 미칠 수가 없습니다.

시간은 머물지 않고 불현듯 순삭旬朔이 지났습니다.[奄踰旬朔]

> 때에 따르고, 앞의 것과 동일하다.

혹독한 죄와 벌이 괴로워[酷罰罪苦]

> 아버지가 살아계시고 어머니가 돌아가신 경우는 '어머니를 잃은 죄가 깊습
> 니다.[偏罰罪深]'라 한다. 아버지가 먼저 돌아가신 경우에 어머니는 아버지
> 와 동일하다.

온전하게 살 가망이 없습니다.

당일當日에 은혜를 입어[卽日蒙恩]

> 평교 이하에는 이 네 글자를 없앤다.

삼가 궤연几筵을 받들고 구차히 살며 숨 쉬고 있습니다.

족하께서 자애로운 마음으로 위문해주셨는데, 슬픈 감정이 지극하여 저의 미미한 마음으로는 감당할 수 없습니다.[伏蒙尊慈 俯賜慰問 哀感之至 無任下誠]

> 평교 간에는 '인자하신 은혜를 받고 위문하여 살펴주셨습니다. 슬픈 감정이
> 다만 애절할 뿐입니다.[仰承仁恩 俯垂慰問 其爲哀感 但切下懷]'라고 한다. 강
> 등일 경우에는 '특별히 위문해주시니 슬픈 감정이 진실로 깊습니다.[特承慰
> 問 哀感良深]'라고 한다. ○부모상일 경우에는 친구들이 조문 편지를 쓰지
> 않고, 부득이하게 먼저 출발할 경우는 이 네 구절을 뺀다.

호소할 길 없고 떨어지는 기운을 감당하지 못해서 삼가 조문에 답하는 편지를 올립니다. 황망하고 혼란스러워 두서가 없습니다. 삼가 편지를 올립니다.

○년 ○월 ○일[年月日]. 고자[孤子]

　어머니 상喪에는 애자哀子, 모두 돌아가셨을 경우에는 고애자孤哀子, 승중承
重인 자는 고손孤孫·애손哀孫·고애손孤哀孫이라고 칭한다. 심상心喪[3]에 해
당되면 심상心喪이라 하고, 담복禫服에 해당되면, 거담居禫이라 한다. 조부
모의 상일 경우에는 최복縗服이라 하고, 처상妻喪일 경우에는 기복朞服이라
한다.

성명. 편지를 올립니다.

모위某位 자리 앞

겉봉투에는 소상疏上, 모위좌전某位座前, 고자성명孤子姓名, 근봉謹封이라고
쓴다.

　중봉重封의 경우도 동일하다.

다른 사람의 할아버지나 할머니가 돌아가셨을 경우, 위로하는 편지

승중承重인 자가 아니라면, 백부伯父·백모伯母·숙부叔父·숙모叔母·고모와 형제자매兄弟
姊妹, 아내와 자식, 조카·손자인 경우도 동일하다.

모某가 편지 올립니다.[啓]

　증주增註에서 사계沙溪가 말하기를, "임금에게 올리는 글에는 '계啓'자를 사
용하니, 사사로운 문서에는 아마도 감히 사용하지 않는다. 대신 '백白' 자를
쓰는 것은 어떤가?"라고 하였다. ○사계沙溪는 우리나라 문원공文元公 김장
생金長生의 호이다.

뜻하지 않은 흉변에[不意凶變]

3　심상(心喪): 상복을 입지는 않지만 상중(喪中)과 같이 처신하는 것을 말한다.

자손에게는 이 구절을 쓰지 않는다.

존조고尊祖考 **모위**某位**께서 갑자기 세상을 떠나셨습니다.**[尊祖考某位]

조모祖母는 '존조비모봉尊祖妣某封'이라고 한다. ○백부·백모·숙부·숙모·
고모에게는 '존尊' 자를 더한다. ○형자제매兄姊弟妹에게는 '영令' 자를 더한
다. ○강등降等일 경우에는 모두 '현賢' 자를 더한다. ○고모의 자매姊妹에
게는 부고夫姑라고 칭하고, '모택某宅 존고尊姑 영자매令姊妹'라고 한다. ○
아내에게는 '현합모봉賢閤某封'이라 하고, 봉투가 없는 경우는 '현합賢閤'이
라고만 한다. ○아들에게는 바로 '복승영자기모위伏承令子幾某位'라 하고,
조카와 손자의 경우는 모두 동일하다. 강등降等일 경우에는 '현賢'이라고 한
다. 관직이 없는 자에게는 수재秀才라고 칭한다.

부고를 듣고 놀라고 슬픈 마음 멈출 수 없습니다.[驚怛不能已已]

처에게는 '달怛' 자를 '악愕' 자로 바꾸어 쓴다. 자손에게는 '너무나도 놀랐습
니다.[不勝驚怛]'라고만 한다.

생각하니[伏惟]

공유恭惟·면유緬惟로도 쓴다. 앞에 보인다.

**효심이 지극히 순수하시니 슬프고 아픈 마음 찢어질 것인데 어찌 감당하십
니까?**[孝心純至 哀痛摧裂 何可勝任]

백부·백모·숙부·숙모·고모에게는 '친애함이 더욱 두터웠을 터인데, 애
통하고 침통함을 어떻게 이겨낼 수 있겠습니까?[親愛加隆 哀慟沈痛 何可堪
勝]'라고 한다. ○형제자매에게는 '우애가 더 두텁습니다.[友愛加隆]'라고 한
다. ○처妻일 경우에는 '배우자와의 의리가 소중하니 슬프고 침통합니다.
[伉儷義重 悲悼沈痛]'라고 한다. ○자식·조카·손자일 경우에는 '자애로운
마음 두텁고 깊은데, 비통하고 침통합니다.[慈愛隆深 悲慟沈痛]'라고 한다.
나머지는 백부·백모·숙부·숙모·고모와 동일하다.

맹춘인데도 오히려 추운데[孟春猶寒]

날씨는 때에 따라 쓴다.

존체가 어떠신지 모르겠습니다.[不審尊體何似]

조금 높은 분일 경우에는 '평소의 생활이 어떠하신지요?[動止何如]'라 하고,

강등降等일 경우에는 '평소의 생활이 어떠한지요?[所履何似]'라고 한다.

바라옵건대[伏乞]

앞의 것과 같다.

깊이 스스로 여유를 갖고 마음을 누르시며 어머니의 마음을 위로해주시기 바랍니다.[深自寬抑 以慰慈念]

그 사람에게 부모가 없을 경우는, 원성遠誠이라 하고, 잇달아 쓰며, 상단의 평형한 줄에 올리지 않는다.

모某는 일에 얽매여[某役事所縻]

관직에 있는 경우는 앞의 것과 같다.

달려가 위로할 길 없습니다. 걱정해주시는데, 저의 미미한 마음으로는 감당할 수 없습니다.[末由趨慰 其於憂想 無任下誠]

평교 이하는 앞의 것과 같다.

삼가 편지 올립니다. 살펴주시기 바랍니다.[謹奉狀 伏惟鑑察]

평교 간에는 앞의 것과 같다.

다 갖추지 못하고 이만 줄입니다.[不備]

평교 간에는 앞의 것과 같다.

삼가 올립니다.

○년 ○월 ○일[年月日]. **성명**[具姓名]

'편지를 올립니다.[狀上]'라고도 쓴다.

모위복전[某位服前]

평교에는 복차服次라고 한다.

겉봉투와 중봉重封은 앞의 것과 동일하다.

조부모님이 돌아가셨을 경우, 위로 편지에 답하는 글

승중承重인 자가 아니라면, 백부·백모·숙부·숙모·고모와 형제자매, 아내와 자식, 조카·손자인 경우도 동일하다.

모某가 아룁니다. 가문의 흉화로[家門凶禍]

　　백부·백모·숙부·숙모·고모와 형제자매의 경우는 '가문이 불행하여[家門不幸]'라고 한다. ○아내일 경우는 '저희 집이 불행하여[私家不幸]'라고 한다. ○조카·손자인 경우는 '저희 집안이 불행하여[私門不幸]'라고 한다.

선조고께서[先祖考]

　　조모祖母일 경우는 선조비先祖妣라고 한다. ○백부·백모·숙부·숙모에게는 '어느 집의 백부·백모·숙부·숙모'라고 한다. ○고모일 경우는 '어느 집의 고모'라고 한다. ○형과 누나일 경우는 '어느 집 형, 어느 집 손윗누이'라고 한다. ○남동생과 여동생일 경우는 '어느 집 동생, 어느 집 손아랫누이'라고 한다. ○처妻일 경우는 실인室人이라고 한다. ○아들인 경우는 소자모小子某라고 한다. ○조카인 경우는 종자모從子某라고 한다. ○손자의 경우는 유손모幼孫某라고 한다.

갑작스레 세상을 버리셨습니다.[奄忽棄背]

　　형과 동생 이하의 경우는 상서喪逝라고 한다. ○조카와 손자에게는 '갑자기 요절하여[遽爾夭折]'라고 한다.

고통으로 마음이 찢어질 듯하여 스스로 이겨내기 힘듭니다.[痛苦摧裂 不自勝堪]

　　백부·백모·숙부·숙모·고모와 형제자매일 경우는 '찢어지는 아픔과 괴로움을 스스로 참아내기 힘듭니다.[摧痛酸苦 不自堪忍]'라고 한다. ○아내일 경우는 최통摧痛을 비도悲悼로 바꾼다. ○아들이나 조카나 손자일 경우는 비념悲念으로 바꾼다.

존자尊慈께서 특별히 위문하여 지극히 슬퍼해 주시니 마음으로 감당할 수 없습니다.[伏蒙尊慈 特賜慰問 哀感之至 不任下誠]

앞의 것에 보인다.

맹춘인데도 오히려 추운데[孟春猶寒]

날씨는 때에 따른다.

생각하건대[伏惟]

앞과 같다.

모위某位의 기거起居는 만복萬福하신지요?[起居萬福]

평교간에는 기거起居를 쓰지 않는다. 강등降等일 경우는 동지만복動止萬福 이라고만 한다.

모某는 지금 부모님을 모시며[某卽日侍奉]

부모가 없을 경우는 이 구절을 쓰지 않는다.

다행히 다른 괴로움은 면하고 있습니다. 마주 보고 하소연할 길이 없어 부질없이 목매일 뿐입니다.

삼가 답장 편지를 올려[謹奉狀上] 사례합니다.

평교 간에는 진진陳이라 한다.

다 갖추지 못하고 이만 줄입니다.[不備]

평교 간에는 앞의 것과 같다.

삼가 편지를 올립니다.

○년 ○월 ○일[年月日]. 성명[姓名]

'편지를 올립니다.[狀上]'라고도 쓴다.

모의 자리 앞[某位座前]

겉봉투와 중봉重封은 앞의 것과 동일하다.

조부모님이나 부모님이 돌아가셨을 경우, 타인의 부의금과 장례식에 참석한 것을 사례하는 편지

모某는 이마를 조아려 두 번 절하며 말씀드립니다.

모某는 죄역罪逆이 깊고 무거운데도 스스로 죽어 사라지지 못하여, 재앙이 선고先考에게 미쳤습니다.[某罪逆深重 不自死滅 禍延先考]

> 앞의 것과 동일하다.

다행히 큰일을 잘 치른 것은 모두 여러 친척들이 도와줌에 힘입은 것입니다.[皆賴諸親 相助之力]

> 친척이 아니면 '제현諸賢'이라 한다.

이미 조문을 해주셨고,[下弔]

> 평교 이하에는 임조臨弔라고 한다.

또 부전賻奠를 보내주셨습니다.[賻奠]

> 부賻만 있을 경우는 부의賻儀라고 한다. 전奠은 제전祭奠이다.

영결식永訣式에 와주셨고 또 욕되게도 총애하여 찾아와 주셨으니,[逮其送往 又辱寵臨]

> 만일 송장送葬을 하지 않았다면, 이 두 구절을 없앤다.

족하의 덕에 매우 깊이 감동하여 어떻게 보답해야 할지 모르겠습니다.

슬프고 몸이 아파서 직접 만나 뵙고 여쭤볼 길 없습니다.

삼가 이것으로 대신 감사드립니다.[謹此代謝] 황망하고 혼란스러워 두서가 없습니다. 삼가 편지 올립니다.

○년 ○월 ○일[年月日]. 고자의 성명[孤子姓名]

> '편지 올립니다.[疏上]'라고도 쓴다.

모의 자리 앞[某位座前]

겉봉투와 중봉重封은 앞의 것과 동일하다.

가족끼리 보내는 편지류 가정류家庭類

집에 있는 할아버지가 손자에게 보내는 편지 조재가기손서祖在家寄孫書

우리 손자가 멀리 나가 풍상風霜을 두루 겪고 걸핏하면 추위와 더위를 겪는 구나. 객사客舍에서 아침저녁으로 가장 중요한 것은 몸을 잘 챙겨, 늙은 할 아비에게 걱정을 끼치지 않는 것이다. 우리 손자가 조금이라도 이 뜻을 안 다면 바로 돌아와야 할 것이다. 하물며 네 부모가 눈 빠지게 기다리고 있음 에랴. 타향의 풍경 때문에 절대 머물러 있지 않기를 이렇게 부탁한다.

외지에 있는 손자가 할아버지에게 올리는 편지 손재외봉조서孫在外奉祖書

손자 모某는 아침저녁으로 집을 그리워하며, 오직 연로하신 할아버지 할머 니의 건강을 생각하고 있습니다. 일을 처리하고 집으로 돌아가서 한번 아침 저녁으로 문안 인사드리지 못해 아쉽습니다. 객지 생활은 다행히 유쾌하고 편안합니다. 일이 끝나면 바로 돌아가 봉양하겠습니다. 어찌 감히 오랫동안 타향에 머물며 할아버지 할머니께 걱정을 끼치겠습니까?

집에 있는 아버지가 아들에게 보내는 편지 부재가기자서父在家寄子書

네가 험한 세상을 내닫고 있으니, 부모의 마음으로 어찌 생각하지 않겠느냐? 모름지기 아버지의 마음을 잘 알고 보중保重하거라. 집 밖에 나와 있는 몸이니 술¹은 조금만 마시고 여색女色은 의당 멀리하거라. 일을 끝내는 날에 바로 돌아와서 보고 싶어하는 나의 소망을 위로하거라. 집안의 여러 사람들은 평안하니, 괘념치 말거라. 그저 몇 글자 적어서 보낸다. 나머지는 많이 언급하지 않겠다.

외지에 있는 아들이 아버지에게 올리는 편지 자재외봉부서子在外奉父書

불초자不肖子 모某의 객지 거처는 깨끗하고 편안합니다. 다만 부모님²께서 나이가 드셔서³ 아침저녁으로 유념하고 있습니다. 흰 구름 바라보면 마음과 정신이 모두 그곳으로 향해 갑니다.⁴ 엄명嚴命을 받고 감히 힘쓰지 않겠

---

1 술: 원문은 '광약(狂藥)'으로, 술의 별칭이다.

2 부모님: 원문은 '춘훤(椿萱)'으로, 어머니와 아버지를 일컫는 말이다. 『장자(莊子)』「소요유(逍遙游)」에, "큰 참죽나무가 장수한다.[大椿長壽]"라 하였는데, 후에 '춘(椿)'은 아버지를 가리키게 된다. 『시경(詩經)』「위풍(衛風) 백혜(伯兮)」에, "어떻게 훤초를 얻어 북당에 심을까?[焉得諼草 言樹之背]"라고 하였다. '훤초(諼草)'는 '훤초(萱草)'라고도 하는데, 후에 어머니를 지칭하는 말로 쓰인다.

3 나이가 드셔서: 원문은 '상유(桑榆)'이다. 원래는 해가 지는 저녁을 가리키는 말인데, 여기서는 인생의 노년기라는 의미로 사용되었다. 후한(後漢) 때의 장수 풍이(馮異)가 싸움에서 대패하였지만, 얼마 뒤에 다시 적군을 격파하였다. 황제가 친히 글을 내려 "처음에는 회계에서 깃을 접었으나 나중에는 민지에서 비상하니, '동우에 잃었다가 상유에 수습하였다.[失之東偶 收之桑榆]'라고 할 만하다."라고 하였다. 동우는 해가 뜨는 새벽을, 상유는 해가 지는 저녁을 뜻한다. 《後漢書 馮異列傳》

4 흰 구름…갑니다: 고향에 계시는 부모를 그리는 마음이 간절하다는 말이다. 당나라 때 적인걸(狄仁傑)이 병주 법조(幷州法曹)로 부임했을 적에 그의 부모는 남쪽 하양(河陽) 땅

습니까? 간청하건대 이친二親께서는 때에 맞춰 조섭調攝하시고, 잘 드시면서 스스로 몸을 아끼시어 만복萬福에 길이 응하도록 하십시오. 불초자不肖子는 일을 마치고 나서 바로 돌아가서 모시도록[5] 하겠습니다.

외지에 있는 아버지가 아들에게 보내는 편지 부재외기자서父在外寄子書

나는 모일某日에 집을 떠나 모일某日에 이곳에 이르렀다. 늘 평안하니 걱정하지 말거라. 온갖 집안일은 부지런히 하고 검약하며 사치스럽게 낭비하지 말거라. 만물을 아끼고 네 어머니를 받들어 섬기거라. 어린 동생이 집에 있으니 힘써 부지런히 책을 읽게 하고, 다른 곳에서 방탕하게 놀지 말거라. 이곳은 아직도 일이 끝나지 않았다. 돌아갈 기일을 헤아려보니, 모시某時일 것이다. 인편人便 중에 이곳에 오는 이가 있다면, 집안의 사정을 상세히 적은 편지를 보내어, 걱정을 없게 해다오.

집에 있는 아들이 아버지에게 올리는 편지 자재가상부서子在家上父書

아버지와 이별하고 시간이 많이 흘렀습니다. 저의 마음은 아버지를 멀리서 우러르고 있어, 아침저녁으로 생각이 간절합니다. 대인大人께서 집 밖에 계

에 있었다. 적인걸은 병주에 위치한 태항산(太行山)에 올라가 남쪽 하늘에 흰 구름이 떠가는 것을 보고 말하길, "내 부모님은 저 구름 밑에 계신다."라 하고는 한참 동안 흐느끼다가 그 구름이 옮겨간 뒤에야 그 자리를 떴다고 한다. 《新唐書 狄仁傑列傳》

5 모시도록: 원문은 '숙수(菽水)'인데, 숙수지공(菽水之供)을 가리킨다. 숙수지공이란 콩과물로 봉양한다는 뜻으로, 가난 속에서도 정성을 다해 부모님을 잘 섬기는 것이다. 자로가, "마음 아프도다. 가난함이여! 살아서 봉양할 수 없고, 죽어서도 예를 갖출 수 없네."라고 하니, 공자가 "콩과 물을 마시더라도 그 기쁨을 다한다면 효도라고 할 수 있다.[啜菽飮水盡其歡 斯之謂孝]"라 하였다. 《禮記 檀弓下》

신데, 편안하신지요? 저는 엄명嚴命을 받고 집안을 다스리고 있습니다. 아침 일찍 일어나고 저녁 늦게 자면서 부지런히 살고 있습니다. 어찌 감히 게으르게 지낼 수 있겠습니까? 집안의 여러 사람들은 평안하게 지내고 있으니, 걱정하지 마시기 바랍니다. 지금 인편人便에 따라 몇 글자를 써서 문안 인사 드립니다.

집에 있는 백부나 숙부가 조카에게 보내는 편지 백숙재가기질서伯叔在家寄姪書

현질賢姪과 이별한 후 계절이 여러 번 바뀌었구나. 백부(또는 숙부)와 조카의 정분情分으로 오래도록 한 번 만나 즐기지 못했구나. 아쉽고 아쉽구나. 장부丈夫가 천지 사방天地四方에 뜻을 두었다면, 이후로는 일을 계획하고 도모하여 반드시 성취할 것을 생각해야 한다. 객지의 풍상風霜에도 모름지기 몸을 잘 간직하거라. 일이 끝나면 빨리 출발하여 돌아올 것을 바랄 뿐이다. 당상堂上의 양친兩親과 집안의 어린 며느리는 모두 아무 탈 없다. 지금 인편人便에 다만 몇 자 적어서 알린다. 나머지 말은 다하지 못한다.

외지에 있는 조카가 백부나 숙부에게 보내는 편지 질재외봉백숙서姪在外奉伯叔書

백부(또는 숙부) 어르신의 자애로운 얼굴과 이별한 지 벌써 1년이 되었습니다. 침상에서 늘 집안 뜰 계단에서 모시고 서 있어 달려가 안석案席과 지팡이를 받드는 꿈을 꿉니다. 하지만 벼슬길을 분주히 쫓아다니고 축지법縮地法도 쓸 수 없어서 집안에서 모여 즐거워할 길이 없습니다. 어찌하겠습니까? 편지가 이르러 멀리서 백부(또는 숙부)께서 강녕康寧하심을 들었으니, 매우 기쁘고 다행스럽습니다. 학의 울음과 바람 소리[6]에도 고향 생각을 떨쳐버리지 못하고 있습니다. 아! 인생은 아침이슬과 같은데, 어찌 감히 오래도록 이처럼 타향에 머물러 있겠습니까? 낙양洛陽의 봄빛이 조금 움직일 때면, 바로 정리하여 돌아가겠습니다.

외지에 있는 형이 동생에게 보내는 편지 형재외기제서兄在外寄弟書

평소에 모여 살면서 우애롭게 지내는 즐거움을 몰랐습니다. 집 문밖으로 수백 리를 나오니 풍토風土가 다르고 인정人情 역시 다르며, 배고픔에 내몰려 입에 풀칠하는 것을 그만둘 수 없게 되었습니다. 아우는 책을 들고 무릎을 껴안은 채 등불 켠 밤이나 달 밝은 밤이면 글 짓고 싶은 생각이 십분 늘어날 것입니다. 다만 부모님이 노쇠하니, 마땅히 때때로 문안 인사드려 그 즐거움을 다하여, 마음만 가깝고 몸은 멀리 있는 어리석은 저와 견주지 마십시오. 이 몇 마디를 부칩니다. 가을 하늘 높고 기러기 멀리 날고 있어 그리움 끝이 없습니다.

집에 있는 아우가 형에게 답하는 편지 제재가답형서弟在家答兄書

형은 타향의 손님이 되었는데, 아우는 고향에서 지냅니다. 사람이 두 곳에서 따로 살고 있지만, 각각 하늘가에 있습니다. 편지가 와서 몸소 쓴 가르침을 접하고 비로소 객지에서의 생활이 평안함을 알게 되어 온 집안사람들이 안심하고 걱정을 씻어 버렸습니다. 늙으신 형수와 어린 조카도 다행히 모두

---

6 학의 울음과 바람 소리: 겁먹은 사람이 작은 소리에도 몹시 놀람을 비유하는 말이다. 동진(東晉)의 효무제(孝武帝)는 전진(前秦)의 부견(苻堅)이 대군을 이끌고 쳐들어오자, 사현(謝玄)과 사석(謝石)에게 맞서 싸우게 하여 크게 패퇴시켰다. 후퇴하던 전진(前秦)의 군대는 '학의 울음과 바람 소리'만 들어도 동진의 군사가 온 줄 알았다고 한다. 《晉書 謝玄列傳》

잘 지내고 있습니다. 다만 양친께서 집안에 계시어, 아침저녁으로 계속 신경 쓰고 있습니다. 더욱 바라는 것은 일찍 돌아와 양친을 보살피시는 것입니다. 기러기를 따라 답장을 부치니, 두루 생각하고 살펴주시기 바랍니다.

외지에 있는 아우가 형에게 올리는 편지 제재외상형서弟在外上兄書

형정荊庭[7]을 멀리 떠나 밝은 가르침을 듣지 못하였습니다. 계절이 바뀌어 날씨도 다시 바뀌었습니다. 편지가 이르러 형께서 강녕康寧하다는 것을 알고 멀리서 위로가 됩니다. 저는 여기저기 분주히 돌아다녀 몸과 마음이 따로 있습니다. 해마다 집안 잔치에서 술잔을 받들어[치巵는 술잔이며, 두豆는 나무 소반이다.] 형의 장수를 축원할 수 없으니, 아우의 죄는 구연九淵만큼 깊고 구정九鼎만큼 무겁습니다. 양친이 집에 계시니 아침저녁의 맛있는 음식은 오직 형께서 준비하고 계십니다. 색동옷 입고 춤추어[8] 부모님을 기쁘게 해드리면, 부모님께서 속으로 매우 즐거워하실 것입니다. 제가 두 분 모시는 걱정을 하지 않게 해 주시니, 형에게 고마운 마음 끝이 없습니다.

---

7 형정(荊庭): 형제들이 함께 어울려 살던 집을 말한다. 옛날에 전진(田眞) 삼형제가 분가(分家)하려고 재산을 나눈 뒤에 정원의 자형(紫荊) 나무 한 그루까지도 세 등분하여 가지려 하였다. 그 이튿날 자형 나무가 도끼를 대기도 전에 말라 죽어 있자, 형제들이 크게 뉘우치고 분가하기로 한 결정을 철회하니 자형 나무가 다시 살아났다고 한다. 《續齊諧記》

8 색동옷 입고 춤추어: 원문은 '무채승환(舞彩承歡)'이다. 춘추시대 초나라의 은사(隱士)인 노래자(老萊子)가 칠십의 나이에도 부모님을 기쁘게 해드리기 위하여 색동옷을 입고 재롱을 떨었다고 한다. 《小學 稽古》

집에 있는 형이 동생에게 답하는 편지 형재가답제서兄在家答弟書

현재賢弟의 편지를 받고선 객향客鄕에서 편안히 지냄을 알고 매우 위로되었습니다. 노모老母께서 집 안에 계시니, 이는 자식으로 유념해야 될 것입니다. 현제賢弟는 부모님의 마음을 알 것이니 아침저녁으로 보중保重하십시오. 혹 여가가 있거든 바로 돌아올 것을 계획하고 노친老親을 즐겁게 모시기를 지극히 바랍니다. 아우의 처는 무탈하고 집안 모두 평안합니다. 이것을 아울러 알립니다.

안부 편지류 통후류通候類

친구의 안부를 물을 경우 후우候友

헤어진 지 또 일 년이 되었습니다. 여러 번의 편지로 족하의 기거起居가 무탈한 것을 알고 매우 기뻤습니다. 유독 형이 그립습니다. 북당北堂에 계신 모친께서 드실 맛난 음식인 모용의 닭[1]은 튼실한지요? 높은 누각에서의 풍월은 진녀秦女의 통소[2]처럼 소리가 맑은지요? 창 아래에서 책을 읽는 것은 초종超宗의 봉모鳳毛[3]처럼 뛰어난지요? 이는 모두 제가 간절히 바라는 것이

---

1 모용(茅容)의 닭: 곽태가 모용의 집에 유숙한 다음 날 아침에 모용이 닭을 잡자, 곽태는 자신을 대접하기 위한 것인 줄 알았다. 이윽고 모용이 그것을 모친에게 올린 뒤에 자신은 객과 함께 허술하게 식사를 하였다. 이에 곽태가 일어나서 절하며 "경은 훌륭하다."라고 칭찬하고는 그에게 학문을 권하여 마침내 덕을 이루게 했다. 《後漢書 郭泰列傳》

2 진녀(秦女)의 통소: 진(秦)나라 목공(穆公)의 딸 농옥(弄玉)이 음악을 좋아하여, 통소를 잘 부는 소사(蕭史)에게 시집을 가서 소사에게 통소를 배웠다. 두 사람이 함께 통소를 불자 봉황(鳳凰)이 내려오므로, 마침내 함께 봉황을 타고 신선이 되어 갔다고 한다. 《列仙傳》

3 초종(超宗)의 봉모(鳳毛): 초종은 사초종(謝超宗)을 가리키는데, 그는 중국 남북조시대 송(宋)나라 사람으로, 저명한 문사인 사령운(謝靈運)의 손자이다. 봉모(鳳毛)는 문사의 후손들이 글재주가 있어 부친이나 조상에 못지않다는 의미이다. 신안왕의 어머니 은숙의 (殷淑儀)가 세상을 떠났을 때 초종은 그녀의 생전의 덕행을 칭송하는 뇌사(誄詞)를 지어 올렸다. 이 글을 본 효무제가 탄복하며 사장(謝莊)에게 말하길, "초종에게는 특별히 봉모가 있으니, 사령운이 다시 나타났구나.[王母殷淑儀卒 超宗作誄奏之 帝大嗟賞 謂謝莊曰 超

니, 족하께서 자세히 펼쳐주시어 멀리 있는 사람의 마음을 위로해 주시기 바랍니다.

답장

형을 생각하니 사람은 멀리 있어도 마음은 가깝습니다. 편지[4]가 편리하다고 해도 저는 세속의 잡다한 일에 얽매여 쓰지 못했습니다. 그래도 게으른 혜강 嵇康이 쓴 편지는 아닙니다.[5] 도리어 족하께서 편지[6]로 천 리 먼 곳에서 문장[7]을 보내주셨으니, 형을 마주한 듯 황홀합니다. 언제 북쪽으로 올라오시는 길에 혹 제가 사는 마을을 지나게 되면, 들리실 수 있는지 모르겠습니다. 삼가 소식을 금옥金玉처럼 아끼다가 계서약雞黍約[8]을 헛되게 하지 마시기 바랍니다.

宗殊有鳳毛 靈運復出]”라고 하였다. 《南史 謝招宗傳》

4　편지: 원문은 ‘인홍(鱗鴻)’이다. 편지의 별칭으로, ‘어안(魚雁)’이라고도 한다. 옛날에 어떤 사람이 먼 곳에 두 마리의 잉어를 보냈는데 그 뱃속에서 흰 비단에 쓴 편지가 나왔다는 고사(故事)와 한(漢)나라 때 소무(蘇武)가 흉노(匈奴)의 땅에서 비단에 쓴 편지를 기러기의 발에 매어 무제(武帝)에게 보냈다는 고사에서 유래한 말이다. 《漢書 蘇武傳》

5　게으른……아닙니다: 혜강처럼 게을러서 편지를 보내지 않은 것이 아니라는 의미이다. 혜강은 중국 삼국시대 위(魏)나라 사람이다. 혜강의 친구인 산도(山濤)가 일찍이 자기의 관직을 대신하도록 혜강을 천거하였다. 그런데 혜강은 성질이 거칠고 게을러서 보름 혹은 한 달씩이나 머리와 얼굴을 씻지도 않고, 아주 늦게 일어나곤 하였으며, 몸에는 이가 항상 득실거렸다. 이처럼 방종한 생활을 이미 오랫동안 하여 예법에 관한 일을 다스리기에 적합하지 않았다고 한다. 《晉書 嵇康傳》

6　편지: 원문은 ‘쌍리(雙鯉)’로, 편지의 별칭이다.

7　문장: 원문은 ‘묵경(墨卿)’으로, 묵(墨)을 의인화(擬人化)하여 부르는 말이다. 여기서는 먹을 갈아서 종이에 쓴 편지를 가리킨다.

8　계서약(雞黍約): 닭 잡고 기장밥 지어 대접한다는 약속으로, 친구 사이에 우의(友誼)가 깊어 만나기로 한 약속을 지킨다는 말이다. 동한(東漢)시대 때 범식(范式)이 태학에서 유학을 마치고 고향으로 돌아가게 되자, 그의 각별한 친구 장소(張劭)와 이별하게 되었다. 이에 범식이 장소에게 말하길, “2년 뒤에 그대의 집을 방문하여 그대의 존친(尊親)을 뵙겠다.”라고 하고서 함께 그 날짜를 정하였다. 그 날짜가 되자 장소가 어머니에게 음식을 장만해 달라 부탁하고 기다렸는데, 과연 범식이 천리 길을 마다하지 않고 찾아왔다. 《後漢書 獨行列傳 范式》

방문 편지류 실후류失候類

부재중이어서 친구의 방문을 놓친 것을 사과할 경우 실후사우失候謝友

아름다운 손님께서 방문하셨는데, 부질없이 범조凡鳥만 쓰고 가셨습니다.[1] 멀리까지 수레를 타고 오셨는데, 매우 미안한 마음입니다. 날을 정하여 모시려 하니 다시 방문해주시면 빗자루를 잡고 기다리겠습니다.

답장

한 번 당신을 만나 뵙기를 갈망했는데, 하늘이 인연을 이어주지 않았습니다. 쌓인 소회를 토해내지 못하여 정말로 아쉽게 되고 말았습니다. 마침 편지을 보니 완연히 얼굴을 마주하는 듯합니다. 다시 방문하고자 하오니 기다려주시기 바랍니다.

1　범조(凡鳥)만 쓰고 가셨습니다: 원문은 '제봉(題鳳)'이다. 상대방이 자신의 집을 방문했을 때, 마침 집에 없어 만나지 못했다는 의미이다. 여기서 '범조(凡鳥)'란 상대방에 대해 자신을 겸손하게 일컬은 말이다. 진(晉)나라 여안(呂安)이 천리 길을 달려 혜강(嵇康)의 집을 찾아갔다가, 혜강이 마침 외출하여 만나지 못하고 그의 형인 혜희(嵇喜)의 영접을 받았다. 여안이 문 안에 들어서지도 않고 문 위에다 '봉(鳳)'이라는 글자를 써 놓고 그냥 갔는데, 나중에 혜강이 이를 보고 궁금해하는 형에게 "봉은 범조(凡鳥)이다."라고 설명해주었다. 《世說新語 簡傲》

다른 사람의 집을 방문했을 때 후대厚待에 감사할 경우 조부도요造府叨擾

지난번 당신 집에서 많은 폐를 끼쳤습니다. 제가 듬뿍 받은 은덕恩德은 끝이 없습니다. 저녁에 취하여 돌아가는데, 달이 해당화海棠花에 걸려있던 것이 생각납니다. 저는 언제 미나리 하나라도 올려[2] 족하의 은혜에 보답할 수 있겠습니까? 삼가 이것으로 거듭 감사드립니다.

답장

자그마한 오두막에 덕성德星을 한 번 비추어주시니 큰 영광이었습니다. 부끄럽게도 넉넉히 대접할 것은 없어, 그저 술 한 잔과 나물 한 접시를 대접했을 뿐입니다. 어찌 감히 감사하다는 말을 받겠습니까? 삼가 이것으로 답장을 드립니다.

---

2 미나리 하나라도 올려: 시골 사람이 혼자만 미나리 맛을 즐길 수 없어서 윗사람에게 바쳤다가 핀잔을 받고 부끄러워했다는 이야기가 있다. 《列子 楊朱》

추억과 이별의 편지류 억별류憶別類

친구를 그리워하며 억우憶友

홀로 작은 누각에 앉아 지는 해를 바라봅니다. 차가운 까마귀들 모여 있고, 바람결에 나뭇잎들 쓸쓸하며, 텅 빈 계단엔 갈바람 소리 우수수하니, 나그네 신세 처량합니다. 옛 친구를 돌아보니 푸른 하늘가의 구름과도 같습니다. 꿈에서 비록 부지런히 만나지만 떨쳐 날아갈 날개가 없습니다. 이 시기 이즈음에 상심傷心하는 마음 끝이 없습니다.

친구를 전별하며 전우餞友

족하께서 급한 일정으로[길 떠나는 일정이 급박한 것이다.] 가까운 시일에 출발한다고 들었습니다. 평소 잘 알던 사이였는데, 하루아침에 이별하니 제 마음이 무덤덤할 수 있겠습니까? 내일 가볍게 만나서 먼 길 떠나는 그대를 전송할 것인데, 씩씩한 행색行色을 기대하며 기다리겠습니다.

답장

모여서 서로 마주 보게 되면 그리운 마음에 이별하기 어려우니, 부득이 급하게 출발하려했습니다. 마침 편지를 받아보니 그대는 작별 인사를 하면서 회포를 풀고자 하였습니다. 저를 총애하여 불러주시니 어찌 감히 따르지 않겠습니까.

문장을 논하는 편지류 서론류叙論類

친구와 문장을 논할 경우 여우논문與友論文

사람이 세상에 태어나 책을 읽지 않으면 근본이 서지 않고, 벗을 사귀지 않으면 보고 듣는 것이 넓지 않습니다. 부자와 사귈 때는 돈을 빌려달라고 해서는 안 되고, 귀인貴人을 사귈 때는 그의 서찰을 구해서는 안 됩니다. 저에게는 이미 구할 것이 없지만 선비로서의 기개는 씩씩하니, 미쳐 날뛰는 교만함이 생겨날 수 없습니다. 자신의 덕을 완성해야 다른 사람의 덕을 완성시킬 수 있는 것입니다.[1]

---

1 자신의……것입니다: 자기의 덕을 완성하고 그 덕으로 남을 교화시키는 것을 말한다. 《中庸章句 25章》

찬양하는 편지류 <small>찬양류贊揚類</small>

좋은 문장을 지은 선비를 찬미할 경우 <small>찬미문사贊美文士</small>

족하께서는 마음속에 만상萬象을 품고 붓으로는 천군千軍을 쓸어버리셨습니다. 가까운 시일에 높은 지위에 오르고 금방金榜[1]에 오를 것입니다. 우리 무리를 빛내주시니, 저희들은 나막신 굽이 부러져도[2] 아까울 것이 없습니다. 바라고 바랍니다.

답장

형의 재능은 팔두八斗[3]를 기울이고 글씨는 오화五花를 토해낼 정도입니다.

---

1 금방(金榜): 과거 합격자를 발표하는 게시판을 가리킨다.

2 나막신 굽이 부러져도: 매우 기뻐하는 모습을 표현한 말이다. 동진(東晉)의 사안(謝安)이 바둑을 두고 있을 때, 그의 조카 사현(謝玄)이 부견(苻堅)의 군대를 격파했다는 보고서를 접하고는 아무 내색도 하지 않고 그대로 바둑을 둔 뒤에 내실로 돌아와서 문지방을 넘다가 너무 기쁜 나머지 "나막신 굽이 부러지는 것도 몰랐다.[不覺屐齒之折]"라고 하였다. 《晉書 謝安列傳》

3 팔두(八斗): 재능이 많은 것을 의미한다. 중국 삼국시대 위(魏)나라 때, 조조(曹操)의 아들 조식이 재주가 많아 후세 사람들이 천하의 재주가 모두 1석(一石) 10두(斗)인데, 조식이 혼자서 8두(八斗)를 차지했다고 하였다.

긴 바람을 타고 만 리 파도를 부숴버릴 것이니,[4] 저 같은 사람과 어찌 비교하겠습니까? 형께서는 임금님께 인정받을 것이니, 그렇지 못한 저는 부끄럽습니다.

<hr />

4 긴 바람을……것이니: 원대한 뜻과 헌걸찬 기백을 표현하는 말이다. 남조(南朝) 송(宋)나라의 좌위장군(左衛將軍) 종각(宗愨)이 소년 시절에 자신의 뜻을 이야기하면서 "장풍을 타고 만 리의 파도를 깨부수고 싶다.[願乘長風破萬里浪]"라고 하였다. 《宋書 宗愨列傳》

부러워하는 편지류 선모류羨慕類

정원과 정자의 즐거움을 부러워하는 편지 선인원정지락羨人園亭之樂

명원名園이 맑고 넓어 세 오솔길[1] 그윽하고 깊을 것인데, 이런 때에 모화某花가 만발하리라 생각됩니다. 형께서 그 가운데서 자유롭게 거닐면서 구애받지 않으실 것이니, 신선들이 사는 곳에 몸을 둔 듯 황홀할 것입니다. 아침저녁으로 달려가 모시면서 술잔을 기울이고 시를 읊조릴 것입니다. 이렇게 한다면 세속 사람들이 우리를 마치 구름 속에서 학을 타고 생황을 연주하며 허공을 훨훨 나는 신선으로 여길 것이니, 그 유쾌함이 어떻겠습니까?

1 　세 오솔길: 시골로 돌아가서 전원생활을 즐기는 것을 말한다. 한(漢)나라 때 장후(蔣詡)가 향리로 돌아가서 모든 교분을 끊은 채 정원에다 오솔길 세 개[三徑]를 만들어 놓은 뒤에 오직 양중(羊仲)과 구중(求仲) 두 사람과 어울려 노닐었다고 한다. 《三輔決錄 逃名》

만드는 것에 관한 편지류 창조류創造類

목수를 추천하며 천공사薦工師

어제 한 재인梓人을 만나, 참으로 〈유씨지전柳氏之傳〉[1]에 대해 들었습니다. 당신 집안에 멋진 건물을 짓는 것은 이 사람이 아니면 감당할 수 없습니다. 그에게 일을 시켜 먹줄[2]을 잡아당기게 한다면, 반드시 반수班倕[3]의 솜씨를 발휘할 것입니다.

답장

띠를 잘라서 그럭저럭 바람과 비를 피하고자 합니다. 무지개 들보와 구름 용마루가 부족한 것도 부끄러운데, 감히 달 도끼와 바람 자귀[4]를 사용하겠습니까? 목수를 천거해주셨으니 삼가 명命처럼 하겠습니다.

---

1 유씨지전(柳氏之傳): 유종원(柳宗元)의 〈재인전(梓人傳)〉을 말한다. 대장장이와 재상의 자질을 이야기 하였다.

2 먹줄: 목수가 나무를 바르게 자를 때 사용하는 도구로, 먹통에 딸린 실줄을 가리킨다.

3 반수(班倕): 춘추시대 유명한 장인(匠人)인 공수반(公輸班)과 요(堯) 임금 때의 뛰어난 장인인 수(倕)를 합쳐 일컫은 말이다.

4 달 도끼와 바람 자귀: 달 도끼는 중국 신화에 나오는 달을 다듬는 도끼이며, 바람 자귀는 초(楚)나라 장석(匠石)이 상대방의 코끝에다 하얀 흙을 얇게 바르고 자귀를 바람 소리가 나게 휘둘러 흙만 떼어 내고 상대방은 다치지 않게 했다는 이야기에서 나온 말이다. 《酉陽雜俎 天咫》《莊子 徐无鬼》

답장하는 편지 구절 모음 재답류裁答類

어휘語彙

멀리서 기억해주시는 편지를 받고, 등불을 켜고 읽어보았습니다. 지붕의 달을 우러러보니 당신의 얼굴을 보는 듯합니다.

물과 산이 아득히 넘어가듯 끝없이 그립습니다. 홀연 전해온 편지를 보니 하늘에서 구름을 헤치고 해를 보는 듯 황홀합니다.

편지를 주어 은근하게 불러주셨습니다. 다만 무더위에 멀리 걸어가는 것이 마음에 걸려, 맑은 가을을 기다릴 수밖에 없습니다.

좋은 부채를 주셨으니 완연히 당신을 마주한 것 같습니다. 쌓인 회포가 만곡萬斛과 같은데, 언제쯤이나 기울여 쏟아낼 수 있겠는지요?

손수 써주신 편지를 받들어 읽고 있습니다. 글자마다 형의 마음에서 나온 것이니 저는 마음속에 꼭꼭 담아두어 종신토록 새기고자 합니다.

가을철의 생각은 사람의 마음을 움직이고, 시절은 고향 꿈을 휘감습니다. 북쪽에서 온 편지는 남금南金[1]처럼 기쁘게 합니다.

보내온 가르침을 받으니 마음과 문장이 빛나며 서로 마음을 알게 되었습니다. 완연히 촛불을 돋우며 마음속 이야기를 하고, 자리를 깔고 옛이야기를 나누는 듯² 합니다.

간식유편[끝]

---

1 남금(南金): '남금동전(南金東箭)'의 준말로, 귀한 물건을 가리킨다. 예전에 남쪽 지방의 금석(金石)과 동쪽 지방의 죽전(竹箭)을 귀중한 물건으로 생각하였다.

2 자리를……듯: 원문은 '반형(班荊)'이다. 옛 친구를 만난 기쁨을 표현할 때 쓰는 말이다. 춘추시대 초(楚)나라 오거(伍擧)가 채(蔡)나라 성자(聲子)와 세교(世交)를 맺고 있었는데, 두 사람이 우연히 정(鄭)나라 교외에서 만나 형초(荊草)를 자리에 깔고 앉아서[班荊] 옛날이야기를 주고받았다는 고사에서 유래한 것이다. 《春秋左傳 襄公26年》

간식유편 원문

簡式類編序

人不能常會, 而必有離違之時, 言不能常接, 而必有問聞之節. 方寸相照, 不出數語之間, 山河不隔, 卽在一紙之上, 則儘乎書尺之有補於世教, 而興儦之賤, 娘孺之微, 亦不可一日無者也. 我東方文獻無徵, 浮華漸熾, 流而爲請托, 媚而爲苞苴. 胡康侯之貧字不書, 包閭羅之關節不到, 闋焉無稱, 則宜李君之慨然發歎, 迺有此『簡式類編』之謀, 其剞劂廣其傳布也.

李君名寅錫字天賚, 混跡城市, 游意詞翰, 訪余於寂寞之濱, 而袖示一小帙曰: "是書也, 錢虞山之所編次, 而採撮皇明諸大家尺牘中要語, 兼錄朱文公弔狀式例, 『家禮』中所載, 彙而分之, 類以聚之, 甚酌百家, 纖悉該秉. 而第於東俗, 或略相有逕庭處, 故間補以我朝金冲菴淨『東人例式』, 入於梓榟以壽其傳, 而可能免大方之笑也乎."

余應之曰: "志可謂勤矣, 功可謂博矣. 聲聞或曠, 而一幅赫蹏, 遙替千里之顏面, 談讌或阻, 而咫尺賤素, 洞澈兩人之肝膽, 而矧茲起居之問訊, 弔慶之贈賀, 莫不以先正先賢爲其師法. 擡眼而得之, 開卷而瞭然, 瞻於酬酢, 中於程式, 則其視文人墨客之喉呀於雪月之景, 喁啾於水石之勝, 自詡以藝苑之高手, 而終無補於一分世教者, 果何如耶.

此書之旨, 遍於一世, 而乞米之帖, 光範之書, 亦皆嫺雅瞻敏, 祛文循實, 一洗陋野之習, 傳作几案之誦, 則雖謂之賢於十部從事, 可也. 然而程夫子有言曰: '應事而接物, 寫情而達意, 惟書牘爲然, 此於儒者事最近.' 凡於作字時, 必以敬爲主, 則丹書之敬勝怠, 亦豈非『簡式類編』之三字符乎. 子其以是勗于同志, 繼此而更有著述可乎."

李君起而拜曰: "予雖不敏, 敢不蚤夜以思從祝規." 遂撮其問答一通, 書以歸之.

時, 屠維恊洽, 孟夏下浣, 通政大夫兵曺叅議, 晉山後人, 柳綏書.

『簡式類編』虞山牧齋錢謙益編次

稱呼類

君臣

楓震[或楓陛 天子之階 ○諸侯稱殿下]

椒房[后號]

青宮[太子居東宮 ○諸侯世子同 又稱邸下]

後宮[或稱後苑妃嬪]

天潢之派[宗室]

聖旨[帝言]

懿旨[后言]

甌卜[卜相]

縉紳[在朝之臣]

朱幡皂蓋[太守前列朱幡 後張皂蓋 御車五馬]

藩垣屏翰[稱方伯 藩垣猶墻垣 屏翰猶翼護]

老爺[或閣下 稱宰相]

父子

嚴君[或家嚴 家父 家君 家親 慈親 老母 己之父母]

椿府[或靈椿 尊老爺 萱堂 大夫人 人之父母]

椿萱挺秀[頌嚴慈之永齡]

椿庭畫永[父壽]

具慶[父母俱存]

嚴侍下[母沒父存 爲嚴侍下]

慈侍下[父沒母存 爲慈侍下]

菽水承歡[貧士養親]

紫誥封[親榮贈]

拜家慶[子遠歸]

失怙[父亡]

悲屺[母沒]

訓鯉[父教]

和熊[母教]

迷豚[或豚兒 迷兒 女息 己之子女 ○生子曰添丁]

國器[或賢胤 令胤 令愛 人之子女 ○長子稱主器]

弄璋之慶[或夢熊之慶 慶福之仍 人之生子用 生女則稱弄瓦之喜]

桂萼秋香[子秀]

跨竈[子過父]

撞破煙樓[極言跨竈之甚]

紹箕裘[承父業]

螟蛉[養子]

祖孫

大父[大母 己之祖父母]

尊王大爺[王大夫人 人之祖父母]

令外王父[外王母 人之外祖父母 ○己去令字]

世兒[或鄙孫 迷孫 迷孫女 己之孫 ○外孫稱鄙外孫]

賢仍[或令仍 人之孫 ○外孫宅相 令外孫女]

重慶[父母祖父母俱存 爲重慶]

象賢之孫[象祖父之賢]

兄弟

舍伯[或家兄 舍弟 己之兄弟]

伯氏[或令伯 仲氏 季氏 ○合稱 兩難 聯璧 二方 二鶴 從兄弟稱從氏]

玉昆金友[昆 長也 友 次也 言兄弟賢德 貴重如金玉]

夫婦

藁砧[婦稱夫曰 藁砧]

荊布[或荊妻 室人 細君 己之妻]

賢閤[或內相 內助 人之妻]

續絃[後娶]

同心[妻子好合]

反目[夫婦不和]

賤率[或賤畜 己之妾]

偏室[或副室 別室 側室 人之妾]

蘭香叶夢[羨偏室之生兒]

納盛寵[娶妾]

叔姪

伯父[或仲父 季父 亞父 伯母 叔母 己之伯叔父母]

大阮[尊伯母叔母 人之伯叔父母]

堂叔[父之從兄弟]

姑母[父之姉妹]

內舅[或母舅 渭陽 母之兄弟]

姨母[母之姉妹]

猶子[姪稱]

姪子[或兄子 姪兒 某姪 己之姪]

阿咸[或賢咸 小阮 人之侄]

翁婿

聘君[或外舅 岳父 丈人 外姑 岳母 己之妻父母]

氷淸[或泰山 令岳 令岳母 人之妻父母]

東床[或舘甥 己之婿]

玉潤[或令婿 人之婿]

嬌客[新婿]

師生

絳帳[或設帳 振鐸 西席 函丈 師長之稱]

負笈[或立雪 門人 從師之稱]

朋友

父執[父之朋友]

忘年友[孔融五十 禰衡二十 爲忘年之友]

平生懽[久交也]

半面識[謂稠人之中 略識半面 暫交也]

春樹暮雲之思[懷朋友用]

老幼

桑楡暮景[自稱老]

洛社耆英[稱人老]

矍鑠[老健]

髳虬[人幼]
寧馨[少俊]

奴婢

迷奴[或一力 己之奴 ○婢稱赤脚]
貴星[或貴价 人之奴 ○婢稱女使]

封緘類 [增補 ○本國冲庵金公淨 尺牘例式]

例式

某前[大監 台監 令監之類 各隨其品書之 曾經幕下則稱使道 一家再從兄
以上 皆用主字]
謹再拜 上白是[或去謹再拜三字 雖答不用答字]
上書[以上竝極尊用之]
上候書[答則上謝書 尊敬用]
謹拜上狀[答則上謝狀]
上懇狀[懇乃請乞 或賀 或候 或邀 或慰 或謝 竝隨事書之]
某[1]姓官 記室 侍史[或侍右 侍下史]
旅榻[或旅軒 旅下 史客 軒寓 下史 寓軒 寓所 下處 舍所 旅史]
服次[或服案 服前 座前 服人用]
行軒[或行次 作行用]
哀次[或廬下 廬次 哀前 初喪則苫前 喪人用]

---

1 某: 원본에는 '或某'로 되어있다. 문맥에 따라 바로잡는다.

狀上[服人用]

疏上[喪人用]

奉狀[卑幼用]

寄某書[子姪用]

尊侍[侍尊之之辭]

洞丈 洞侍[或洞兄]

情侍[或情契]

戚侍 雅契[少友]

某宅 書題所[或錄事廳 大臣 及一品宗班用]開拆

中房所[或 閣下 重臣用]

執事[或侍人 下人所 宰列用]

宣政節下[或棠軒 蓮幕 牙軒 監司用]

大營[或閫威 節下 牙門 行閣 籌軒 細柳 兵使用]

水寨[或檣牙 水使用]

統營節下[統制使用]

蓮幕[或亞營 各道都事用]

政閣[或琴軒 鈴閣 仁閣 鈴軒 黃堂 東閣 郡齋 政軒 守令用]

鎭下[或戎軒 鎭軒 鎭衙 邊將用]

副衙[虞候用]

郵軒[或郵下史 察訪用]

牧軒[或牧衙 監牧官用]

佐幕[或佐史 軍官用]

文右[或厂下 書帷 士人用]

某居某姓官 上白是[或上書 上候書 上狀 隨尊卑書之]

肅[或敬 或式 上緘用]

謹封[卑幼則完封 下縅用]

具名類 [間補例式]

尊長用

侍教生[或侍生 小生 晩生 戚下 門生 門下 恤下 小人]
子[或猶子 姪 舍弟 婿 孫]
具名 拜手[或白是]

尊敬用

小弟[或記下 戚下 僚末 洞末]
具名 頓首

平交用

弟[或年弟 戚弟 宗弟 僚記 戚記 世弟 僚弟 洞記生]
具名 頓[或拜]

卑幼用

大父[或父 伯父 仲父 季父 堂叔 內舅 外舅 舍兄]
俺[或吾 〇子姪外 書字或號]

間潤類

尊長用

拜別親顔, 焂爾彌旬.[或久違膝下 久離親側]

不獲侍教, 已至多日.[師長則阻拜函丈 焂爾逾時 官長則睽違旄棨 蓂莢幾更]

不瞻光霽, 荏苒三秋.[師長則拜違文席 幾易葛裘 官長則拜違台誨 幾越寒暑]

平交用

拜違一日, 如隔三秋.[或冬寒別面 荏苒春暄 別來未幾 奉違未久 睽違未幾 數日不面 累日阻見 拜違旬日 一別頓爾 南北違教 數月音問雖踈 精神密邇也 尺地隔月阻面]

久別問踈, 歲月屢移,[或違教左右 歲曆幾新 春別忽已夏矣 鴻羽多踈 殊深遠思 雲山之感 何日無之]

音信[或音塵 音耗 佳音 音容 問聞 消息] 久阻[或積阻 隔阻 隔絕 阻斷 阻絕 頓絕]

瞻仰類 [接間潤用]

尊長用

此心瞻望, 朝夕神馳.[或瞻望白雲 心神俱徃 夢寐間 常若侍立庭墀 趨陪几杖]

仰德之劇, 與日俱深.[師長則山斗之仰 徒抱寸懷 官長則徒切心馳 敢忘陶鑄]

尊敬用

晨夕瞻仰, 渴想殊甚. [或曷勝仰慕 曷勝瞻慕]

平交用

望風懷想, 能不依依. [或懷想之思 以日爲歲 中心藏之 何日忘之 思渴之懷 言不能喩]

戀仰[或戀思 戀慕 戀溯 懸仰 瞻仰 瞻悵] 良深[或良多 無已]

客中用

塞鴈江魚, 徒增感嘆. [或白雲悠悠 常在心目]

未會用

慕韓久矣, 無由叅侍. [或景仰已久 無計趍拜]

卽日類 [接瞻仰用]

通用

卽日[或卽者 卽今 日來 比日 比來 刻下 辰下 維時 維辰 此際]

時令類 [接卽日用]

正月用

鳳曆頒春, 兕觥獻壽. [元旦]

堤柳垂絲, 寒威漸減, 暄冷不常.[或宇宙皆春]
新正[或新元]

二月用

春風布暖, 和氣藹然.[或春風初洽 化日舒榮]
陽和[或載陽]

三月用

園蝶尋春, 林鶯喚友.[或飛花遶樹 黃鳥嗁春]
和煦[或陽煦]

四月用

柳絮沾衣, 荷錢貼水.[或麥雨初晴 柳風乍暖]
炎令[或初炎]

五月用

節屆天中, 時逢地臘.[或薰風解慍 甘雨蘇苗]
仲夏毒熱
旱炎[或亢旱 盛炎]
潦炎[或霖炎]

六月用

火雲若蓋, 如坐甑中.
酷暑[或庚炎 亢陽 旱炎 霖炎 霖雨 支離]

七月用

節屆流炎, 時當食瓜.[或淸商激暑　素節揚秋　蟬聲吸露　蚤韻驚秋　梧桐隤雨　蟋蟀吟秋]

老炎[或秋炎　餘暑　殘炎　秋霖　秋雨]

八月用

金商應節, 白露迎秋.[或凉月半窓　秋聲滿樹　黃花正吐　紫蟹初肥]

時當剝棗[或仲秋漸凉　秋氣蕭索　凉思初迴　一葉翻秋]

凉天[或淸秋]

九月用

天時搖落, 節屆授衣.[或黃花白釀　兀坐東籬]

抄秋漸寒[或天氣差凉　授衣及候　重陽則稱　重陽佳節]

深秋[或高秋]

十月用

律應小陽, 籬菊猶芳.

冬候凝寒[或寒威漸緊　日氣正寒]

暴寒[或猝寒　初寒　寒令　寒天]

十一月用

寒律已深, 初陽乍動.[或一陽來復　霜風凜冽　飛雪滿空　千山盡白　琯動浮灰　針添弱線]

雪寒[或嚴寒　寒沍　猛寒　嚴沍　雪天　寒酷　嚴冬雪寒]

十二月用

季冬極寒, 瑞雪告豐.[或歲律行盡 寒威轉拙 臘應嘉平 月臨大呂 四序云周 二陽滋長]

雪封松竹[或歲律已暮 窮陰日迫]

臘寒[或窮冬 酷寒 窮沍]

伏惟類 [接時令用]

尊長用

伏惟[或恭惟]

伏問[或謹伏問]

伏未審[答仍伏審]

平交用

敬惟[或仰惟]

謹問

未審[答仍審]

卑幼用

諒惟[或想惟 計惟 緬惟]

爲問

未知[或未諦 未諳 答則得知]

起居類 [接伏惟用]

尊長用 [高官大爵人同]

氣體候[官長政體候 各道方伯 閫帥 都事 守令 邊將同 喪人則哀氣力]

安寧[喪人則支安]

若何[接伏問 或伏未審 用之]

尊敬用

氣候[或體候 體履 貴體 仕宦 政體 喪人哀候] 萬安[或萬相 有相 益相 萬
珍 萬重 喪人則支安]

何如[接伏問 或伏未審 用之]

平交用

起居[或氣味 尊候 雅候 靜履 閑候 啓居 況味 啓處 雅度 動靜 尊況 靜況
閑況 渾室則合候 侍下則侍候 侍履 侍況 侍彩 侍奉 工夫則做候 做況 學
況 幕下則幕候 佐履 佐況 仕宦則仕履 仕況 官況 守令 政況 察訪 郵況
邊將 鎭候 鎭況 客中則旅況 客況 行況 病中則愆候 調候 愆況 服人則服
況 服履 喪人則哀況 孝履] 安勝[或淸勝 萬勝 安穩 珍勝 平勝 益勝 淸迪
平迪 喪人則如宜]

何似[或奚似 接謹問未審用之]

卑幼用

眠食[或動止] 安穩[或如前]

奚若[接爲問未知 用之]

欣喜類 [接起居用]

尊長用

伏喜區區, 無任下誠.[或伏不勝喜賀之至 接若何用之 則伏喜作伏慕]

尊敬用

伏喜不任區區.[接何如用之 則喜作慕 喪人則伏慰之至 並通用]

平交用

欣慰倍品[或欣慰無量 甚慰所望 欣慰不可言 何慰如之 接何似用之 則戀仰良深]

卑幼用

幸何如之[或爲喜不淺 爲慰實深 接奚若用之 則懸慮無已]

自叙類 [接欣喜用]

尊長用

某伏蒙[或伏荷 特荷 特蒙 猥蒙] 下念[或下賜 下恤] 僅保度日[或僅保無恙 僅支宿狀 僅保如昔 僅保形骸 僅保宿狀 僅保微分 僅保昔拙 姑免疾恙]他何伏達

尊敬用

某叨蒙垂念[或盛眷 盛念 厚賜] 姑保昔樣[侍下則侍下姑遣] 他何伏喩[或

此外何喩]

平交用

弟遙叨尊庇, 株守如常, 無足道者.[或生碌碌家居 不如意事 十常八九 豈
足爲知己者道也]

少禀類 [接自叙用]

尊長用

茲恃愛隆, 敢爲禀白.[或輒恃謙光 敢此禀懇]
悚達[或就達]

大官用

僭有禀懇, 冒瀆崇嚴.
惶恐伏達

尊敬用

仰恃素雅, 敢此禀瀆.
就白[或就悚 就告]

平交用

就煩 就中 就控

卑幼用

且煩

且中

入事類 [接自叙用]

通用

玆者某事云云[或適有某事云云 竝隨其事書之]

下敎某事[或下誨某事 竝尊處答狀用]

所敎[或所示 所懇 竝平交答狀用]

臨書類 [接入事用]

通用

臨書, 悚慄之至.[或臨書 無任瞻仰 尊長用]

臨穎, 曷勝懇禱.[尊敬用]

臨楮, 不勝眷戀.[或臨楮 曷勝依依 臨穎 悵然神馳 竝平交用]

保重類 [接臨書用]

尊長用

餘伏祝順時, 以膺福祉.[或餘伏祈若時愛護 餘伏祝氣體候益加安寧]

大官用

餘只伏祝爲國爲民自重[餘只伏冀順時嘉愛　以慰社稷士民之望]

尊敬用

餘仰冀隨候自珍[或餘只伏祈爲道自玉]

平交用

餘更冀順時珍攝, 以副鄙意.[或餘祈以道自重]

結尾類 [接保重用]

通用

不備[尊長及尊敬用]

不宣[平交用]

不一[或不一一　不旣　不悉　卑幼用]

祈亮類 [接用結尾]

通用

伏惟下鑑[尊長用]

伏惟下察[尊敬用]

伏惟下照[或兄照　兄下照　尊照　並平交用]

萬惟照亮[或原亮　亮察　惟高明亮之]

已上書語, 修書之時, 每一套取一句或二句, 有合己之事者, 相接續用之.
以至祈亮, 自然成書, 庶不致貽譏于大方矣. 今串成一式于後.

往書式

某年某月某日某生.[如侍生小生之類]

某姓名拜手.[具名]

不獲侍敎, 已至多日.[尊敬間 則不瞻光霽 已至多日 平交則累日阻見 如
隔三秋 ○間濶]

仰德之劇, 與日俱深.[尊敬則晨夕瞻仰 徒抱寸懷 平交則懷想之思 言不能
喻 ○瞻仰]

比來,[卽日] 寒威漸減, 宇宙皆春.[時令]

伏惟[或伏問 或伏未審 尊敬則恭惟 或伏問 或伏未審 平交則敬惟 或謹問
或未審 ○伏惟]

氣體候安寧.[接伏問或伏未審 用之 則若何 尊敬則氣候萬安 或何如 平交
則起居淸勝 或何似 ○起居]

伏喜區區, 無任下誠.[接若何用之 則伏慕區區 無任下誠 尊敬則伏喜不任
區區 接氣候何如 用之 則喜作慕 平交則欣慰倍品 接起居何似 用之 則戀
仰良深 ○欣喜]

某伏蒙下念, 僅保形骸, 他何伏達.[尊敬 則某叨蒙厚賜 姑保昔樣 此外何
喻 平交則生碌碌家居 不如意事 十常八九 豈足爲知己者道也 ○自叙]

悚達, 玆恃愛隆, 敢此稟懇.[尊敬則就悚仰恃素雅 敢此稟瀆 平交則就中
○少稟]

適有某事云云[入事]

臨書, 悚慄之至.[尊敬則臨穎曷勝懇禱 平交則臨穎悵然神馳 ○臨書]

餘伏祝氣體候, 益加安寧.[尊敬則餘只伏祈 爲道自玉² 平交則餘更冀順時

珍攝以副鄙意 ○保重 ○非遠書則 或去此一套 無妨]

不備.[尊敬同 平交則不宣 ○結尾]

伏惟下鑑.[尊敬則伏惟下察 平交則伏惟下照 ○祈亮]

答書式

間濶·瞻仰,[接間濶用] 兩套竝見上.

辱承[接瞻仰用]

通用

千萬料外[或夢寐之外 計外]

得伏承[尊敬則謹承 敬承 謹擎 平交則得承 卽承 忽承 獲承 慌承 卽接 卽

拜 得拜 獲拜 獲奉 連承 續承 荐承 卑幼則得見 卽見 獲見]

下書[或下問書 尊敬則下札 下翰 巍札 平交則華翰 惠翰 手翰 情翰 辱札

琭札 尊札 情札 惠札 委札 問札 手札 崐札 喪人則哀札 哀書 卑幼則手字

子姪 汝書 汝筆]

審知[接辱承用]

通用

仍伏審[尊長用]

---

2   玉: 원본에는 '王' 자로 되어있다. 문맥에 따라 바로잡는다.

謹審[或仰審 恭審 敬審 備審 候審 尊敬用]

欣審[或欽審 從審 仍審 具審 憑審 就審 卽審 始審 得審 竝平交用]

仍知[或得知 仍諦 始知 卑幼用]

時令[接審知用]

起居[接時令用]

欣喜[接起居用]

自叙[接欣喜用]

入事[接自叙用]

五套竝見上.

因便[接入事用]

通用

今仍歸便[或去便 某行便]

伏修數字[或聊裁寸楮]

保重[接因便用]

結尾[接保重用]

祈亮[接結尾用]

三套竝見上.

串成答書式

不獲侍敎, 焂爾逾時.[尊敬同 平交則累日阻見 ○間濶]

此心瞻望, 徒切心馳.[尊敬則晨夕瞻仰 渴想殊甚 平交則望風懷想 ○瞻仰]

計外, 得伏承下書.[尊敬則計外謹承下札 平交則料外卽承華翰 ○辱承]

仍伏審[尊敬則敬審 平交則欣審 ○審知] 新元[時令]

氣體候安寧.[尊敬則體候萬安 平交則靜履淸勝 ○起居]

伏喜區區, 無任下誠.[尊敬則伏喜不任區區 平交則欣慰無量 ○欣喜]

某伏蒙下念, 僅得免恙, 他何伏達.[尊敬則某叨蒙垂念 姑保昔樣 他何伏喩 平交則弟幸荷尊庇 株守如常 無足道者 ○自叙]

下敎某事云云.[尊敬則下示某事云云 平交則所示某事云云 ○入事]

今因去便, 伏修數字.[尊敬同 平交則聊裁寸楮 ○因便]

餘只伏祝順時, 以膺福祉.[尊敬則餘仰冀隨候自珍 平交則餘祈以道自重 ○保重]

不備[尊敬同 平交則不宣 ○結尾]

伏惟下鑑[尊敬則伏惟下察 平交則伏惟兄下照 ○祈亮]

年月日.

具名[見上]

文字類

陳設 敬備 敬具 寅備 聊設 聊備薄具

枉臨 降臨[或賜降 寵臨 貴臨 侑臨 惠臨 來臨]

敬屈[或敬迓 奉邀 敢勞]

專人 走价 委伻 遣人 走僕

少伸 敬伸[或敬表 略表 敬呈 敬獻 仰呈 茲呈 略伸 聊伸 伏上 伏呈 敢呈

送似]

微儀 微禮 薄儀 薄物 歲儀 俗儀 賻儀

不受 返璧 謹完 返趙

領受 伏受 祇受 敬領 拜受 謹受 依受[或依領]

笑留 笑領 笑納 海納 照納 叱晉 哂收

幸甚 萬幸 至幸 至企 欣幸 至仰

勿却 不却 勿外 毋拒 見外 見拒 他却

荷蒙 如蒙 若蒙 得蒙 得荷 知荷 深荷

饋遺 下送 下惠 下貺 盛惠 盛饋 惠貺

愧恧 惶愧 慙恧 慙負 益增愧赧[或負愧多矣 豈勝汗顏]

囑望 至祝[或至禱 至懇 千萬留念 伏望 伏乞 伏願 尊長用 ○幸望 至望
幸須 更須 更望 望須 平交用]

悵惘 悵然 悵戀 悵仰 悵缺 惘然 耿耿

感仰 伏感 悚感 仰感 深感 爲感 良感

慰賀 伏慰 仰慰 爲慰 深慰 伏賀 仰賀

拜候 進謁[或進拜 趁拜 進候 竝尊長用]

晉叙[或躬進面叙 奉拜面討 竝平交用]

通用

黃卷[書之總名]

瓊琚玉佩[稱人文字之奇]

金薤琳琅[獎士文章之美]

涉獵[博覽]

吾伊[書聲]

執經[請敎]

潤筆[作文得錢]

舌耕[學問足食]

戴星[早行]

附驥[同行]

班荊[兩人塗遇]

噬臍[悔事不及]

絶倒[大笑]

閧堂[衆笑]

回祿[火神]

梁上君子[盜賊]

錐刀[求小利]

待沽[索善價]

好竽鼓瑟[事不投機]

作舍道傍[心無定意]

效尤[效人之過]

効顰[强効人行]

張本[預爲後地]

方命[不赴人召]

寒盟[背前約]

唐突西施[晉樂廣有盛名 人以周顗比廣 顗曰 若以我方廣 是猶無塩唐突西子也]

氷蘗[清苦]

悃愊[至誠]

不速[客自至]

嗟來[食不敬]

求道於盲, 借聽於聾.[自謙之辭]

軒輊[事有低昂]

頡頏[力相上下]

拮据[手口共作勞苦之甚]

鞅掌[手不安閑之貌]

班門弄斧[不知分量]

數奇[命乖]

奔波[勞碌]

吹毛求疵[索人過]

冷語冰人[柔論相嘲]

冶容誨淫[婦人妖冶之容 誨人以淫]

漫藏誨盜[收財不密爲漫藏 是誨人來盜也]

河東獅吼[東坡誚陳慥畏妻]

彙言類

喪事

天崩之痛[或國哀普痛 如喪之痛 或慈聖賓天 竝國恤用 國葬則因山之制 或因山禮畢]

大孝[喪父]

至孝[喪母 ○大孝 至孝 取大哉乾元 至哉坤元之義]

桂苑生寒 奇花早謝[慰喪子]

明珠失掌 白璧埋塵[慰³喪女]

喪明[子喪]

喪瓦[女喪]

頑命不死[或苟延頑喘 居喪用]

崩城之痛[或崩城有婦 喪夫用]

伉儷之痛[或扣盆之痛 喪耦之歎 妻喪用]

雁陣分羣 棠叢墜萼[兄弟喪]

孫枝痒秀 蘭砌風零[喪孫]

白玉樓成 修文地下[文士喪]

疾病

親瘵[己之親病]

色憂[人之親病]

薪憂[己之病]

愆和[或愆候 調候 愆度 人之病]

勿藥有喜[或勿藥之慶 勿藥之報 人之病差用]

科第

槐黃迫眼[科場近]

着鞭雲路[賀會試]

破天荒[爲此地初登科第]

登龍[或折桂 點額 竝文科]

虎躍[或快試霜刀 乘龍 竝武科]

泣玉[或下第 竝大科落第用]

大捷[或摘蓮 快捷 高中 小科用]

落莫[或飮墨 竝小科落第用]

壽誕

交梨火棗[東方朔獻漢武 以交梨火棗 皆千年仙果]

冰桃雪藕[西王母進周穆王 冰桃雪藕 皆仙府長生之物]

麟脯靑精[瑤池宴 肴有麟脯靑精]

瓊漿玉液[瑤池宴 酒有瓊漿玉液 人間祝壽之辭用]

婚姻

于歸[嫁女]

受室[娶妻]

樂遂結褵[賀嫁]

榮偕伉儷[賀娶]

如夫人[稱妾]

星期[婚日]

月書[婚書]

仕進

除書到門[賀授官]

見知當路[賀得遇]

下車[到任]

榮膺美調[賀得差]

羨赴瓜期[賀赴任]

解組[去任]

貧富

紫標黃榜[財物多]

貫朽粟陳[錢穀廣]

赤貧懸磬[家貧]

菜色鵠形[飢餓]

在陳[無米]

襤褸[破衣]

孔方[或鵝眼 錢也]

干求

幸賜先容[求薦達]

敢煩大手[浼作文]

深冀敲推[託改正]

借重鼎言[託人說事]

望擧玉趾[浼人親行]

酬謝

深辱高軒[謝人過訪]

辱賜吹噓[謝庇愛]

蒙賜珠玉[謝詩詞]

郇廚之擾[謝主人盛饌待客]

草具之陳[主人自謙粗惡之食]

第宅

陋舍[或陋地 小舍 陋巷 弊居 己之家]

軒下[或高軒 高門 貴宅 人之家 ○潭府仕宦家]

器用

銀管[或中書君 管城子 毛錐子 纖毫 彤管 皆筆名]

馬肝[或石虛中 郎墨侯 石鄉侯 就尾硯 池墨 池俱 硯之號]

松使者[或陳玄 玄玉 煙煤 玄笏 竝墨稱]

楮先生[或剡藤 玉版 雲孫 楮友 筆箋 皆紙名]

仁風[或便面 扇名]

巨闕[或龍泉 劍號]

火齊[鏡也]

七幹[或燕角 越棘 烏號 弓也]

白羽[或金僕 矢也]

綠綺[或焦尾 玉徽 七絃 琴也]

鵾絃[或龍首 鐵撥 四絃 琵琶也]

朱絃[或鸑黃 箏也]

玉管[或人籟 簫也]

柯椽[笛也]

愽山[或寶鴨 睡鴨 銀獅 爐也]

金鉉[或調味 鼎也]

罘罳[屏障也]

鱗紋[或半月 碧蒲 龍鬚 席也]

隻紋[簟也]

坐穿[床也]

遊仙[或龍形 枕也]

蓮炬[燭也]

烏史[几也]

鳴風[或搖月 簾也]

銅章[或金龜 玉鱗 印信也]

服飾

製荷[或絺袍 縫掖 雲裙 衣也]

紉蘭[帶也]

蟬翅[冠也]

頂載[或獲節 唐縠 帽也]

蟄角[巾也]

絲釣[或兜鞋 青絲 履也]

絲衣[襄也]

天道

六出[或撒塩 雪也]

望舒[或銀蟾 玉輪 月也]

羊角[或花信 松籟 風也]

地理

梓里[故鄉也]

跋涉[謂水草之勞]

如獲石田[得物無用也]

釋家

招提[或鶴國 金沙 叢林 蘭若 龍宮 寺刹也]

白足[或皓釋 雲衲 雪衲 僧也]

飮饌

平原督郵[或魯水 茅柴 皆薄酒也]

青州從事[或桑落 流霞 竹葉 靑壯 元紅 眞珠 紅蒲 萄綠 歡伯 皆好酒也]

秋露[或紅露 燒酒也 自元時 始有之]

瑞草魁[或龍團 鳳髓 露芽 紫雲堆 茶名]

紫殼[或素唇 蛤]

長腰[或白粲 白米也]

郭索翁[或無腸公子 螃蟹也]

鑽籬菜[或翰音 尸鄕 鷄]

水梭花[魚也]

華蟲[或山梁 錦翮 雉]

花木

花中隱逸[秋菊]

花內神仙[海棠]

君子[竹稱]

大夫[松號]

洞庭霜滿[橘熟]

輕翠[林檎]

蝟刺[栗也]

赤心[棗也]

含桃[櫻桃]

園囿

小園[己之園囿]

貴園[或名園 貴圃 珎圃 人之園囿]

奴馬

六足[或騎率 騎牽]

鄙騎[或鬣者 代步 己之馬]

貴御[或貴騎 人之馬]

訟獄

肺石風淸[虞廷有肺石 有寃者坐其上 士師治之風淸 言無寃民也]

福堂[囹圄]

株連[拔扳累之多]

解紛[爲人解訟]

鼠牙雀角[故爲誑言 以入人罪 爭訟之虛也]

禽獸

力性[或花蹄 班蹄 牛也]

羷首[羊也]

款段[駑駘 下乘也]

長面[或長耳 驢也]

韓盧[或黃耳 犬也]

剛鬣[猪也]

玉爪[或金眸 鷹也]

物目

獸曰頭[或隻 或疋]

禽曰道[脣鶡曰翮 或連 或斷]

魚物曰尾[乾石魚曰束 全鰒曰串]

乾柿曰貼

皮曰張[或領]

鞭曰條

車曰兩

釵曰股

釜鼎曰坐

劒曰口

鏡曰面

錢曰文

器具曰部

扇曰把[或柄]

苫席曰張[或幅]

冠曰頂

綾段曰匹

衣服曰件[或襲]

鞋曰兩[或對]

書冊曰帙[或卷]

硯曰面

墨曰笏[或丁]

筆曰柄

紙曰卷[或束 或張 簡紙曰幅]

麯曰圓

米曰石[或斗 或升]

酒曰瓶[或壺 或盞]

餠曰器

果實曰斗[或升 或箇]

藥材曰斤[或兩 木花同]

宴請類 [已下 竝諸子尺牘]

元旦請

鳳曆頒新, 桃符換舊, 春光隱隱, 在梅萼柳絲間矣. 未及趨賀, 履端[正月
爲端月]先屈, 足下飲屠蘇, 命駕是期.

答. 三陽鼎始, 萬物攸同, 喜見香分柏液, 欣逢杯泛酴酥, 深荷寵召, 謹卽
趨敎, 此復.

花朝請

九十春光, 今朝已半, 小園桃李, 紅紫競芳. 敬邀足下, 共此芳辰, 已命家
僮, 汲泉煮茗, 掃徑以候.

答. 花朝月夕, 今日全逢, 荷君寵召, 摳衣以趨從. 足下賦詩飮酒, 相與極
歡, 庶不使花神鼓掌也.

答不赴. 春風扇暖, 滿眼繁華, 縱飮花前, 不知老之將至. 蒙愛寵邀, 應當

遵敎, 但有要事羈絆, 未能如意, 心歎何如. 違命之罪, 統容海宥.

遊春請
春光如許, 正尋花問柳時也. 聊携春榼邀足下, 玩弄煙霞, 以蕩胸中磊落, 不妨解貂換酒. 樂此芳辰, 幸卽移玉.

答. 風細杏花, 天正喜, 單衣初試, 煙晴芳草路, 又看春酒頻斟. 對此良辰, 許陪道駕之遊. 幸際江山明媚, 何妨詩酒留連.

上巳請 [三月三日]
修禊蘭亭, 永和勝事. 煎蔬沽酒, 佐此佳辰. 敬邀足下, 一追晉代風流, 莫謂逸少諸賢獨美于前也. 幸卽振衣過我.

答. 右軍遺事, 千載留芳, 足下風流, 直入晉室, 得陪道駕于淸湍修竹之間, 想傍人見以爲仙也, 敢不趨命.

送春請
綠暗紅稀, 春光已隨流水去矣. 謹訂掃花之遊, 用餞靑皇之駕. 味無兼品, 座無他客, 惟二三知己人也. 竚候竚候.

答. 韶華易去, 春色難留, 正恐落紅狼藉. 忽來蘧使, 折柬相邀, 謹從痛飲, 匪醉無歸.

初夏請
摘靑梅而煮酒, 日切懷人. 撫綠樹以成帷, 春歸如客, 人生幾何. 野簌山肴, 願無嫌於草率, 濃陰幽草, 當更勝於花時.

答. 槐日午陰晴, 方傲羲皇于午夢, 麥天晨氣潤, 忽驚杯酒于晨招. 願偸一日之閑, 共作三生之話.

納凉請

炎蒸三伏, 溽暑侵人, 惟竹林清蔭, 薰風徐來, 願偕足下披襟當之.

答. 赤帝當權, 燥心苦熱. 蒙知己置我于清蔭之下, 君子扇清風, 大夫張翠蓋, 不必向陰山踏層冰, 自爾凉生兩腋也.

七夕請

巧節臨矣. 天河牛女, 倘佯烏鵲橋邊, 眞良夕哉. 聊治芳樽, 屈冠蓋, 相與吟風弄月, 何如.

答. 今夕萬里無雲, 雙星偶會. 落落塵埃中, 幾人能跨緱山白鶴哉. 本擬掃榻, 適承先召. 願與足下, 呼盧浮白, 盡興而歸, 一豁我胸中離憂也.

秋遊請

寒山蒼翠, 秋水潺湲. 烟雨南湖, 不減淡粧西子. 邀兄同玩, 幸勿當面失之.

答. 楓林紅紫, 色過春花, 停車坐愛, 良有以也. 況南湖秋色, 倍此者乎. 敬隨足下遨遊.

秋夜請

玉兎分香, 金蟆炫影. 清光可愛, 何用燈燭桂觴. 扳駕無辭徹夜.

答. 遙瞻桂魄, 逸興遄飛. 謀飲無策, 幾負一度清光矣. 忽辱召命, 實獲我心. 當共足下酬嫦娥求玉兎一丸也.

重陽請

茲逢重九, 天氣爽人. 特邀足下, 登高插茱萸, 飲村酒, 看群峯秋色. 幸惠然肯來, 勿令黃花冷笑人也.

答. 丹楓簇錦, 籬菊堆金. 幸挈登高, 得與足下, 相追隨應, 不減龍山之興矣. 謹遵命卽趨.

冬日請

添獸炭之紅, 政當十月. 浮蟻樽之綠, 聊復一申. 來爲我榮, 勿爽此約. 聽窓前之夜雨, 生座上之春風.

答. 束桂爲薪, 自笑烏金[炭也]之難得. 傾壺有酒, 忽承錦字之下頒, 深感厚情. 慰吾牢落. 幸不負橙黃橘綠時也.

賞雪請

銀海眩生花, 欲倩梁國作賦, 玉樓寒起粟, 難教郢路賡歌. 呵凍筆以裁書, 擁紅爐而待駕, 滿望灞橋驢背穩, 莫令剡水鷁頭回.[司馬相如 梁國賦雪玉樓肩也 宋玉賦有歌于郢中者 爲陽春白雪屬和者 數十人 鷁頭 船也]

答. 寒色侵人, 方作袁生之僵臥. 豪情及我, 何須學士之烹茶. 招之旣先, 趁而敢後. 卽使履穿東郭, 亦當跣足西堂. [袁安時大雪 洛陽令按行見安門無行跡 令人入戶見安僵臥 陶穀爲學士 値雪取雪冰烹茶 東郭先生嘗行雪中 履有上無下 足盡踐地 人皆笑之 意自若]

賞花類

請賞梅花
梅花盛開, 如白雪籠屋, 暗香踈影, 覺明月之多情. 更有鳴泉遠砌, 作玉琴聲, 宛置身羅浮山中也. 如此佳境, 欲與故人共之, 伏冀惠然.

答. 日行北陸, 梅綻南枝, 已覺春報先天消息矣. 美人高士之致, 方動我心, 辱招淸賞, 不勝欣慰. 敬當趍侍, 細看月下精神, 而期調鼎中滋味也.

請賞牡丹
姚家黃魏家紫, 種種可人. 聊出綠樽, 特邀足下臨軒, 共賞爲花王一壯春色.

答. 天香國色, 無忝花王, 其得名, 久矣. 承君召賞, 當趍欄畔, 以觀富貴風光.

請賞荷花
小池芙蕖, 大放水中. 亭榭避暑, 最宜四面香風, 襲人衣袂. 六郎嬌面, 含笑迎人, 特具蟻樽, 邀足下, 作竟日之樂, 幸卽過我.

答. 夏日觀蓮, 眞可忘暑. 適蒙雅愛見招, 讀尊札中所云, 已令人飄飄欲仙矣. 少頃卽趨, 先此奉復.

請賞菊花

踈籬逸花, 已開金瓣矣. 亭午請婆娑花前, 以効陶公之樂. 幸勿嫌老圃秋容淡也.

答. 籬邊秋色, 尊之所鍾愛者. 乃以召不佞, 倘亦有白衣送酒乎.

饌服用類

饌紗帽

禮重元首, 弁服宜精. 玆者命工, 爲功細密, 時製精巧, 無能過之. 謹奉一頂, 願以效王貢, 何如?[貢禹[4]拜官 王陽彈冠相慶]

答. 首弁寵惠, 頂禮高情. 匪敢脫帽露頂, 箕踞于長松下也. 俟改容. 爲謝.

饌冬帽 [國俗稱耳掩]

朔風凜冽, 堪着接䍦[煖帽也], 謹奉煖帽, 以爲禦寒. 惟足下莞[5]存, 更無露頂向松風也.

4　貢禹: 원본에는 '禹貢'으로 되어있다. 문맥에 따라 바로잡는다.
5　莞: 원본에는 '筦' 자로 되어있다. 문맥에 따라 바로잡는다.

答. 寒威甚勁, 風色逼人, 蒙足下惠. 我朝冠頂戴, 厚德漸覺. 春回元首, 對使拜登. 謝謝.

餽羊裘

羊裘一領, 雖貴不如狐白, 聊足禦寒. 敬奉足下, 以護尊體.

答. 積雪隆冬, 寒生四體. 足下推解衣之義, 惠我美裘, 頓令朔風退舍矣. 謹謝.

送衣服

歲云暮矣, 天氣隆寒, 足下旅中岑寂, 得無卒歲之思. 新衣一襲, 特獻座右, 爲春服裌袍, 聊表故人之情也.

答. 荷蒙推解之誼, 極感同袍之愛. 輕裘與共, 沾季路之恩, 綊纊回春, 勝楚莊之惠矣. 謹謝.

送朝靴

朝靴一雙, 樣誠精巧, 敢獻後塵, 聊表鄙忱. 笑留是荷.

答. 東郭子曳履雪中, 不知履之無底, 敝陋可矜. 鄙人亦頗類是, 卽欲修飾而未能. 佳惠朝靴, 使煥然新飾. 弟恐反驚俗目之誚耳. 敬拜寵施, 率謝不宣.

餽鞋

足下文富足跡, 識增江山, 以遊道廣也. 謹呈雙鳧, 聊爲捷足之徵, 勿以爲非春申珠履而拒之.

答. 華履之惠, 束我步趨, 頓有靑雲冉冉生. 足下敢謾踏風塵, 以汙淸惠哉? 謹結襪以謝.

送綿紬

秋風正凉, 授衣屆期. 謹以綿紬二段奉贈, 爲禦寒服, 見鄙人同袍意也. 若曰范叔一寒如此, 而贈以綈袍, 不敢不敢.

答. 草茅賤士, 秪合布衣, 忽承綿紬之貺, 光生蓽屋, 而品不減. 入筒黃絅, 謹拜領矣. 但恐難逃溝壑之哂也.[田子方遺子思以裘 辭曰 妾與 如棄物于溝壑 敢辭]

餽葛布

冬裘夏葛, 時製所宜. 謹奉粗絺一端, 含風輕軟, 服之, 則煩蒸自解矣. 勿曰香羅疊雪輕[6], 何須用此也?

答. 暑非絺綌不勝. 僕方謀製, 適辱下賜, 裁以爲衣. 風袂飄飄, 雲裳楚楚, 信可以却盛暑矣.

---

6 輕: 원본에는 '間' 자로 되어있다. 두보의 시 〈端午日賜衣〉의 "細葛含風軟 香羅疊雪輕" 구절을 참조하여 바로잡는다.

饋器用類

饋琴

竊有素琴, 雖不及綠綺焦尾, 試操之, 音清雅調, 盖今之遞鐘也. 足下高山流水, 遠近希聞, 敢以奉贈.

答. 絲桐見惠焚香, 試一鼓之, 清響可愛, 鏗鏗太古遺音, 綠綺不足多矣. 按指易而精微難, 秪恐操不成調耳.

饋碁

僕有奕碁一部, 黑白瑩澈,[7] 亦玉局石枰之匹也. 以足下善奕, 得龍吐之訣, 故敢獻之. 倘遇勁敵, 願無忘先着.

答. 僕質下愚, 妄學鬪智, 遊帶便局, 隨地手談, 區區與人, 爭黑白耳. 適蒙奕具下貺, 則方圓動靜, 不苦無具矣.

饋書冊

適有刊本某冊, 敬獻文几. 雖足下牙籤萬軸, 此不足多. 然涉獵之餘, 時一寓目, 未必非一屋散錢也. 惟莞[8]留粲玖焉.

答. 鄙人下帷自憤愧, 無孫氏書樓, 何幸? 垂教授以新編, 三復究玩, 開我茅塞, 由此得免面墻, 受益豈淺鮮哉?

---

7 澈: 원본에는 '徹' 자로 되어있다. 문맥에 따라 바로잡는다.
8 莞: 원본에는 '筅' 자로 되어있다. 문맥에 따라 바로잡는다.

餽畫本

近有圖史, 描寫逼眞, 披而視之, 眞雲漢熱而北風凉名筆也. 懸之壁間, 當習習風生. 馳獻左右, 少供淸玩.

答. 承惠名畫, 氣運生動, 眞可臥遊. 懸之齋頭, 烟霧時生, 豈足下向鈞天洞中竊來一幅仙圖耶? 倘六丁覓去, 使儂又寂寂無聊矣.

送字帖

墨刻幾種奉上, 洵某公眞跡也. 鐫刻之妙, 裝績之工, 可稱三絶. 弟性拙不能磨倣, 敬供齋頭淸玩, 可助筆陣兵機也.

答. 承賜墨妙, 逼眞二王手蹟. 與時刻贋本, 何殊天壤? 兄不自寶而辱賜於弟. 投桃者, 報之以瑤, 今蒙錫以瓊瑤, 弟當何以爲報也? 尙容踵謝. 不宣.

送簡幅及紙束

剡藤奇寶, 玉版佳名, 若蔡侯之魚網, 固卑卑不足道矣. 今得赫蹏[漢彩箋]幾幅·金粟[紙名]幾束, 使之聽役文房, 以助足下修五鳳樓之用.

答. 蔡侯之幅, 薛濤之箋, 固文房之至寶, 適惠遠頒, 麥光堪羨, 愧無凌雲之賦, 與之頡頏並美耳. 肅此致謝.

餽筆

中山之穎, 選鋒最精, 發藻生花, 具尖齊圓健之美, 固文壇之利器也. 敬奉聽役文房, 以供染翰.

答. 才非王粲, 花乏江淹, 自當閣筆. 適蒙惠我管城子, 敢不勉力, 以効如椽之用.

餽墨
偶得黑松使者, 犀文蛾綠.[博物志墨名蛾綠 其文如犀] 謹獻文座, 綠烟浮處, 香潤芬馥, 可稱龍賓也. 當於李廷珪·程君房間求之.

答. 客卿遠來, 僕得良朋, 亟延之上座, 滴露研之, 雲烟靄靄 自池中起矣. 敬修諸豹囊, 以爲通靈之助.[古藏墨以豹囊]

餽硯
小硯一面, 端方堅潤, 雖非鳳咮, 頗有金星, 進之文房, 漸磨之下, 可知其耐久朋也.

答. 筆墨久荒, 承貺以石鄕侯金線[硯曰石鄕侯 端石文黃者 爲金線]可愛, 殊不羨邧支馬肝矣.[石色靑黑如馬肝 漢時邧支國貢此石 可作硯] 當如玉蟾蜍[廣陵王發袁盎塚 得玉蟾蜍一枚 腹空容五合水 取盛滴]珍之. 謹謝.

送曆日
隴梅吐花, 歲將改矣. 謹以新曆奉獻, 足下閱此, 知春隨斗柄轉. 人共歲華新, 共慶長年之祝也.

答. 恭承曆書之頒, 遂令山中有甲子, 且陽和有脚, 漸入寒廬白屋, 老親得蒙聖主之春矣. 謝謝.

餽扇

凉箑幾握, 奉呈大雅, 雖非九華聲價, 出入君袖, 見鄙人凉德也. 但恐他日
相逢, 惟擧扇一揮耳.[蕭子顯爲吏部 見凡流 但擧扇一揮]

答. 承惠雅扇, 頗覺故人來矣.[古詩 大暑却酷吏 清風來故人] 擧揚之餘,
端拜仁風之錫, 更不須求助於南薰也.

送弓

足下抱穿楊之技, 遠邇聞名久矣. 敬以楚木堅弓獻上. 請君試之, 一發破
的, 料無虛發之虞矣.

答. 承惠河中之弓, 繁弱龍淵[皆弓名], 不足貴也. 秖恨僕懦怯之軀, 無力
可彎三百石穿七札耳. 謹登拜受.

送矢

足下三畧六韜, 嫺之素矣. 但三場利矢中的爲先, 異日三箭定天山, 亦今
日之始基也. 僕得金僕姑[矢名], 以當申息之獻,[申侯以肅愼之矢獻于楚]
幸叱留之.

答. 蒙賜利鏃, 試之洞堅穿札, 眞肅愼之良也. 僕媿綿力, 不能穿魯縞, 況
執金僕姑, 以獨當一隊哉?

送鏡

閣下神淸氣爽, 光彩無翳, 塵埃莫惹. 某荷陶鑄之餘, 謹奉一鑑箴規. 伏惟
賜照, 無任寵光.

答. 承惠菱花[鏡名], 鑑貌如對丰神, 照心若見肝膽. 古人謂‘千里面談’, 藉此淸輝相暎矣.

送枕
偶得角枕, 敬貢門下. 雖無文彩, 翻蝴蝶堪入梅花, 伴臥龍安睡, 時或可作游仙夢也. 幸麾置.

答. 邯鄲之夢, 幾熟黃梁. 授枕之心, 諒同此意. 淸夜片時春夢, 必飛度於故人側矣. 豈止感游仙賜耶? 謝謝.

送蓆
客有遺靑龍鬚[草名 爲席可耐寒]者, 溫如挾纊. 足下懷珍待聘久矣. 敢以進之函丈, 我心匪席, 幸勿捲還.

答. 僕愧陳門[陳平家貧以席爲門], 每藉巨庇, 使得安寢, 皆兄賜也. 又蒙珍惠, 無異五香[石崇之席]·六采[漢祭⁹天之席]之奇, 鄙人高臥北窓矣. 謝謝.

送烏薪
雪中烏薪, 是所謂勝錦上花也. 敢將數斗, 聊備寒窓一用.

答. 朔風凄, 其寒侵肌骨. 承惠烏薪, 燒出爐中, 一片春勝似仙翁吐火矣. [葛仙翁 寒夜客至 口吐火 滿室座客 無不解衣]

9　祭: 원본에는 ‘癸’ 자로 되어있다. 문맥에 따라 바로잡는다.

饋花果類

送花
門下萬花, 谷中國色天香, 奇葩異卉, 已賞心奪目矣. 僕得某花一株, 獻之墻前, 幸勿麾之墻外, 令花神寂寞也.

答. 承賜名花, 餘輝下及, 使草茅生色. 僕寧不觸目感惠哉? 謹謝.

送菊
偶得菊花數本, 幽香佳色, 晚節傲霜, 眞花中之隱逸君也. 謹奉以爲東籬對酌之友.

答. 萬草盡凋, 一枝獨抱晚節. 齋中得此, 眞愛友也. 異日摘英泛酒, 當與君共之.

送櫻桃
春光九十, 萬顆勻圓, 纍纍可愛. 此漢廷原廟薦新之物也. 謹摘一盤奉上.

答. 承貺含桃, 弟愧非新榜進士, 曷敢當此?[唐朝 進士新榜者 尤重櫻桃宴] 拜而受之, 香浮乳酪矣.[古詞 香浮乳酪玻瓈盌] 謝.

送杏子
出墻有果, 殊勝董林,[董奉醫人 疾愈 令種杏一株] 敬具一筐, 奉之足下. 異日走馬長安, 杏園讌集, 于此兆之矣.

答. 杏子佳甚, 其種想自日邊來者耶?[古詩 日邊紅杏倚雲栽] 啖之, 璃津滿頬, 香散滿頤, 不減 曲江宴上宮饁也. 謝謝.

送桃子

桃實正熟, 不減緗核紫紋,[皆上品仙桃] 恐金馬仙客[東方朔]聞之, 便竊去也. 敬具數十枚, 與君共嘗.

答. 天台佳實, 承君貺我. 仙種難得, 況又多賜, 未免綏山上之追也.[葛由騎木羊入蜀 王侯貴人追之 由上綏山 食桃得仙 飛昇]

送西瓜

園瓜少許, 顓僕馳上. 雖不敢方邵平五色, 然寒嚼冰晶, 甘分甛雪. 酕醄之後, 斜倚盤石, 漫嘗數片, 當令足下, 酒渴盡捐也.[秦邵平辭侯爵 隱青門種瓜 五色甘美]

答. 惠及蜜筩, 寒沁水晶, 色浮蒼玉, 眞青門五色種也. 剖以啖之, 蜜滋冰液, 凉生胸臆, 何異從仙人掌上吸金莖露? 謝謝.

送蒲萄

蒲萄瑣瑣者佳, 此種雖不及瑣瑣, 而甘美絶勝. 朝來帶露, 敬摘一筐以獻.

答. 承惠綠珠, 誠金谷之品也. 慚無明珠之報, 惟有赤心之銘耳. 謝謝.

送石榴

小園石榴, 分種安石, 今數顆已熟矣. 珠實紅膚, 脣齒半露, 絶勝佳人巧笑時也. 幸哂存之.

答. 承貺西域佳菓, 玟瑨爲衣, 丹砂薀粒, 人間之奇物也. 剖而啖之, 玉潤
星懸. 感謝無極.

送栗
小園有栗, 蛻蝟毛之裘衣, 朱緋而出, 敬貢爲賢郎輩擲柱之驗.[昔有州牧
指柱上小孔曰 擲菓中者 可得此州] 幸憐結菓勝花, 不致標出爲幸.

答. 燕秦千樹抵封侯, 菓中貴栗明矣. 適承厚貺, 敬受以供充邊禮賢之用,
忻忭不已. 敢言擲柱哉?

送梨子
園梨初摘, 謹貢數顆, 雖無漢園含消之美,[漢武內苑 有梨大如斗 名曰含
消] 然袪煩降火, 頗有奇功. 幸勿以五臟斧見却.[李建勳出鎭豫章 食梨 賓
僚曰 梨爲五臟刀斧 不宜多食]

答. 承秋實[梨也]之貺, 離離玉潤, 雪液沃心, 張谷之梨,[洛陽張公海梨
海內第一] 亦如是耶? 受之不當, 却之不敢. 謹謝.

送柑子
黃柑正熟, 燦若隋珠, 謹遣价納之記室. 足下倦吟之餘, 剖而食之, 亦爽神
一助也. 幸勿枳視.[橘生江南爲橘 生江北爲枳]

答. 洞庭風味, 渴想久矣. 遠承分惠, 豈得之緱氏[仙名]耶? 剖而嘗之, 凉

沁心骨, 翻憶橘中之樂, 固有神契者. 謹謝.

餽食物類

餽酒

家釀新熟, 愧茅柴風味, 聊奉以供不時之需, 亦以見淡薄耳, 邯鄲不足圍也.
[魯趙貢酒于楚 吏索賄趙不與 乃以趙厚酒易魯薄者奏之 楚王怒 遂圍邯
鄲]

答. 承惠竹葉春, 淸如露, 美如瓊漿玉液, 試一嘗之, 便爾栩栩欲仙, 作羲
皇上人矣. 酕醄致謝.

餽筵席

僕託在肺腑撝蔬, 以敍濶悰. 不意廣平上客,[王毛仲欲請廣平公宋璟, 恐
不能致, 請於帝. 帝親令璟詣仲, 璟至, 一觴卽去.] 竟不能致也. 玆特移
桌齋頭, 并遣平原督郵[惡酒], 請罪. 幸勿擯斥乃感.

答. 荷蒙寵召, 奈爲俗冗所羈? 復承頒我郇廚, 僕正席嘗之金虀玉膾白墮
靑州.[言酒之美] 鄙人何幸得饗五侯鯖也. 飽德醉心, 對使謝領.

餽米

嘉穀初升, 精鑿白粲, 馳上炊新. 吾兄雖無顔魯公之索, 而生則有陶胡奴
之情.[顔魯公有乞米帖 烏程令陶胡奴見王修之貧乏 以米餉之]

答. 值玆儉歲, 滿室啼饑, 世人不肯以野田黃雀之餘結, 貧乏奈何? 不溝
中瘠哉? 門下乃憂我暴顯也, 減太倉而河潤之, 僕且類侏儒矣.

饋肉

僕與足下託夙契, 卽一擧箸, 未敢忘也. 適得生彘一肩, 敢以爲獻. 幸毋曰
不掩豆也, 而擲之.

答. 鄙人食無兼味, 邇來殊有欲炙之色. 足下乃以豚肩下賜, 大潤藜莧之
腸矣. 寅謝.

饋魚

鄙人臨淵稱羨, 乃得水梭花[或 波臣]數尾于鮫者[漁人], 不敢獨享, 謹獻
諸人庖, 烹鮮取酒, 一樂 何如?

答. 渴思美味, 彈鋏而歌, 汝南之魚, 忽然見賜. 荷愛良深, 謝莫能罄.

饋雞

五母蕃育, 黃雞正肥. 謹用馳獻于炊金饌玉之末, 乞笑而納之.

答. 惠及德禽, 足徵愛渥, 治之庖人以享尊賜, 荒廚爲之暴富, 老饕爲之解
頤矣. 感謝.

送雞兼餠餌 請用場中

窓禽二翼, 其聲可助壯心, 且得報揭曉消息也. 餠餌一器, 可充場中一啖.
倘得曲江紅綾餠食之,[唐宋時 進士宴於曲江宮中 特製紅綾餠 賜諸進士]

可還念舊時滋味否?

答. 棘闈鏖戰, 群賢皆英雄輩, 慙余諛劣, 亦欲角勝文場. 幸足下鹽之以揭
曉, 曲江宴消息可當. 授桴三鼓以壯鄙人之氣. 謝謝.

餽魚酒

池魚村釀, 固是野人風味, 不堪供樽俎之末, 敬獻足下, 以勞騶從, 想亦不
我遺也.

答. 承貺巨口細鱗, 香泉雪液. 雖不爲赤壁之遊, 而獲此. 剖鮮開醞, 且樂
且懷. 謹此致謝.

送猪

艾豭,[音加 雄猪] 二頭特獻, 以供庖廚之用. 愧非婁猪, 不足以養大老
耳.[婁猪母猪也 五母雞 二母彘 文王養老之制] 賓筵享士時, 弟亦得均沾
投醪之惠.[楚王賜令尹子文酒埕 子文投之上流 軍士汲下流 飮之 使三軍
咸得沾君之惠]

答. 見上餽肉條答.[豚肩改以二頭艾豭]

餽禽畜類

送馬

玉虯照夜, 雲散五花, 非敢言神駿可愛. 謹借以供數朔騎乘, 不識可如牛
背之穩. 幸勿以駑駘而鞭策之.

答. 蒙以良驥借貺, 霧鬣生風霜, 蹄似鐵, 眞神駿也. 自愧腐儒, 何以當此? 謹謝.

送牛

適有黃牯, 色騂而角, 蹄健而疾. 謹借堂下, 可爲春雨一犁之助. 寧敢以黑牡丹爲比耶?[唐劉訓邀客賞花 係水牛數百在前曰 此劉氏黑牡丹也]

答. 耕犢之借, 甚副田家. 恨無刀劒可賣, 以答兄賜.[龔遂治渤海 使民賣劍買牛 賣刀買犢] 若牽牛蹊田, 弟不敢也.

送驢

緩步以當安車, 不如蹇衛以當良驥也.[古人呼驢 爲蹇衛] 此驢脚力頗健, 敬借足下, 以覓灞橋春色.

答. 徒步貧士之常, 但疲於奔涉耳. 仁兄惠我范陽,[括異記稱驢 爲范陽公主] 以代安步, 知天下自此太平, 而華山處士, 未免傾跌也.

送鷹

鷹隼摩空矯健, 神駿奮擊之雄, 當使狡兎潛踪妖狐遁跡. 鷹揚具大帥之威, 蒼隼表栢臺之直. 敬以獻諸幕下, 幸爲謹其韜鈴, 調其飮啄, 毋使其飢附飽颺也.

答. 鷹大於鷴, 而神駿過之. 今承惠及可於平原, 使之奮翮摩天, 追禽逐雀. 豈敢曰不如鸞鳳, 而輕視之也.

壽誕類

賀生日

南極流暉, 東華增筭生申. 令旦, 佳氣盈門, 從此登上壽矣. 僕忝知己, 誼當獻觴, 先奉賀儀. 哂留榮感.

答請. 浮生虛度碌碌, 未有奇節, 誠霄壤間一棄人也. 玆値賤辰, 益增羞愧, 敢勞賜賀乎. 小酌奉扳, 萬祈寵臨.

賀六十壽

年登六袠, 禮杖於鄉. 且兄[尊長則吾丈]行誼醇古, 聖朝更老之望,[漢天子養老 致敬五更三老 五更者 識五行更替 三老者 知天地人] 非公其誰. 特備芹儀, 敬爲大椿一祝.

答請. 碌碌浮生, 已週花甲. 把鏡自照, 見蒲柳之姿, 秋霜滿鬢矣. 一樽扳話, 幸勿吝玉.

賀七十壽

古稀上壽, 庚星烱然, 固知馬伏波乃矍鑠翁哉. 會須學榮啓期, 鼓琴而歌三樂也. 當借北海之樽, 入誦南山之什.

答請. 老拙龍鍾, 今値七十, 眞多壽多辱也. 盂酒奉屈, 謹掃徑以俟.

賀八十壽

翁花甲重新, 二十年矣. 正申公渭老應詔之時. 壺中日月, 枝上蟠桃, 乃無疆之壽也. 敬遣价以一筐獻. 幸笑存之.

答請. 鬢髮皤然, 不覺生辰八十矣. 此後光陰, 但于花朝月夕, 隨時行樂耳. 敢望蒲輪哉. 姑酌兒觥, 以叙老懷. 萬冀光臨.

賀人祖壽

令祖華誕, 足下錦堂重慶. 蔚然三代人文天倫之樂, 於斯盛矣. 薄貢芹儀, 聊致南山之祝.

答請. 家祖壽辰, 承親友霞觴之祝, 藉福星輝, 庇多矣. 優觴扳駕, 伏乞賁臨.

賀人祖母壽

令祖母, 星高寶婺, [淑女 上應婺星] 宴啓瑤池. 値此設帨[男壽曰懸弧 女壽曰設帨]佳辰, 重萱森茂, 眞瑞氣藹庭闈矣. 馳獻菲儀, 仰希鑑存.

答請. 家祖母, 天錫暮年. 已値古稀之歲, 聊具一酌. 奉屈高軒, 伏乞俯臨, 光生蓬蓽.

賀人父壽

尊公華誕, 瑞藹錦堂, 頌南陔者雲集. 足下着綵衣, 稱壽于前, 眞至樂哉. 愧無冰桃雪藕, 以侑壽觴. 聊貢菲儀, 用爲莊椿祝.

答請. 儻卑卑寒士, 愧乏承歡. 家君初度, 不能展綺席, 以酬佳客, 祇隨分具酌. 扳叙借重德言以觴之.

賀人母壽

大夫人設帨芳辰, 萱堂日永. 儂更借南山奇峯, 爲大夫人增壽, 東海洪濤, 爲大夫人增福. 足下以爲何如.

答請. 母氏今屆誕辰. 鄙人祝萱花長茂. 畢欲藉知己, 爲弟增光, 潔治菜觴. 奉屈一叙.

仕進類

賀赴會試

知公車北上, 與天下時髦角藝. 足下彩筆一揮, 諸賢當退十舍. 其紆朱拖紫, 不待言矣. 但望策馬言歸, 宮袍耀日, 里中父老, 夾道而觀, 借色多矣. 薄餞叱入.

答請. 趨裝北闕, 自揣才踈. 得附名雁塔足矣, 敢望第一仙哉. 承惠愧領. 但此行, 有數月不晤. 特備一卮, 敢扳叙別.

賀中文科

射策金門, 鴻筆奏三千之牘, 蜚聲銀漢, 鵬翎搏九萬之程. 蓮燈將彩斾齊輝, 柳色與宮袍競綠. 他日台鼎, 從玆始矣. 敬具微儀, 聊申賀忱.

答請. 春闈之役, 儂得附名於諸君子後. 伴宴杏林, 實出望外. 歸叙親朋, 喜有杯酒. 惟足下寵臨.

賀武科

龍韜展蘊, 虎帳蜚英, 夢兆飛熊. 已竪赤幟于多士, 名標麟閣, 將膺靑社於分茅. 芹儀申賀, 希爲鑑存.

答請. 幸叨寵渥, 得補戎行. 頌言溢美, 愈增悚愧. 倘小建樹, 不太虛糜, 足矣. 謹領盛貺. 深荷隆情. 特具菲酌, 屈駕一談此啓.

賀入閣

竊聞, 特膺聖簡, 允副時望, 加額之私, 豈後他人. 謹此伏賀, 無任主臣.

答. 人微榮過, 方切感懼. 賀言到門, 反增慚悚.

賀加級

聲譽久鬱, 今始擢拜. 雖因僉擧, 實係睿簡. 欣賀之意, 倍切他人. 敢投賤狀, 聊用仰伸.

答. 門衰才劣, 分甘屛伏, 意外榮擢, 濫及非分. 辱賜賀言, 懼不敢當.

通用

六月氷霜, 人稱鐵面. 九重骨鯁, 帝識魚頭. 振肅朝綱, 淸彛皇路.[10][御史○趙抃號鐵面御使　魯宗道[11]政剛直　不避權貴　帝以其姓魯稱爲魚頭叅政謂骨鯁之臣也]

---

10 皇路: 원본에는 항목으로 되어있다. 문맥에 따라 앞의 문장에 연결시켜 바로잡는다.
11 魯宗道: 원본에는 '魯宗'으로 되어있다. '道' 자를 첨가하여 바로잡는다.

繡斧靑驄霜飛, 白簡皂囊, 鳴鳳日暎. 丹心朝賴, 肅淸帝資, 啓沃.[諫官]

藉鹽梅爲甘旨, 以黼黻作斑爛. 孝移事主, 忠不違親.[大臣養親]

三千禮樂, 蘊藉久韜, 十萬甲兵, 包羅武庫.[武臣]

春煦秋肅, 布其恩威, 嶽色江聲, 標其巍蕩.[藩臣]

門下令搖山嶽, 威振東南. 王之爪[12]牙, 國之心膂.[閫帥]

旗掣海雲, 印搖邊月. 柳營號令, 儼若風雷, 眞將軍也.[上同]

一簾明月, 兩袖淸風. 氷鑑無心, 陽春有脚.[郡邑守宰]

民歌五袴, 麥秀兩岐. 九重資臥, 理之弘猷, 朝野胥觀, 士民咸慶.[同上]

王鳬飛駕, 魯雉標奇. 花滿河陽, 琴鳴單父. 帝簡循良, 民歌樂只.[縣官用]

門下養高棋墅, 嘯傲籬下, 安石東山, 淵明栗里, 兼有之矣.[與林下]

門下治行超卓, 政敎煒煌, 當塗屬目,[上官注意] 榮擢可期也.[外官]

婚姻類

婚書式

某郡姓某啓.[不稱親者 方議而未成也]某郡某官執事[稱呼隨宜] 伏承尊慈, 不鄙寒微, 曲從媒議, 許以令愛貺室. 僕之男某,[若某親之子某][13] 玆有先人之禮, 謹專人納采. 伏惟尊慈俯賜鑑念. 不宣. 某年某月日, 某郡, 姓某啓.

---

12 爪: 원본에는 '瓜' 자로 되어있다. 문맥에 따라 바로잡는다.

13 若某親之子某: 원본에는 '若某親某之子某'로 되어 있는데, 『사계전서』「가례집람도설(家禮輯覽圖說)」의 '혼례의 납폐 때 갖추는 서식[昏禮納幣具書式]'을 참조하여 '某' 자를 삭제하고, '若某親之子某'를 간주(間註)로 처리하여 바로잡는다.

賀娶媳

令郎射雀彩屛, 牽絲繡幙, 佳兒佳婦, 誠得屆桃夭之期, 而歌靜好者也. 不佞夙叨親愛, 趨賀未能. 謹具不腆之儀, 少致賓廚之助.[娶親送禮 曰助賓廚] 希叱納.

答. 僕爲小兒畢姻, 蓋願爲室家之謀, 俾奉宗祧之祀者也. 辱承親誼之過隆, 特賜慶言之益切. 兼之寵賜, 何以克當.

子娶請

兒曹已遂有室, 僕得償子債矣. 治觴敬迓嘉賓, 惟冀惠然肯來, 增光花燭是感.

答. 玉種藍田, 絲牽繡幙, 令郎[孫則令孫]喜諧良緣. 不佞欣瞻盛擧. 旣承寵召, 敢不奔趨.

賀嫁女

玉曆賓春, 預應摽[14]梅之卜, 寶窓仙子, 適諧種璧之緣. 薄具紃絲, 用充濫[15]渡添箱. 不識肯納之鸞馭未否.

答. 綠窓貧女, 隨時遣嫁. 竹笥練裳, 祇以了子平之債耳. 佳儀寵貺, 奩具增光, 無任感謝.

---

14 摽: 원본에는 '標' 자로 되어있다. 문맥에 따라 바로잡는다.
15 濫: 원본에는 '藍' 자로 되어있다. 문맥에 따라 바로잡는다.

納婿請

僕擇某日, 舘甥于室. 藉重親友相陪, 千祈寵臨, 爲寒家生色. 此啓.

答. 雀堂陳榻, 嬌客登龍. 冰玉相輝, 已壯門楣之色. 又何藉余輩哉. 旣承召命, 敢不欣陪席末.

賀娶孫媳

令孫射雀彩屏, 牽[16]絲繡幀, 來年此日, 丈當喜見曾孫, 具慶於高堂矣. 一莒晉賀, 叱存是幸.

答. 孫枝受室, 子舍寬憂. 聊託蘋蘩, 敢夸具慶. 但得孫又生孫, 移山之望, 可慰於愚公也. 多儀既及, 何以圖復.

孫娶請

孫年已長, 聊爲畢姻. 大禮克成, 總賴弘庥也. 花燭之輝, 惟冀賁臨爲感.

答. 見上子娶請答.[令郎改以令孫]

誕育類

賀生子

瑞藹于門, 弄璋愶吉. 母乃有靈鳳集體, 玉燕投懷之夢乎. 他日搏扶搖而

---

16 牽: 원본에는 '索' 자로 되어있다. 문맥에 따라 바로잡는다.

下之, 當撞破煙烟樓矣.

答. 偶爾添丁, 未敢語充閭之慶, 恐亦景升子豚犬類耳. 況不侫[17]卑卑, 更以培塿無松栢也.

賀生女
門楣錫慶, 戶悅開祥, 豈專爲君喜有此哉. 佇慶桂子將榮喜, 此海棠先爲之兆耳.

答. 熊夢不靈, 適符巽索. 方嗟無益, 何重賀言.

賀生晚子
桂香晚節, 蘭茁初芽. 此老蚌珠也. 驗啼聲, 已識英物. 更祝足下享大期頤. 看此子, 聳壑昂霄耳.

答. 臨老擧豚兒, 喜天不絕鄙人後也. 更藉足下餘庇, 少延殘齡. 見其婚配足矣.

賀立繼子
足下久艱熊夢, 喜續麟兒, 式穀得賢. 流芳啓後. 雖曰移枝換葉, 實則異派同源. 顓人致賀, 少表微忱.

答. 僕嗣續維艱, 祝螟繼後. 恐蹈鄧攸之轍耳. 辱拜賀言, 感戢無盡.

---

17 侫: 원본에는 '侫' 자로 되어있다. 문맥에 따라 바로잡는다.

賀生孫

祖慶流芳, 孫枝挺秀森森, 應謝家之寶樹也. 于門積德, 喜有明徵, 所謂興宗, 必此子矣.[于公治獄有陰德 曰我子孫必有興者]

答. 甫償兒債, 幸長孫枝. 儂門大如斗, 含飴固慰. 目前敢望其興吾門哉.

薦引類

薦醫士

足下抱恙良苦, 某曾飮以上池水. 試使調治之, 必能立去沈痾. 幸勿謂彼非三折肱也.

答. 賤恙屢藥不効, 承薦國手, 術出長桑君之上. 苟進一刀圭, 便可奏効. 俟能步履, 卽趨謝堂階也.

薦地師

某君精于靑烏家, 眼力高妙. 得廖瑀¹⁸郭璞之秘旨, 故薦之門下, 會尋得牛眠地也. 幸毋以時師目之.

答. 承薦堪輿, 諒必具慧眼者. 當聽其指點耳.

---

18 瑀: 원본에는 '宇' 자로 되어있다. 문맥에 따라 바로잡는다.

薦卜士

卜家某學繼虛中,[李虛中 精五行推人 窮通壽夭 百不失一] 碧水分魚, 百無一失. 請君試之. 幸毋曰, 君子不言命而麾之也.

答. 蒙薦卜士. 談造化, 洩天機, 眞鐵筆也. 微賤之庚, 不堪推演, 品題之下, 且愧且歎. 贈之不厚, 幸諒.

薦相士

某君善風鑑, 有唐擧聲. 僕恨相見之晚者. 敬薦之門下, 請以裴令公秘格, 試之何如.[孫秋壑 善相 決裴度當入相]

答. 鄙人塵埃寒士. 承擧氷鑑, 舌捲春雷, 眼懸秋月. 一顧之下, 足以物色. 唐擧許負, 不足多也.

薦畫士

某君善丹靑, 得金粟影筆法. 此君誠堪作畫學士矣. 山陰丘壑之勝, 能令應接不暇, 足下試觀之, 何如.

答. 承推繪士, 幅出袖中, 遠淡近濃, 宛見眞景. 款留遵敎, 俾染流傳, 決不敢以衆史目之也.[畫工曰 衆史]

託浼類

託代關節

僕不避馮婦, 爲某生, 緩頰于某公. 恐不足重假, 足下衝風之末, 使某生枯魚而過河, 敢忘明珠以報.

答. 某生所爲, 上觸當道, 未可以口舌爭也. 不佞叨辱鮑知, 敢辭綿力. 正當曲圖萬全, 以報命也.

邀約類

邀友應試

試期迫矣. 鄙人擇日, 挾策上京. 敢邀足下, 竝轡而行, 秋風旅舍, 沽酒論文, 亦豪擧也. 請欣然發䡞.

答. 秋風行色, 正促治裝. 承約偕行. 僕夫已戒, 敢不踴躍, 以圖附驥也. 發程某日, 期共着鞭.

邀友作詩

雨後晴峯, 積翠欲流, 頗動吟興. 詰朝携樽, 簪筆特邀, 足下拈韻且呼, 山靈簡點. 松下鳴泉, 落花啼鳥, 以供詩料也.

答. 登高作賦, 臨流賦詩, 固是快事. 但非錦心繡口, 文筆生花, 何以壓倒元白. 秪恐作詩不成, 勝金谷酒數之罰耳. 十笑.

規戒類

規博奕

博奕, 猶賢聖人特爲無所用心者戒, 非有取爾. 廢時失事, 雖日得勝, 猶無益也. 願足下惟博古今, 則名傳奕世.

答. 博奕之戲, 固知無益. 閒居無事, 但假以消永日耳. 非奉藥言, 幾不免至于亡羊矣. 謹書諸紳.

酬謝類

謝業師

立雪門下, 極荷提命之訓. 洪恩未報, 何敢便老. 第拜違數載, 竟不獲效. 弟子職奔走左右, 罪有萬千矣.

答. 別君數年, 諒非昔日阿蒙. 每念同堂之雅, 何遂睽隔也. 接手敎, 依然聚樂景. 況乃用情厚者, 猶不忘在三誼乎.

進學東家謝

豚兒得侍函丈, 蒙惠迪之功, 無復狂奴故態矣. 敬貢束帛尺脯之儀, 少酬化雨春風之敎. 冀麾入是幸.

答. 令郎岐嶷, 尋常特出. 生叨西塾, 不過因性復性, 無分毫益也. 厚禮之貽, 深愧浮食耳. 謝謝.

謝吹薦

落莫書生, 蒙力賜噓, 植登欒桐于淸廟. 洪造難名, 寸衷徒結. 肅修寸楮, 少效微忱. 伏冀淵涵, 曷勝榮寵.

答. 足下藝苑靑錢, 詞林赤幟, 中郎一顧, 便自賞音不然. 僕之薦揚, 非有私于推轂, 實君文德之所致也. 愚何力焉.

謝地師

足下爲先人卜葬地. 牛眠耶, 鶴翥耶, 馬鳴耶. 此皆僕所願, 非僕所必得. 今得歸先人骨于土, 生者安, 歿者寧矣. 薄儀奉獻, 少酬指點.

答. 僕業堪輿術, 非高眼也. 今卜葬, 令先君得佳山水, 良由足下. 有心地, 乃有福地耳. 厚儀愧受.

謝醫

病久, 皮肉如腊. 承賜丹粒, 起涸魚而沫之, 誠再造之恩也. 戔戔者儀, 愧非言報. 雖然, 哀王孫者, 豈望報耶. 伏冀莞受.

答. 種杏無成, 愧乏上醫之手. 顧我何敢貪天功爲己德也. 厚旣鼎來, 對使拜領. 第病加小愈. 祈節勞自愛.

謝友餽遺

寒天腐草, 得被餘輝, 豈不有榮施哉. 荷蒙珍貺, 感重百朋. 扱領嘉惠之多, 愧乏瓊瑤之報. 謹此申謝, 伏冀俯垂霽照.

答. 藉麻有日, 知己之感, 缺然未伸. 區區輶儀, 聊當野人芹意耳. 奚足云謝. 謹此奉復.

借貸類

借書冊

家貧無金易書, 眼中荊棘, 胸中茅塞, 甚矣. 鄴架上某書, 幸借一觀. 勿謂四癡[俗云 借一癡 借與一痴 取一痴 還一痴]而有吝色.

答. 儳書數卷, 挿架未觸. 足下飽諳五車, 尙旁搜某書. 謹置文房. 過目, 可不再矣. 敢謂四癡而有吝也.

借筆

毛錐告鈍, 畫狄失時, 敢假于足下. 儳雖貧, 決不負此斯文債也.

答. 足下索管城子, 將欲換道士鵝乎. 欲書羊欣裙乎. 抑將草陳琳檄耶.

借硯

寒窓兀坐久缺, 耐久朋敢干記室, 錫我元玉[硯也]. 縱筆非鍾王, 文非賈馬, 而磨礱煥采, 不至禿穎, 皆門下賜也.

答. 見上餽硯條.

借墨

黑松使者, 苦無佳品, 誠大欠事. 敢于文壇, 假之供役數日, 庶膠漆之投, 凌烟之藻, 從此出也.

答. 窓友自白獄, 旋承惠松煤數圭. 雖非上品, 誠不減東齊之所贈者. 轉貢文房, 以遵來命.

借紙

久與楮先生間濶, 石鄕侯與毛穎子, 爲無用矣. 敢以上下, 君不效人情之薄, 假以百張, 敢不戴德.

答. 楮君來自閩, 適足下惠邀, 敬遣之入供. 揮灑之下, 修五鳳樓, 此當助一用. 幸照入.

借琴

適有佳客過我, 善撫絲桐. 第素不解此, 未嘗蓄之, 尊齋綠綺, 假我一日, 當對南薰, 而領德矣. 足下知音, 並乞垂聽.

答. 翰及焦桐, 愧非蔡中郎得之爨所者, 謹奉上第. 僕非鍾子, 寧知高山流水人趣哉. 幸勿閉戶.

借棋

日長如年, 無以醒黑恬[午睡也]. 君家棋具, 敢借一用, 以追橘中之樂. 僕處無陶荊州, 未敢投之江也.

答. 楸枰如命以獻. 足下知交, 定皆國手, 想爛柯仙輩也. [昔樵者入山 見兩叟對奕 立旁觀之 局終其柯已爛矣] 俄頃卽當趨矚勝負.

借衣服

鶉衣百結, 杜戶自甘, 無奈貴介過臨. 禮當報謁, 衣敝履穿, 恐爲閽者所賤. 敢假尊袍一着, 以飾寒陋, 不敢求華麗爲識者嗤. 但兄常服, 亦足以壯觀矣. 佇立以俟, 顒望惠施.

答. 綈袍解贈, 友道之常, 並衣更僕, 交誼之至. 但弟亦貧士耳. 雖不能裘馬與共, 又何敢辭于暫借乎. 敝服不鮮, 勉從來命. 特付銀鹿, [人之奴僕] 勿罪弗莊.

借米

薄田數畝, 悉爲馮夷君所虐, 家人嗷嗷待哺. 固知荒年之穀, 貴如珠玉, 足下肯以升斗貸乎. 戴德不淺. [旱則馮夷君 改旱魃]

答. 接手教, 知尊府失收. 周急自是朋友之道. 近亦因人口繁多, 不能多得. 敬奉米數石, 幸莞存.

借馬

僕明日欲見某台, 而寒家乏騎. 竊想貴廐驥足, 閒立驕嘶, 借人一乘, 何害之有. 專恃厚誼, 不用他求. 幸毋曰史不闕文, 馬不借人也.

答. 肥馬輕裘, 與朋友共. 弟雖無裘, 而幸有馬, 敢曰今無矣夫耶. 謹命御者, 牽以待命.

交財類

借銀

僕不揣, 冒成一事, 尙未能滿其數. 懇足下假掇若干銀[錢則孔方]兩. 至期依息奉償, 決不爽信, 臨書惓惓, 勿却是禱.

答. 尊諭下頒, 值囊空, 覺難應命. 第乑鮑知, 未敢有却. 是以展轉, 如數奉上. 希照入.

取銀

向去微貲, 約期過矣. 未蒙見擲, 豈忘之耶. 足下素重季諾者, 諒不肯令此朱提, 效彼黃鶴.[朱提 銀名 黃鶴一去不復返 喻不還銀也]

答. 向領白鐐, 因放帳未收. 此人遲不俀, 不俀遲足下. 明命下徵, 謹如數奉上. 惟足下勿咎過期之罪. 幸幸.

爲族人借債

弟生平不肯爲人居間, 今値舍親某, 暫時乏用涘. 弟於仁中處, 告貸若干金.[或云 以何產爲質] 此兄信義人也. 非至戚, 則不可爲之求, 非正人, 弟亦不敢爲之保也. 祈仁兄曲成其美, 舍親與弟, 均感不淺矣.

答. 朋友有通財之義. 此兄信實, 弟亦聞之. 況以吾兄之誼, 敢不唯命是從. 但週全終始, 須仗吾兄台力. 不致爽約, 則弟亦受賜, 良多矣.

答[不從]. 僕適値囊空. 已用尙難措備焉, 有餘財借貸乎. 雖仁兄之命, 而弟亦知令親誠信之人, 可以交財, 又何敢故却. 但弟此時, 如紙糊法船, 實難濟渡泥羅漢也. 幸勿以方命爲罪.

求人居間借債

弟株守無策, 八口維艱. 某生, 兄之至誼也, 仁而富, 求貸者多. 弟欲求鼎力, 暫假若干,[或云 以田契房契 暫當] 以救燃眉, 則嗷嗷待哺者, 皆出自恩賜也.

答. 兄之急, 卽弟之急也. 坐視不爲之計, 其如友道何. 但此友多事, 未可急遽言之也. 少延以待, 或有佳音.

答[不從]. 弟凌晨, 卽至某生處, 極力爲老兄言之. 彼適有某事掣肘, 不能應敎, 容緩圖之. 或別作商量, 可也.

干助類

干人周濟

某斗牛不辰, 貧窶太甚. 妻孥交責, 親戚寡援, 此大塊速我以死也. 足下素有解衣指廩之風, 得毋以升斗水, 活窮鱗乎. 鄙人玆且以二天屬足下.

答. 竊聞, 貧者, 士之常. 昔顔子陋巷, 子夏懸鶉. 見高士心泰, 雖貧何累. 且足下豈長貧者乎. 固當開豁心胸, 無徒戚戚於懷. 自膺大用, 百祿是遒也. 薄儀少助筆硯之需. 惟冀鑑入.

求畫

足下善丹青, 巧奪化工, 敢求揮灑. 數幅懸之壁上, 則三湘五嶽, 石室衡廬, 不出戶, 可覩矣.

答. 偶學塗鴉, 聊爲嬉戲. 蒙足下以縑素, 屬寫丘壑, 得無有嗜痂之癖乎. 勉力報命, 不敢言工拙. 幸足下敎我.

求居間買墳山

先人猶在淺土, 未卜牛眠. 今見某處, 一山甚合堪輿之選. 但未知主人肯售否. 聞彼與兄至交, 求緩頰以說之. 倘得玉成, 以安先靈, 誠歿存均感矣.

答. 某君之地, 閑隙之區也. 吾兄欲作佳城容, 弟徃遊說之. 但此翁甚富, 恐不易售也. 兄不惜價, 又何求而不得乎.

答[難]. 某地, 在某祖塋之右, 選擇家數言其吉. 此翁亦留心久矣. 將欲自卜新阡, 兄別圖佳地. 可也.

友薦引

蚓蟻之才, 不能乘時以遊, 負歉多矣. 然借足下爲曹丘生, 則重塞足于千金.[馬雖塞足 得伯樂顧 價重千金] 幸毋惜齒牙餘論.

答. 不侫愧非曹丘生, 安能揄揚季將軍. 雖然叨辱知己, 敢不盡心推轂. 倘有可着力處, 敬持牘以報.

慰問類

慰友下第

足下, 利器也. 乃司文衡者, 謬視爲鉛刀, 何哉. 然太阿出匣, 光怪逼人, 終當遇張雷, 爲尙方鄭重耳. 願益努力, 毋以小跌挫志.

答. 僕屛棄以來, 壯心灰冷. 蓋以石獻, 宜以石刖. 司文衡者, 何尤哉. 今承慰問, 敢不自寬, 以答足下之愛.

慰友被訟

足下遭橫逆, 所誣屈膝, 公庭且錢可通, 神識者, 咸爲爲善者懼然. 公道難掩, 終當邀明鏡於高臺也.

答. 古來孚窒利見. 有占不幸, 而覆盆見天, 亦已幸矣. 尙敢較烏黔鵠白哉. 尺蠖求信[音伸]. 惟冤難忍.

慰大臣謝事

伏聞, 閤下遽爾在閒. 非惟私切缺然, 抑且中外失望. 不審謝事以來, 體履若何. 不任驚惶, 敢候下吏.

答. 僕潦倒益甚, 觸事獲戾. 聖度包容, 只許遞免. 從此可作, 自在閑人, 良幸良幸.

慰人被劾

今日彈章, 夢寐不意. 一官得失, 非所介懷, 而世間公道, 因此掃如, 身上榮辱, 從又可驗. 徒自慨然, 更無所喩.

答. 謗海波翻中, 病跌微蹤, 將入罪罟. 而在僕愚拙之分, 庶得因此永棄, 未必非幸. 何慰之有.

慰人被囚[19]
千里疾馳, 旋入福堂, 冷地起居, 想惟靡寧. 伏慮下懷, 不任區區. 來候門外, 未由拜慰. 益增悚缺.

答. 僕以罪蹤, 今在禍罟. 而足下之問, 及於圓扉. 何言勝謝.

慰人謫行
謗海翻波之餘, 有此長沙之行, 良切歎慨. 無以爲喩. 但所可慰者, 聖代數有雨露之澤也耳. 幸乞寬心愼行.

答. 貶逐是愚暗自取. 罪大罰薄, 感恩念咎之外, 不能出一聲. 眞古人所謂, 雖生如死. 罪人蹤跡, 可憐奈何.

問疾
尊體日來, 頗平善否. 大抵疾以憂成, 更以憂重. 須曲自解. 譬視若流水行雲, 庶爲安樂. 否則徒自苦耳.

答. 積久沈痾, 皮肉如腊. 惟日與八物四君子交耳. 過辱存念, 何時脫此苦

---

19 囚: 원본에는 '囙' 자로 되어있다. 문맥에 따라 바로잡는다.

趣, 復對二三知己, 銜盃共話也.

弔狀式

慰人父母亡疏 [慰嫡孫承重者同]

某頓首再拜言,[降等止云 頓首 平交但云 頓首言]

不意凶變,[亡者官尊 邦國不幸]

先某位,[無官則云 先府君 母云 先某封 無封云 先夫人 承重則云 尊祖考 某位 尊祖妣某封]

奄棄榮養.[亡者官尊 奄捐館舍 若生者無官卽云 奄違色養]

承訃驚怛, 不能已已.

伏惟[平交云 恭惟 降等云 緬惟]

孝心純至, 思慕號絶, 何可堪居. 日月流邁, 遽踰旬朔.[經時云 已忽經時 已葬卽云 遽經襄奉 卒哭 小祥 大祥 禫除 各隨時]

哀痛奈何, 罔極奈何. 不審自罹荼毒[父在母喪卽云 憂苦]

氣力何如.[平交云 何似]

伏乞[平交云 伏願 降等云 惟冀]

强加餰粥,[已葬云 疏食] 俯從禮制.

某役事所糜,[在官則云 職業有守]

末由奔慰. 其於憂戀, 無任下誠.[平交云 末由奉慰 悲係增深]

謹奉疏. 伏惟鑑察.[平交以下 去此四字]

不備. 謹疏.[平交云 不宣 謹狀 卑幼云 不具 不悉 不一]

年月日. 姓名. 疏上.

某官, 大孝苫前[母亡云 至孝 平交以下 苫次 父母亡日月遠云 哀前 平交

哀次]

封皮疏上. 某官. 大孝苫前. 姓名. 謹封.[重封同]

父母亡答人慰疏 [嫡孫承重者同]

某稽顙再拜言.[降等云 叩首 去言字]

某罪逆深重, 不自死滅, 禍延先考,[母云 先妣 承重則云 先祖考 先祖妣]

攀號擗踊, 五內分崩, 叩地叫天, 無所逮及. 日月不居, 奄踰旬朔.[隨時 同前]

酷罰罪苦,[父在母亡云 偏罰罪深 父先亡 則母與父同] 無望生全.

卽日蒙恩,[平交以下 去此四字] 祗奉几筵, 苟存視息.

伏蒙尊慈, 俯賜慰問, 哀感之至, 無任下誠.[平交云 仰承仁恩 俯垂慰問 其爲哀感 但切下懷 降等云 特承慰問 哀感良深 ○父母喪 知舊不以書來 弔問 而不得已 須至先發 卽刪此四句]

末由號訴, 不勝隕色, 謹奉疏. 荒迷不次. 謹疏.

年月日. 孤子.[母喪稱哀子 俱亡稱孤哀子 承重者 稱孤孫 哀孫 孤哀孫 居心喪云 心喪 居禫服云 居禫 祖父母喪云 縗服 妻喪云 朞服]

姓名. 疏上.

某位座前.

封皮. 疏上. 某位座前. 孤子姓名. 謹封.[重封同]

慰人祖父母亡啓狀 [謂非承重者 伯叔父母姑 兄姊弟妹 妻子姪孫同]

某啓.[增註 沙溪曰 進御文字稱啓 私書恐不敢用 代以白字如何 ○沙溪 本國文元公 金長生號]

不意凶變,[子孫不用此句]

尊祖考某位, 奄忽違世.[祖母曰 尊祖妣某封 ○伯叔父母姑 卽加尊字 ○

兄姉弟妹 加令字 ○降等 皆加賢字 ○姑姉妹 則稱以夫姑 云某宅尊姑令
姉妹○妻則云 賢閤某封 無封則但云 賢閤 ○子卽云 伏承 令子幾某位 姪
孫竝同 降等則曰賢 無官者 稱秀才]

承訃, 驚怛不能已已.[妻改怛爲愕 子孫但云 不勝驚怛]

伏惟[恭惟 緬惟 見前]

孝心純至, 哀痛摧裂, 何可勝任.[伯叔父母姑云 親愛加隆 哀慟沈痛 何可
堪勝 ○兄姉弟妹云 友愛加隆 ○妻云 伉儷義重 悲悼沈痛 ○子姪孫云 慈
愛隆深 悲慟沈痛 餘與伯叔父母姑同]

孟春猶寒,[寒溫隨時]

不審尊體何似.[稍尊云 動止何如 降等云 所履何似]

伏乞[同前]深自寬抑, 以慰慈念,[其人無父母 則但云 遠誠 連書不上平]

某役事所縻,[在官如前]

末由趨慰. 其於憂想, 無任下誠.[平交以下 如前]

謹奉狀. 伏惟鑑察.[平交如前]

不備.[平交如前] 謹狀.

年月日. 具姓名.[狀上]

某位服前.[平交云 服次]

封皮重封, 同前.

祖父母亡答人啓狀 [謂非承重者 伯叔父母姑 兄姉弟妹 妻子姪孫 同]

某啓. 家門凶禍,[伯叔父母姑 兄姉弟妹 家門不幸 ○妻云 私家不幸 ○子
姪孫云 私門不幸]

先祖考,[祖母云 先祖妣 ○伯叔父母云 幾家[20]伯叔父母 ○姑云 幾家姑 ○

---

20 家: 원본에는 '家' 자가 없는데, 앞뒤 문맥상 '家' 자를 첨가하여 바로잡는다.

兄姊云 幾家兄 幾家姉 ○弟妹云 幾舍弟 幾舍妹 ○妻云 室人 ○子云 小子某 ○姪云 從子某 ○孫曰 幼孫某]

奄忽棄背.[兄弟以下云 喪逝 ○子姪孫云 遽爾夭折]

痛苦摧裂, 不自勝堪.[伯叔父母姑 兄姊弟妹云 摧痛酸苦 不自堪忍 ○妻改摧痛 爲悲悼 ○子姪孫 改曰悲念]

伏蒙尊慈, 特賜慰問, 哀感之至, 不任下誠.[見前]

孟春猶寒.[寒溫隨時]

伏惟[如前]某位尊體, 起居萬福.[平交不用起居 降等但云 動止萬福]

某卽日侍奉.[無父母 卽不用此句] 幸免他苦. 末由面訴, 徒增哽塞.

謹奉狀上[平交云 陳]謝. 不備.[平交如前] 謹狀.

年月日. 姓名.[狀上]

某位座前. 封皮重封, 同前.

擬祖父母父母亡 謝人弔賻會葬疏

某稽顙再拜言.

某罪逆深重, 不自死滅, 禍延先考.[同前] 幸而克襄大事, 皆賴諸親,[非親戚 則諸賢]相助之力.

旣蒙下弔,[平交以下云 臨弔] 又賜賻奠[止有賻 則賻儀 奠則祭奠].

逮其送往, 又辱寵臨,[如不送葬 去此二句] 感德良深, 莫知所報.

哀疚在躬, 末由面達.

謹此代謝. 荒迷不次. 謹疏.

年月日. 孤子姓名.[疏上]

某位座前. 封皮重封, 同前.

家庭類

祖在家寄孫書

吾孫遠出, 歷涉風霜, 動經寒暑. 客舍中, 朝夕最要珍重, 以無貽老祖父憂. 吾孫稍得意, 卽當旋歸也. 況爾父母懸眄亦切. 異鄉風景, 甚勿留連, 此囑.

孫在外奉祖書

孫某, 旦暮思家, 惟老祖父母寒溫在念. 恨不能撥務回家向庭闈一定省也. 客旅幸淸泰. 俟事完, 卽圖歸奉養. 豈敢久戀異鄉, 以貽老祖父母憂.

父在家寄子書

爾奔走風塵, 父母之心, 豈不懷念. 須體父心保重. 身軀在外, 狂藥少飮, 美色宜遠. 事完之日, 卽速歸來, 慰我懸望. 家中大小平安, 爾無掛念. 只此字示. 餘不多及.

子在外奉父書

不肖子某, 寓旅舍淸泰. 第椿萱桑楡, 朝夕在念, 瞻望白雲, 心神俱往. 伏承嚴命, 敢不勉旃. 懇乞二親, 順時調攝, 加餐自愛, 永膺萬福. 不肖俟事完, 卽圖歸菽水矣.

父在外寄子書

父某日離家, 某日到此. 一路平安, 不須掛慮. 家務百凡勤儉, 愼勿奢費. 好生奉事汝母. 幼弟在家, 務令勤謹讀書. 不可放他遊蕩. 玆者尙未完. 量歸期, 在於某時. 如有便人來此, 家中事體, 詳寫一信, 寄來與我, 庶免我罣慮也.

子在家上父書

拜別親顏, 屢移日月. 此心瞻望, 朝夕神馳. 伏未審大人在外, 安寧邪. 子承嚴命理家. 夙興夜寐, 安敢荒寧. 家中大小, 叨獲平安, 毋[21]加下慮. 今因人順, 伏修數字, 以備問安.

伯叔在家寄姪書

賢姪別後, 寒暑迭更. 何伯叔姪之情, 久不獲一聚樂也. 悵矣悵矣. 丈夫志在四方邇來, 營謀想必得意. 客邸風霜, 須宜調攝. 事完早發, 歸程是望爾. 堂上兩親, 室中幼婦, 俱各無恙. 今因人便, 特寄數字報知. 餘不盡言.

姪在外奉伯叔書

違別伯叔父大人慈顏, 已一載矣. 夢寐間, 常若侍立庭堦, 趨陪几杖, 而奔逐名途, 無由縮地, 以聚家庭之樂, 奈何奈何. 鴻至, 伏承手諭, 遠聞伯叔父氣體康寧, 慶幸多矣. 但鶴唳風聲, 不免有故園之想. 嗟嗟, 人生如朝露, 安敢久羈此異鄉哉. 俟洛陽春色稍動, 卽整歸鞭矣.

兄在外寄弟書

平居聚首, 不知友于之樂. 出門數百里, 風土旣殊, 人情亦異, 饑驅糊口, 非得已也. 思吾弟擁書抱膝, 宵燈夜月, 增十倍文心矣. 但二親衰老, 當時時定省, 以致其樂, 非愚兄心邇人遐之比也. 附此數言. 秋高鴈遠, 無限翹思.

---

21 毋: 원본에는 '母' 자로 되어있다. 문맥에 따라 바로잡는다.

弟在家答兄書

兄客他鄉, 弟居梓里. 人居兩地, 天各一方. 鴻至接手諭, 始審旅寓平安, 擧家慰浣. 老嫂幼姪, 俱幸淸泰. 但二親在堂, 未免朝夕懸盼. 尤望早圖歸省. 順鴻附報, 統惟下察.

弟在外上兄書

違遠萊庭, 不聞明詢. 時序流易, 寒暄再更. 鴻至, 詢知兄長福履康寧, 遠懷爲慰. 弟浪跡奔馳, 身心兩地. 歲時家宴, 不能奉卮豆[卮 酒盃 豆 木盤] 爲兄壽. 弟之負罪, 深九淵而重九鼎矣. 二親在堂, 朝夕甘旨, 惟兄是賴. 若舞彩承歡, 親心底豫, 俾弟得免仰事之憂, 則受兄賜無涯矣.

兄在家答弟書

得賢弟書, 知客鄉平安, 深用慰懷. 老母在堂, 惟子是念. 賢弟宜體親心, 朝夕保重. 倘有餘暇, 卽圖歸計, 娛侍老親, 尤至望也. 汝內子無恙, 家下均安, 并此附報.

通候類

候友

別後, 又一載矣. 數訊征鴻, 知足下起居無恙, 良可喜也. 獨憶吾兄. 北堂甘旨, 茅容之鷄 壯乎. 高樓風月, 秦女之簫, 喨乎. 讀書牎下, 超宗之鳳毛, 俊乎. 此皆弟所惓惓者, 足下其縷陳, 以慰遠懷.

答. 緬懷吾兄, 人遠心邇. 鱗鴻雖便, 弟又爲俗冗所羈, 未能修候. 非嵇康

懶作書也. 乃足下反以雙鯉, 見遺千里墨卿, 怳如對面. 未知何日北遊倘
道經下里. 幸垂左顧, 愼勿金玉其音, 而虛雞黍之約也.

失候類

失候謝友
佳客臨門, 空勞題鳳. 遠辱車駕, 負罪殊甚. 卜日奉扳, 再期光顧, 擁篲以
待.

答. 渴欲一晤台範, 天不假緣. 積懷未吐, 致令有萬千之憫悵. 適接華札,
宛如面見. 意欲重訪, 幸有以俟之.

造府叨擾
向造潭庭, 荷承深擾. 鄙人之飽德, 無涯矣. 憶夕醉歸, 月在海棠. 僕思何
日得獻一芹, 以報足下之惠. 謹此申謝.

答. 斗室蝸居, 蒙德星一照, 借光多矣. 愧無厚款, 不過一蔬一巵耳. 何敢
當謝. 謹此以復.

憶別類

憶友
獨坐小樓, 見斜陽外, 寒雅成陣, 風葉蕭踈, 空階淅瀝, 旅況凄其. 回首故

人, 碧雲天際. 夢寐雖勤, 奮飛無翼. 此時此際, 無限傷心矣.

餞友

聞足下嚴程,[行程急迫也] 發邁在邇. 以素相知厚者, 而一旦別去, 此情能恝然乎. 來日薄謀祖餞, 聊壯行色, 候之望之.

答. 聚首交觀覺戀戀, 難於分袂, 不得已而行迫矣. 正欲趨庭辭謝, 並吐滿腔情緒. 適承寵召, 敢不躍從.

叙論類

與友論文

人生于世, 不讀書, 則根本不立, 不交友, 則聞見不廣. 交富人, 不可與之稱貸, 交貴人, 不可求其書牘. 我旣無求, 則士氣自壯, 彼之驕慢, 無由而生. 成己[22]所以成人也.

贊揚類

贊美文士

足下胸羅萬象, 筆掃千軍. 指日步雲, 梯登金榜. 俾吾黨生色, 而不佞輩無惜屐齒之折也. 望之望之.

---

22 己: 원본에는 '巳' 자로 되어있다. 문맥에 따라 바로잡는다.

答. 吾兄才傾八斗, 筆吐五花. 當乘長風, 破萬里浪, 如不佞, 奚足比數.
乃蒙華袞哉. 愧矣.

羨慕類

羨人園亭之樂

名園淸曠, 三徑幽深, 想此際, 某花大放. 吾兄嘯傲其中, 恍若置身仙境,
安得昕夕趨陪觴詠. 使塵中人, 視我輩如雲中笙鶴, 飄飄太虛, 快也何如.

創造類

薦工師

昨遇一梓人, 眞可入柳氏之傳. 君家鼎建華堂, 非此人, 莫可勝任者. 試着
令督墨引繩, 必且侈班倕之技.

答. 擬剪茅茨, 聊避風雨. 愧乏虹梁雲棟, 敢用月斧風斤耶. 薦至執斨, 謹
如命.

裁答類 [彙語]

遠辱函教記存, 挑燈讀之. 仰視梁月, 如見君顏色也.
河山渺越, 無限相思. 忽覯飛翰, 自天恍若, 披雲見日.

接手敎, 殷殷見招. 但盛暑憚[23]於遠涉, 不能無待於淸秋耳.

承賜佳箋, 宛如晤對. 未識積懷萬斛, 傾瀉何時耶.

捧讀手書. 字字出兄肺腑, 使弟拳拳服膺, 終身鏤佩也.

秋思感人, 時縈鄕夢. 書來北鴈, 喜勝南金.

捧接來敎, 情文輝映, 肝胆交披, 宛如剪燭談心, 班荊道古也.

簡式類編[終]

---

23 憚: 원본에는 '癉'으로 되어 있다. 문맥에 따라 바로잡는다.

제주대학교 인문과학연구소

<조선 후기-일제강점기 간찰서식집의 종합화 및 DB구축 연구팀>

연구책임자   배영환(제주대 교수)

공동연구원   강문종(제주대 교수)

백승호(한남대 교수)

부유섭(제주대 인문과학연구소 특별연구원)

이재옥(한국학중앙연구원 전문위원)

장유승(단국대 동양학연구원 연구교수)

조현천(제주대 교수)

전임연구원   김새미오(제주대 인문과학연구소 전임연구원)

안나미(제주대 인문과학연구소 전임연구원)

윤세순(제주대 인문과학연구소 전임연구원)

이민호(제주대 인문과학연구소 전임연구원)

역주자 소개

안나미   성균관대학교 문학박사. 제주대학교 인문과학연구소 전임연구원
윤세순   성균관대학교 문학박사. 제주대학교 인문과학연구소 전임연구원
김새미오   성균관대학교 문학박사. 제주대학교 인문과학연구소 전임연구원

역주 간식유편簡式類編

초판 1쇄 인쇄   2022년 3월 14일
초판 1쇄 발행   2022년 3월 25일

역주자 안나미 윤세순 김새미오
펴낸이 이대현
책임편집 강윤경 | **편집** 이태곤 권분옥 문선희 임애정
디자인 안혜진 최선주 이경진 | **마케팅** 박태훈 안현진
펴낸곳 도서출판 역락 | **등록** 1999년 4월 19일 제303-2002-000014호
주소 서울시 서초구 동광로46길 6-6 문창빌딩 2층(우06589)
전화 02-3409-2060(편집부), 2058(영업부) | **팩스** 02-3409-2059
전자우편 youkrack@hanmail.net | **홈페이지** www.youkrackbooks.com

ISBN 979-11-6742-290-3 93800

정가는 뒤표지에 있습니다.
파본은 교환해 드립니다.